年下御曹司に求愛されて絶体絶命です

幸せな結婚がしたい。

ただそれだけを望んでいるのに、どうしてこうも上手くいかないのだろう？

今年、二十代最後の年を迎えた賀上愛菜《かがみまな》は鏡を見つめながら大きくため息をついた。

「真面目だし、性格だってそこそこいいはず。スキンケアやボディメイクにもそれなりに手をかけてるのに、どうして良縁に恵まれないの」

愛菜は顔全体に基礎化粧品を丁寧に塗り込んだあと、細心の注意を払いながらメイクアップをしていく。

時計代わりにつけているテレビから、午前七時の時報が聞こえてきた。気象予報士が、今週末に秋雨《あきさめ》前線が近づいてくると予想する。それに続いたのは、奇《く》しくも婚活アプリに関する話題だった。

(そんなもの、とっくに試したわよ。だけど、時間を浪費しただけだったな)

ほかにも、婚活パーティや婚活イベント、街コンにも参加した。しかし、気になる男性はいても、交際には至らず、付き合えても長続きせずにお別れする事になった。

別に、分不相応な高望みをしているわけではない。

望むのは浮気をしない誠実さと、向上心を持って仕事に取り組む姿勢のみ。

経済力はあるに越した事はないが、生活のレベルは夫婦二人で保つものだ。もともと人に頼るよりも頼られるほうが好きだし、結婚したからといって専業主婦となり夫の収入に依存する気などさらさらない。現に、大学卒業後、新卒で大手企業の「新田《にった》証券」の本社に入社し、順調にキャリアアップして現在はマーケティング部で活躍中だ。結婚願望は強いが、それと同じくらいの熱量で仕事にも取り組んでいる。

それに、入社当初から会社の制限下できちんと資産運用をしてきたおかげで、数年くらいなら無職でも生活していけるだけの貯蓄もある。

だから、あとはパートナーを見つけるだけなのだが――

ここまできたら、いよいよ結婚相談所の利用を考えたほうがいいのかもしれない。

「でも、それなりに費用がかかるし、もうちょっと自力で頑張ってみるかな。……あ〜、恋人がほしい！　私と心底愛し合える人、どこにいるの？」

鏡に向かって問いかけても、答えが返ってくるはずもない。

愛菜はフンと鼻を鳴らしながら、先日デパートの化粧品コーナーで買ったフェイスパウダーでメイクの仕上げをした。

「これでよし、と」

愛菜の顔の輪郭は卵型で、各パーツのサイズが若干大きい。そのせいか、すっぴんだと実年齢よりも若く見られがちだ。そのため、メイクはいつも年相応に見えるよう人一倍気を遣っていた。

百六十五センチある身長は、ハイヒールを履けば百七十センチを超える。メイク同様、服装も意識的に大人っぽく見えるものを着るよう心掛けていた。

会社までドアツードアで約四十分の距離にあるマンションを出て、最寄り駅に向かう。通りすがりにある商店街のショーウィンドウに映る自分をチラリと見て、黒のパンツスーツの襟《えり》を正す。

今日のコーディネートのメインカラーは黒だが、スカーフとバッグは少し明るめのボルドーだ。

肩より少し長い髪はひとつ括《くく》りにしてあり、前髪はサイドにきちんと撫でつけている。

テーマは、仕事のできるキャリアウーマンといったところだろうか。身長があるので、我ながら結構様《さま》になっていると思う。

出社の際、ここまで外見に気を配るのには、理由がある。

愛菜は仕事に関して常にストイックなモチベーションを保ってきたし、与えられた業務にいつも全力で取り組んでいるおかげもあって、これまでにいくつもの実績を上げてきた。

けれど、社内には未だに脳味噌が昭和仕様になっている上司もいる。

入社して最初に配属された業務統括部で、上司の田代《たしろ》という男性から、女性という理由だけで不当な扱いを受けた。部内会議で発言しても軽く受け流されたり、そうかと思えば出したアイデアをまるまる横取りされたりした。

年々企業に対するコンプライアンスがうるさくなっているし、社内にも専門の部署がある中で、よもや堂々とそういった事をする上司がいるとは思ってもみなかった。

もともと曲がった事が嫌いな愛菜は、そのまま黙っていられるはずもなく、人事部の相談窓口にアポイントを取って事実関係を説明した。

結果、愛菜の主張は正当なものだと認められ、田代はコンプライアンス部から注意勧告を受けたが、おそらくそういった行動が煙たがられたのだろう。

『賀上愛菜はクソ生意気』

『ペーペーのくせに上司にたてつく厚顔無恥女《こうがんむち》』

誰が言い出したのか、そんな噂が瞬《また》く間に広がり、愛菜は本社で一番有名な新入社員になった。

噂を全面的に否定するつもりはないし、言わせたい奴には言わせておけばいい。そんなスタンスで日々真面目に勤務してきたし、くだらない噂を跳ね返すべく人一倍仕事に打ち込んできた。

愛菜が常にメイクとファッションに注力しているのは、周囲に舐《な》められないためのセルフコーディネートであり自己防衛の手段だった。

最寄り駅に到着し、会社に続く通路を大股で歩く。

新田証券の本社は東京でも一、二を争うビジネスの中心街にある。駅に直結している建物は、地下四階、地上四十二階の高層ビルだ。中は地上七階までのショッピング&レストランエリアと、それより上階のオフィスエリアに分かれており、新田証券は二十二階から三十階に入居している。

(今日の会議のプレゼンは、ぜったいに成功させなきゃ。それが顧客のため、ひいては会社での自分の将来に繋がるんだもの)

オフィスエリア専用のエレベーターで二十六階に向かい、居合わせた同僚たちと挨拶《あいさつ》を交わしながら、まっすぐ自分のデスクに向かった。着席してすぐにパソコンを立ち上げ、やりかけの顧客データの集計と分析に取り掛かる。

愛菜は入社後、およそ二年ごとのジョブローテーションでいくつかの部署を経験し、六年目に今の部署であるマーケティング部に配属された。

現在はウェブ広告やキャンペーンの企画・実行を担当しており、新規顧客の獲得と既存顧客の取引量増加を目標に業務にいそしんでいる。

作業に没頭し思いついた事をメモ書きしていると、愛菜宛に内線電話がかかってきた。

かけてきたのは、社長担当の秘書課長で、これからすぐに三十階にある役員会議室に来るように言われた。

(え？　役員会議室って……。私、何かしでかした？)

入社して以来、役員会議室に呼び出された事など一度もない。念のため、マーケティング部部長の馬場《ばば》に確認してみたが、思い当たる節はないと言う。

「まあ、気軽な感じで行ってみたら？」

笑顔の馬場に見送られ、愛菜は内心ドキドキしながら役員会議室に向かった。

(週明け早々、いったいなんなの？)

三十階は役員専用エリアになっており、通常のフロアとは雰囲気からして違っている。

指定された会議室の前に立ち、軽く深呼吸をしてからドアをノックした。許可を得てドアを開け、中にいる人が誰であるか理解するなり目を剥《む》いて固まる。

「やあ、来たね」

愛菜に声を掛けてきたのは、新田証券代表取締役社長の新田健一郎《けんいちろう》だ。それだけでも驚くのに、会議室用の長テーブルの一番奥には親会社である新田グループ株式会社代表取締役会長の新田幸三《こうぞう》までいる。日本屈指のグループ会社の会長だけあって、威風堂々《いふうどうどう》としていて、ものすごいオーラを感じる。

幸三は新田グループの創業者一族の直系であり、健一郎は彼の甥《おい》だ。自社の社長なら、これまでに何度も見かけた事があったけれど、直接話す機会などなかったし、ましてや親会社の会長ともなると遥《はる》か雲の上の人だ。

「まあ、こっちへきて掛けたまえ」

健一郎に促《うなが》され、愛菜は顔にビジネススマイルを貼りつけながら彼の左隣の席に腰を下ろした。

長身で穏やかそうな風貌をしている健一郎は、現在四十代後半。大学卒業後いくつかの企業に勤務したのち、幸三の兄である健一郎の父親が社長を務める新田証券に入社し、数年間社長秘書をしていた。

社長が亡くなったあと、幸三の意向で親族ではない役員が一度社長に就任したが、今から二年前の春、健一郎がそのあとを継いだのだ。

「さっそくだが、賀上くん。君には今、結婚を前提にお付き合いをしている男性はいるかな？」

唐突にプライベートな質問をされて、愛菜は微かに表情を強張《こわば》らせた。いくら社長とはいえ、いったいなんの目的があって、そんな事を聞くのだろう？

「いや、これはセクハラではなく、必要な質疑応答のひとつだ。このあとも、いくつか質問をさせてもらうが、すべて我が社の将来に関わってくるものだと思って正直に答えてもらいたい」

「はい、わかりました」

これがセクハラでなく、なんだと言うのか。そう思いつつも、会社の将来のためと言われたら応じないわけにはいかない。

愛菜は感情を抑え、質問に答えた。

「今現在、結婚を前提にお付き合いしている男性はいません」

「では、それ以外に特別親しくしている男性はいるかね？」

健一郎の視線が、愛菜の顔から彼が持っている薄い資料に移った。彼は何かしらそこに書き込みをして、再度顔を上げて愛菜を見る。

「いえ、おりません」

「よろしい。君の健康状態についてもデータを閲覧《えつらん》させてもらったが、特に持病もなく極めて健康で身体的にも申し分ない。仕事もできるし、人事関係の評価も上々だ。自己表現能力も高くリーダーシップもある。総合的に見て、私たち二人は君にならば安心して任せられると判断した」

健一郎が同意を求めるように、幸三のほうに顔を向ける。それまでひと言も発しなかった幸三が、低い声で「うむ」と言った。

来年古希《こき》を迎える彼は、彫りの深い顔立ちをしており、白くなった髪は綺麗にうしろに撫でつけられている。それきりまた口を噤《つぐ》んだ幸三が、愛菜の顔をまっすぐに見つめてきた。

穏やかではあるが、その目力は強く圧倒的なパワーがある。

愛菜が瞬《まばた》きもできずにいると、幸三がふと目を細め、ゆっくりと口を開いた。

「時に賀上くん。副社長の新田雄大《ゆうだい》と直接会って、話をした事はあるかね？」

「いいえ。何度かお見掛けした事はありますが、すれ違いざまにご挨拶《あいさつ》させていただいただけで話した事はありません」

新田雄大は幸三の一人息子であり、二十七歳にして新田証券株式会社の取締役副社長兼戦略企画部長の職に就いている。聞くところによると、幼い頃から頭脳明晰だった彼は、小学校卒業と同時に渡英し、現地に古くからあるエリート校に入学した。卒業後も引き続きイギリスで学び、五年前に帰国しないまま新田証券に入社。新たに設立されたロンドン支局長として数々の実績を上げ、今年の春に帰国すると同時に現在の役職に就任した。

リモートではあるが、雄大はロンドンにいる時から本社の業務に深く関わっており、ここ四、五年の新田証券の業績が好調なのは社長ではなく副社長の辣腕《らつわん》のおかげなのではないかという噂もある。

その上、超がつくほどの美形で、知らない人が見たらトップモデルと勘違いするほどスタイルがいい。もっとも、同じ会社ではパートナーを探さない主義の愛菜にとって、彼はあくまでも勤務先の極めて優秀な副社長にすぎないのだが。

「そうか。あれは昔から努力家で、とても賢い男だ。将来は日本屈指のビジネスパーソンになる資質を十分に持っている」

そう話す幸三は強面《こわもて》だが、気のせいかほんの少し表情が和《やわ》らいで見える。一方、健一郎はといえば、さっきからずっと薄い笑みを顔に貼りつけたまま微動だにしない。

「雄大はまだ二十七だ。人生における経験も浅く、学ぶべき事は山ほどある。仕事に関しては、さほど心配していない。だが、今後も引き続きビジネスの高みを目指そうとするなら、もっと世の中を学び、私生活も充実させるべきだ。そうは思わないかね？」

幸三の話を聞きながら、愛菜は適切なタイミングで相槌《あいづち》を打った。

確かに、人は仕事のためにだけ生きているわけではないし、プライベートがビジネスに影響を及ぼす事がないとも限らない。

雄大の私生活については知る由《よし》もないが、彼が有能で抜群のビジネスセンスを持っている事は社内の誰もが認めている。存在感もあるし、グローバルな経歴についても周知の事実だ。

彼ほどハイスペックで容姿端麗な男性なら、きっと華やかな私生活を謳歌《おうか》している事だろう。

幸三はいったい雄大の何を心配しているのだろうか？

愛菜が密かに首を捻《ひね》っていると、幸三が軽く咳払いをして目の前のお茶をひと口飲んだ。

「知ってのとおり、雄大は人生のほとんどをイギリスで過ごしてきた。当然、日本の文化にはなじみが薄く、ビジネスシーンにおいて多少戸惑う事があるようだ。まあ、それはおいおいクリアできるだろう。しかし、女性に関しては、そうはいかん」

幸三が難しい顔をして、言葉を切る。彼はチラリと健一郎を見たあと、テーブルに肘をついて愛菜のほうにほんの少し身を乗り出してきた。

「雄大は、ああ見えて恋愛経験が極端に少ないんだ。別に女性が苦手とか嫌いなわけではないようだが、自分から女性と関わろうという気がないようでね。そこで――賀上くん。君をここに呼んだのは、ほかでもない君に、雄大と付き合ってもらいたいからだ」

「はあ？」

思わず素《す》っ頓狂《とんきょう》な声を上げてしまい、ハッとして口を閉じる。しかし、驚いて見開いた目は、まん丸になったままだ。

「し、失礼しました」

突然の事に、愛菜は頭が混乱して何をどう答えていいのかわからずにいる。

「いや、驚くのは無理もない。雄大は将来、新田証券のみならずグループ全体のトップに立つ男だ。そうだね、新田社長？」

問われた健一郎が、にこやかに頷く。

「これはある意味、新田グループの社運がかかっている一大プロジェクトだ。新田社長から君を推薦されてから、私も自分なりに君の事を調べさせてもらった。その結果、君になら大事な雄大を任せられる――そう判断したんだ」

こちらを見る幸三の視線から、彼の強い意気込みが感じられる。しかし、幸三の申し出は愛菜の理解の範疇《はんちゅう》を超えすぎていた。

「で、ですが、なぜ私に――」

「君は熱心に婚活をしているようだし、雄大なら相手として悪くないと思うが？」

確かに、そのとおりだ。けれど、降って湧いたような上手い話に、愛菜は未だ戸惑いを拭い去れずにいる。

「とにかく一度、見合いという形で雄大と顔合わせをしてほしい。ただし、これはここにいる三人と雄大だけが知る極秘事項だ」

幸三曰《いわ》く、雄大は事情があって女性との付き合いをほぼしないまま成人し、今に至ったらしい。

恋愛経験はほぼないに等しい上に、本人は仕事一筋で今のところ恋愛や女性に時間を費やす気はないようだ。

ゆくゆくは結婚して家庭を持ちたいという気持ちはあるらしいが、今のままでは、あらゆる面で先行きが不安なのだという。

そこでお節介とは思いつつ、どうにかして雄大に女性と付き合う経験を積ませてやりたい――そんな親心から、今回のプロジェクトを思いついたとの事だ。

「つまり、副社長に私との恋愛を通して、女性との付き合い方を学んでもらいたいと？」

愛菜が問うと、幸三が深く頷きながら席を立った。そして、神妙な面持ちで愛菜の左隣の椅子に腰を下ろした。

「さすが、理解力が高い。どうだろう、引き受けてくれないかね？　むろん、お見合いをするからには正式な婚約者候補として扱わせてもらうし、付き合ってみて気に入らなかったら断ってくれても構わない。つまり、相手が雄大だからといって無理や遠慮はしなくていいという事だ。だが、断るにしても、せめて数回はデートしてからにしてもらいたい」

幸三の目は真剣そのもので、嘘や冗談で言っているわけではなさそうだ。

けれど、あまりに突飛すぎるし、普通に考えたら引き受けるべきではない。しかし、幸三から期待を込めた視線を送られている今、どう断ればいいものやら――

返事を躊躇《ちゅうちょ》していると、幸三が眉尻を下げて困ったような表情を浮かべた。

「無茶な事を言っているのは重々承知している。だが、このまま何もしなければ、雄大は自分にふさわしくない女性をパートナーに選んでしまうかもしれない。あれの母親は病気で亡くなってしまったんだが、最後まで雄大の行く末を気に病《や》んでいてね」

静かな声でそう話す幸三が、過去を振り返るように空《くう》を見つめた。その顔を見れば、彼がいかに亡妻を大切に想っていたかが容易に想像できる。

「私は妻に代わって、雄大を幸せにする義務がある。親バカと思われるかもしれないが、それだけは、どうしても果たさなければならないんだ」

訥々《とつとつ》とそう語る幸三は、大企業のトップというよりは息子を深く思う父親の顔をしている。

我が子の行く末を心配する親の気持ちは、わからないでもない。けれど、さすがにやり方が突飛だし、普通に見合いをして納得のいく相手を探したほうがいいような気がするが……

愛菜がそんなふうに思っていると、幸三のポケットからスマートフォンの着信音が聞こえてきた。

彼は「ちょっと失礼」と言い、受電するために部屋を出ていった。そのタイミングを見計らったかのように、健一郎が声を低くして話し始めた。

「賀上くん。君が躊躇《ちゅうちょ》するのも当然だ。だが、先ほど会長がおっしゃったとおり、この話には我が新田グループの社運がかかっている。引き受けてくれたら、君には相応の報酬を支給するつもりだ。

むろん、雄大を振ったとしても、社内での立場は十分考慮させてもらう」

要は、引き受けるならそれなりの対価を支払うし、今後の人事考課も大いに期待できるという事であるらしい。

「どうかな、悪い話ではないだろう？」

健一郎がうっすらと微笑みながら、愛菜を見る。口元は綻《ほころ》んでいるが、目はまったく笑っていない。

同じ話をしているはずなのに、会長と社長ではなんとなくニュアンスが違うような気がするのは気のせいだろうか？

どこか爬虫類《はちゅうるい》を思わせる健一郎の表情に、愛菜はビジネススマイルで応戦する。

「それは、会長も了承していらっしゃる話でしょうか」

「もちろんだ。私と会長の意見は一致しているし、今後も私の言葉は会長の言葉と思ってくれていい」

健一郎が自信たっぷりにそう言って、鷹揚《おうよう》に咳払いをする。

「付き合うといっても、そう難しく考える必要はない。君も副社長もいい大人だ。それに、日頃からプライベートを満喫している君なら、さほど難しくない依頼だと思うが？」

健一郎が、いかにも意味ありげな表情を浮かべながらにんまりと笑った。

その顔を見て、愛菜は心の中で拳《こぶし》を握りしめる。

（ああ、なるほど……。社長は、私に関する噂を知った上で、会長に推薦したのね）

入社一年目にして上司に物申した一件以来、生意気で厚顔無恥《こうがんむち》な女だと噂されている愛菜だが、現在はそれに謂《いわ》れのない尾ひれがついている。

それは、愛菜が男好きでしょっちゅう相手を変えて遊び歩いているというものであり、端的に言えば「賀上愛菜はビッチだ」という根も葉もないものだった。

出所は定かではない。けれど、社内の事情通で人事部にいる同期社員の増田智花《ますだちか》曰《いわ》く、発信元は元上司の田代やその一派である可能性が高いようだ。

さらに言えば、田代は健一郎の腰巾着《こしぎんちゃく》だ。健一郎が田代をどう思っているかはさておき、自分の噂は彼を介して社長の耳に入ったに違いない。そうなると、健一郎が幸三に愛菜を推薦した理由は、さっき幸三が話していた内容とは違ってくるはずだ。

「それと、これは私からの個人的な補足事項なんだが、君には後々私が責任をもって、結婚するには申し分のない相手を紹介すると約束しよう。どうかな？」

言い終えた健一郎の顔には、依然として上辺だけの笑みが浮かんでいる。彼は、愛菜が断るとは微塵《みじん》も思っていない様子だ。

（ビッチならハイスペックなイケメンとの出会いは断らないだろうし、婚活をしているなら鼻先に結婚という美味しい餌《えさ》をぶら下げておけば、なんでもすると思ってるんでしょうね）

社長の話で、自分がここに呼ばれた本当の理由を察する事ができた。

つまり、見合いというのは建前で、適当に付き合える相手を宛がおうとしているという事だ。

男慣れした打算的な女——

健一郎は愛菜をそんなふうに思って、白羽《しらは》の矢《や》を立てたに違いない。

見合いだなどと言われて驚いたが、そもそも一般社員の自分が、大企業の御曹司の婚約者になどなれるはずがないではないか。

そう思うなり、これまで受けてきた理不尽な誹謗《ひぼう》中傷や、嫌がらせの記憶が胸に押し寄せてきた。

むかっ腹が立ち、微笑んでいる顔が引きつりそうになる。

この話を自分にしたのが健一郎だけなら、今頃きっぱりと断っていただろう。しかし、少なくとも幸三は、健一郎と違って会社での愛菜を正しく評価してくれているし、本気で雄大の事を考えているのが伝わってきた。

その気持ちを無碍《むげ》に扱うのは忍びない。

もとより、会長直々《じきじき》の依頼だし、ここまで詳しく話を聞いてしまったからには断るわけにもいかなかった。

迷う気持ちはあるが、ここはいったん引き受けるのが得策だろう——

そう判断を下すと、愛菜は健一郎を見つめて表情を引き締めた。そして、通話を終えた幸三が戻ってきたタイミングで、彼に向き直った。

「承知いたしました。このお話を、お引き受けいたします」

愛菜の返事に、幸三が満足そうな顔をして頷く。

「ありがとう。さっそくだが、今週の日曜日は空《あ》いているかな？」

その後の話し合いで、お見合いは今度の日曜日に行われる事になった。場所や時間などは追って連絡をもらう手筈《てはず》となり、愛菜は健一郎と個人的な連絡先を交換した。

「会長はお忙しいから、本件についての連絡は、すべて私にするように。進捗状況の報告についても同様だ」

「心得ました」

話し合いが終わると、先に幸三が席を立ち、それに健一郎が続く。

二人がいなくなった会議室で、一人座っていた愛菜は目の前の茶器を手に取ると、中身を一気に飲み干してカラカラになっていた喉を潤《うるお》した。

息子を思う幸三の期待に沿いたいという気持ちはある。しかし、健一郎の思っているような展開にするつもりも、ビッチな女を演じるつもりもない。

引き受けたからには、なんらかの結果を出さなければならないが、具体的にどうしたらいいだろう？

長テーブルの端には、茶器を運んできたトレイが置かれている。

愛菜は三人分の茶器をトレイに載せ、それを持って部屋の入り口に向かおうとした。ちょうどその時、開け放たれたままのドアの向こうから幸三がひょっこりと顔を出し、驚いてハタと足を止める。

「悪いが、ちょっとだけ時間をもらってもいいかな？」

彼はそう言うと、そっとドアを閉めて足早に愛菜の近くまでやってきた。そして、スーツのポケットから出した真新しいスマートフォンを手渡される。

「これは……？」

「私と賀上くんだけの特別なホットラインだ。今後、雄大と付き合っていく上で、何かあったら健一郎に連絡をする前に私に連絡をしてほしい。私からも必要に応じて連絡を入れさせてもらう。そして、これの存在は健一郎には内緒だよ」

幸三が、いたずらっぽく口の前で人差し指を立てた。いかつい顔に、一瞬だけ少年のような表情が浮かぶ。

よもや、会長がそんな顔を見せるなんて！

驚いた顔をする愛菜に、幸三が小さくふっと笑った。

「私が部屋を出ている間に、健一郎が君に失礼な事を言ってはいないかな？」

ふと思いついたように訊《たず》ねられ、愛菜は一瞬言葉に詰まった。それを見た幸三が表情を曇らせ、何かしら察したように僅《わず》かに肩をすくめる。

「もしそうであれば、本当に申し訳ない。もう気がついていると思うが、私と健一郎では今回の件に関する考え方が違う。むろん、君に対する認識や役割についての捉《とら》え方も異なっている。だから、君に対する健一郎の態度が気になってね」

そう話す幸三の口調は、とても穏やかだ。こちらをまっすぐ見つめてくる目は優しく、それだけで彼が愛菜に関するくだらない噂を信じていないとわかった。

「お気遣い、ありがとうございます」

愛菜が微笑んで礼を言うと、幸三の顔ににこやかな笑みが浮かんだ。彼は愛菜に椅子に座るよう促《うなが》し、自分はその前の席に腰を下ろした。

「雄大には、人としてもっと視野を広げ、柔軟な心を持ってほしいと思っている。だが、そのためには、頼りになる人の助けがどうしても必要でね」

幸三が、しみじみとそう語りながら、ゆっくりと瞬《まばた》きをする。彼の仕草のひとつひとつから、息子への深い思いが感じられた。

「賀上くん、君はとても礼儀正しく賢明な女性だ。馬場部長のお墨付きももらっているし、私もここ最近の君の様子をこっそり見させてもらっていた」

「え……わ、私の様子を？」

「そうだ。覗き見をするような真似をして悪かったが、父親としてどうしても、直接確認しておく必要があった。その上で、君なら、雄大に新しい世界を見せてくれるかもしれないと思った。だから、あれこれ構えずに、まずは息子と会ってみてほしい」

幸三が言うには、健一郎から見合い相手の候補者の名を聞いたその日に、愛菜に関する調査を始めたらしい。その上で愛菜に依頼しようと判断してくれた事を、素直に嬉しいと思った。

「雄大はとても利発な子だ。賀上くん、息子をよろしく頼むよ」

そう話す顔には、父親としての愛情が溢れている。

健一郎の意図はさておき、幸三の父親として雄大を想う心には感銘を受けた。迷いながらも引き受けた愛菜だったが、ここまで信頼を寄せられたからには、できる限りの事はしようと決心する。

「はい、承知いたしました」

それからすぐに幸三が立ち去り、愛菜も部屋を出て給湯室経由でマーケティング部に戻った。席に着くなり馬場が興味津々の顔を向けてきたが、笑顔で受け流しやりかけの仕事に集中する。

午前中にこなすべき業務をすべてやり終え、休憩の時間になると席に着いたまましいったん頭の中を空《から》っぽにした。

面倒な事に巻き込まれたのは間違いない。しかし、引き受けた以上、最善を尽くすべきだ。

そう覚悟を決めると、愛菜は午後の会議に向けて、もう一度資料を確認し始めるのだった。


会長たちから呼び出された二日後。その日の仕事を終えた愛菜は、残業も寄り道もせずまっすぐ帰途についた。

愛菜の住まいは築三十年の賃貸マンションで、駅から徒歩で五分もかからない。部屋は四階建ての二階にあり、間取りは１ＬＤＫで一人暮らしにはちょうどいい広さだ。

作り置きのおかずで手早く晩御飯を済ませ、シャワーを浴びたあと、鏡の前で入念にスキンケアをする。

今日の午後、愛菜個人のスマートフォン宛に健一郎からメッセージが送られてきた。目を通すと、雄大とのお見合い場所と時間が記されていた。

「日曜日の午後三時から五時まで、か。ランチタイムでもディナータイムでもないし、まずは軽く会って話すって感じかな」

待ち合わせの場所は都内のラグジュアリーなホテル内にあるイタリアンカフェだ。調べてみたところ、ドレスコードはスマートカジュアルだが、メニューを見ると普段使いするには高すぎる店のようだ。

仮にも見合いをするのだから、いつも以上に見た目には気をつけなければならない。

愛菜はふと思い立って、スマートフォンを手に取り、ウェブ版の社内報を表示させた。

「あ、これだ。……アップじゃないからイマイチよくわからないけど、やっぱり副社長ってかなりのイケメンだよね」

雄大が本社勤務になって以来、独身の女性社員たちの間で「新田雄大」や「副社長」がトレンドワードになっていた。

その画像は、彼が本社勤務になった際に各部の部長を集めて挨拶《あいさつ》をした時のものだ。

副社長就任後の雄大は、瞬《また》く間に頭角《とうかく》を現して地位にふさわしい実力があると証明した。

馬場をはじめとする部長クラスの人たちも口々に雄大の経営者としての資質を絶賛しているし、何より数字が彼の有能ぶりを如実《にょじつ》に表している。

(副社長として有能なのは間違いないし、せっかくだから、こっちもいろいろと学ばせてもらおう。それにしても、こんな人が恋愛にも女性にも慣れていないって、本当かな?)

未だに不可解な事はあるし、立場的にやりづらい事も多々ありそうだ。しかし会長は、あれこれ構えずに、まずは息子と会ってみてほしい、と言っていたではないか。

だから当日は、初対面の挨拶《あいさつ》をして、互いに気になる事を質問したり答えたりする。そうすれば、おのずと距離が縮まるだろうし、相手への理解も深まるはずだ。

とりあえず、会うだけ会ってみよう。

愛菜は覚悟を決め、両方の掌《てのひら》で頬をパンと叩いて自分に気合を入れた。


見合い当日は晴天で、ちょうどいい気候だった。

愛菜は午前七時に目を覚まし、軽く朝食を取りながら雄大の顔を思い浮かべる。

今日までの間、愛菜はそれとなく社内でも雄大の姿を探していた。しかし、常に忙しい彼を探すのは至難の業《わざ》だ。

最終的には携わっている業務上役員のスケジュールデータを閲覧《えつらん》できる智花の助力により、ようやく金曜日に一瞬だけ遠目に見かける事ができた。

とはいえ、周囲に人も多く距離もあったから、おそらく彼は気づいていないだろう。愛菜自身も視界の隅に彼をとらえただけで、当然目も合わなかった。

(でも、さすが新田グループの御曹司よね。思っていた以上にイケメンだったし、オーラがあったかも)

これまで副社長の雄大を、異性として意識した事などなかったし、興味もなかった。

しかし、一応は正式な見合い相手だ。

彼を知り己《おのれ》を知れば百戦殆《あやう》からず。

自分なりに情報を集めて準備を整えてきたし、あとは実際に会ってみて、雄大がどんな人物であるか己《おのれ》の目で判断しよう。

そんな思いを胸に家を出て、指定された時間に合わせて待ち合わせの場所に向かった。

考えてみれば彼ほどハイスペックな男性との出会いなんて、望んでも得られるものではない。

婚活が上手くいっていない今、今回の話はきっと流れを変えてくれる転機になる。

むろん、本当に副社長とどうこうなるわけがないし、社長の言う良縁も期待していない。

だがこの出会いは、ある意味、愛菜にとっては新しく経験値を積むまたとない機会になるはずだ。

緊張の面持ちでホテルのエントランスに足を踏み入れ、迎え入れてくれたドアマンに軽く会釈《えしゃく》をする。時刻を確認すると、約束の時間の十分前だ。

いったん化粧室に行って鏡の前でメイクや服装の最終チェックをしたあと、一階の東側にあるカフェを目指す。男性との待ち合わせは何度となくしてきたが、自社の副社長ともなると、いつも以上に緊張する。

今日の服装は、白と紺色のワンピーススーツで、お見合いにしては少々堅苦しい感じが否めない。しかし、お見合いとはいえ目的は別にあるし、これくらいが妥当だと判断した。

顎《あご》を上げ背筋をシャンと伸ばして店の奥に進んだ。

「こちらでございます」

カフェの案内係に誘導された屋根付きのテラス席は、緑に囲まれた眺めのいい特等席だ。そこにはすでに、こちらに背を向けて男性が座っている。

案内係の声で振り向いたその人が、椅子から立ち上がり愛菜に向き直った。

落ち着いたグレーのスーツを着こなした彼を見て、一瞬息が止まる。

美男だとは、十分承知していたつもりだった。けれど、まっすぐにこちらを見つめてくる笑みをたたえた彼の顔は、そんなありふれた単語では言い表せないほど魅力的だ。

「はじめまして。新田雄大です。今日は、わざわざお越しいただいてありがとうございます」

「は……はじめまして。賀上愛菜です」

言いながら、愛菜は雄大の差し出した手を握り、握手をした。

雄大と会うにあたり、愛菜はイギリスの文化やマナーについてひと通りの知識を頭に入れている。アイコンタクトを取りながらの握手は、イギリスでは基本中の基本だ。思っていたよりも強く握られ、反射的に同じだけ掌《てのひら》に力を込める。

吸い寄せられるような焦げ茶色の瞳と少年のような屈託のない笑顔に、鼓動が速くなるのを感じた。

挨拶《あいさつ》を交わしたあと、それぞれの椅子に腰を下ろす。

「飲み物は、どうしますか？　よければ、美味しいワインでもいかがです？」

そう訊《たず》ねてくる様子は、いかにもスマートだ。

愛菜は頷いてオーダーを彼に任せた。容姿がいい男性は大勢いるが、間近で見る雄大は、瞬《まばた》きをするのを忘れてしまうほど容姿端麗だ。

彼の美男ぶりに魅入られている間に、テーブルの上にワインと生ハムやチーズを使った軽食が運ばれてきた。

「ここに来ていただく事になった経緯は、会長と社長から聞かされています。面倒な事をお願いしてしまって、本当に申し訳ありません」

雄大に頭を下げられ、愛菜は即座に首を横に振った。

「面倒な事だなんて、とんでもありません。むしろ私なんかが副社長のお見合い相手で本当にいいのかどうか……」

「いいえ、あなたでよかったです。それに、相手が賀上さんでなければ、僕も同意していなかったでしょうし」

「え？」

「いえ――まずは、こうしてお会いできた事を乾杯しましょう」

「あ……はい」

雄大に促《うなが》され、愛菜はグラスを手にして軽く上に掲げた。ひと口飲んで喉を潤《うるお》すと、ようやく少し落ち着いて彼の顔を見られるようになる。

以前見かけた時に予測できていたが、彼の身長は百九十センチ近くある。それに、立ち居振る舞いがとても優雅だ。

これまで出会った男性の中には、マナー以前に無礼で下品な振る舞いをするエセ紳士がたくさんいた。そんな人たちとは最初から比べるべくもないが、雄大は本物のジェントルマンといった感じだ。

「ここは、仕事でもよく利用するんですよ。雰囲気がいいし、軽いミーティングにうってつけなので」

「開放的だし、居心地がいいですね。ここでなら、商談も上手くいきそうです」

「そうでしょう？　カフェなので食前に軽く飲んだり食べたりする感じで、そこから先の商談は場所を変えてランチやディナーを食べながら、という流れで――」

　会話する声は落ち着いているし、今のところ女性に慣れていないといった印象はない。しかし、慣れているふうを装う男性はいるし、そうと判断するのは早いだろう。

　しかし、はじめてまともに顔を合わせて話したが、この短い間でも雄大が好青年である事は伝わってくる。

　まだ二十代でありながら、彼には将来新田グループを背負《しょ》って立つと思わせるだけの風格のようなものがあった。そう遠くない未来にさらに上の地位に就くだろうし、時が来ればふさわしい女性を妻として迎えるに違いない。彼を見ていると自然とそう思えるのに、なぜ雄大は自分のような一般社員との見合いを受け入れたのだろう？

　それが謎だが、今は余計な事を考えている時ではない。彼はまさしく理想の結婚相手であり、自分は雄大の正式な見合い相手としてここに来ているのだ。

（私みたいな一般庶民とは、こんな機会でもなければ会う事もないんだろうな）

　その後はしばらくの間、天気や新たに運ばれてきた料理に関する話をする。

　終始微笑んではいるが、愛菜は内心ドキドキだ。緊張のせいもあって、いつも以上に喉が渇き、自然とグラスを傾ける回数が増えてしまう。

「お酒はお好きですか？　ここはシャンパンの種類も豊富ですよ」

屈託のない笑顔はとても人懐《なつ》っこくて、つい無条件で頷きたくなってしまう。

しかし、愛菜はここに美味しいお酒と料理を楽しみに来たのではない。

「お酒は好きですが、外ではあまり飲まないようにしているので」

「あぁ、そうですね。すみません、初対面でやたらとお酒を勧めるなんて、よくありませんよね」

雄大が両方の眉尻を下げて、申し訳なさそうな顔をする。

「いえ。副社長が、厚意で言ってくださってるのはわかっていますから。ただ、その……」

「なんですか？　遠慮せず言ってください」

彼に促《うなが》されるも、愛菜はなおも躊躇《ちゅうちょ》して口ごもった。プライベートはさておき、ビジネスパーソンとして自分よりも遥《はる》か上にいる雄大に物申すのは大いに気が引ける。

しかし、言いかけてやめるのもよくない。

「あの、海外では、お酒を交えての会話は普通なんだと思いますけど、今はプライベートですし、先ほどの言葉を誤解して受け取ってしまう人がいたりするんじゃないかな、と……」

「と、言うと？」

「たとえば、たくさん飲ませて酔っぱらわせるつもりだと思われたり、そこまでお酒を勧めるって事は、家に帰すつもりがないと受け取られたり……」

「ああ、なるほど。僕が相手に対して、邪《よこしま》な考えを持っていると思われかねないって事ですね」

雄大が、納得したように頷く。少し声が大きかったのか、少し離れたテーブルにいる中年のカップルが揃ってこちらを振り返った。

「も、もう少し声を抑えてください」

唇に人差し指を当てて前かがみになる愛菜に、雄大がハタと気がついた様子ですまなそうな表情を浮かべる。

「すみません。うっかりしていました」

雄大が中年カップルに軽く頭を下げると、二人はにっこりと微笑んで会釈《えしゃく》してくれた。

「副社長がおっしゃるとおり、ご自身にそういうつもりがなくても、相手を不快にしたり、もしくは都合よく勘違いされて迫られたりする場合もあるので気をつけたほうがいいかもしれません」

「なるほど……。言われてみれば、確かに以前そういう事がありました。仕事関係で知り合った人の個人的なパーティに呼ばれた時、シャンパンを飲みながら話していたら急に二人きりになりたいと言われて――」

雄大から聞かされたいくつかのエピソードは、明らかに相手側の勘違いによるものだった。

彼には、まったくそんなつもりはなかったようだが、ビジネスによる繋がりであっても、きっかけさえあれば恋愛に発展してしまう。

そうしたつもりがないなら明確な線引きが必要だし、誤解を招くような言動をしてはならない。

愛菜が遠慮がちにそう告げると、雄大が真摯《しんし》な顔つきで頷いた。

「肝に銘じます」

それからしばらくの間あれこれと話をしてみた結果、雄大の恋愛に関する知識は限りなく乏《とぼ》しく、女性の扱いに関してもマナーに則《のっと》ったものに限られているのがわかった。

当然、恋愛における男女の機微《きび》や駆け引きなど、まるで理解していないようだ。もともとの性格もあってか、彼はとても正直で嘘がない。

しかし、そんな雄大の印象と、今目の前にいる彼の外見には、大きなギャップがあった。見るからに落ち着きのある紳士だし、女性に対しては丁寧で話題も面白く会話が弾む。

それなのに、彼からは色恋に関する欲をまったく感じない。これほどのスペックがあれば、望んだらすぐにでも恋人ができそうなものなのに、彼の女性に対する興味のなさに驚かされる。

これは、思っていた以上に手がかかるかも――

愛菜はもうひと口ワインを飲み、グラスをテーブルの上に置いた。

「そういえば、先ほど『相手が賀上さんでなければ、僕も同意していなかった』とおっしゃいましたが、それはどういう意味でしょうか？」

「ああ、それはそのままの意味ですよ。さっきは、はじめましてと言いましたが、実は賀上さんの事は以前から知っていました。何度か社内でもお見掛けした事があるんですよ。直近だと、二日前の金曜日に、会社の大会議室前の廊下で――」

「えっ、気づいていらっしゃったんですか？」

「もちろんです。それに、少し前に賀上さんが発案したマーケティング部の提案書を読みましたが、とてもよかった。あれ以外にも、実に有益で面白いアイデアを出してくれていますね」

「恐縮です。まさか、副社長が私の事を気に留めていてくださったとは思いませんでした」

「優秀な社員は普通に仕事をしていても目立ちますからね。それに、馬場部長からも何度か賀上さんの話を聞いています。着眼点が良くて頭の回転も速いと」

自分の仕事ぶりをきちんと評価されていると知って、愛菜は素直に喜んでにっこりと笑った。

「馬場部長は、部下の使い方が上手いというか、能力を引き出す術《すべ》に長《た》けていらっしゃるんだと思います。ある程度こちらに判断を任せてくださるし、躓《つまず》いた時にはすぐに手を貸していただいたりして――」

部下のアイデアを横取りしようとした田代部長とは大違いだ――とは言わないが、そう思いながら、馬場が自分を褒《ほ》めてくれていた事を嬉しく思った。

その後も仕事に関する話で盛り上がり、気がつけば二人のグラスが空《から》になっている。

「少し喉が渇いたな。僕はシャンパンを頼みますが、賀上さんもいかがですか？」

咄嗟《とっさ》に辞退しようとしたが、確かに喉が渇いていた。お酒を交えての会話については、さっき話したばかりだし、雄大の言葉を素直に受け取っても問題ないだろう。

「ありがとうございます。では、もう一杯だけいただきます」

雄大が頷き、二人分のシャンパンをオーダーする。すぐに運ばれてきたグラスで二度目の乾杯をしたあと、雄大に話題を振られるまま、新田証券における今後のマーケティング戦略について楽しく語り合った。

会話は思いのほか盛り上がり、二人は、ごく自然な感じで互いの個人的な連絡先を交換し、次の約束をする。

「では、次の土曜日に、またこの場所で」

「はい、楽しみにしています」

あっという間に二時間が経過し、愛菜は雄大とともにホテルの前に出る。彼に見送られながら待機していたタクシーに乗り込み、閉じたドアの窓越しに会釈《えしゃく》をした。

にこやかに微笑んでいた雄大が、愛菜に向かって手を振る。

うっかり手を振り返しそうになったが、すんでのところで持ち上げた右手を左手で押さえた。

タクシーがホテルの敷地を出ると、愛菜は一気に脱力してゆったりとシートにもたれかかる。

(終わった……)

しかし、ホッとしたのも束の間、シートから背中を離し渋い顔をする。

思いがけず仕事ぶりを評価されたのが嬉しくて、ついあれこれと話し込んでしまった。場が盛り上がったのはいいが、あれではただの上司と部下の会話だ。

仮にも今日はお見合いをしに来たというのに、初手から失敗してしまったかもしれない。距離は縮まったけれど、二人の間には恋愛要素など皆無《かいむ》だ。

(私とした事が、何やってんのよ。こんなんじゃ、会長の期待に応えられないじゃないの)

愛菜は猛省《もうせい》し、次こそは上手くやろうと心に誓った。

それはそうと、雄大があれほど気さくで接しやすいとは思わなかった。

性格は明るく、真面目。それに、話し上手であると同時に聞き上手でもある。ハイスペック男子に見られがちなおごった様子もない。

彼は婚活においては間違いなく優良物件だ。

たった二時間ではあるけれど、愛菜はすでに雄大に対して好印象を抱《いだ》いている。

雄大はスペックも人柄も問題ないし、恋愛に不慣れだとしても、女性に対して苦手意識を持っているわけではない。

初対面であれほどスマートに振る舞えるなら、何も心配いらないのでは？

むしろ、わざわざ愛菜に依頼したりせず、彼にふさわしい相手と普通に見合いをしたほうがよかったのではないかと思うくらいだ。

（でも、会長が直々《じきじき》に私に頼んできたくらいだもの。実際に恋愛をする前に、多少なりとも経験を積んでおいたほうが安心よね。次に会う時には、副社長が女性を恋愛対象として意識できるようになってもらわないと……）

それこそが、愛菜が果たすべき目的のひとつだ。

この先、いざ本気で見合いや恋愛をする時、雄大が困る事のないよう試験的に付き合って恋愛に慣れてもらう。

そうなれば、自然とその時々にふさわしい言動が取れるようになるに違いない。

『あれはとても利発な子だ。賀上くん、雄大をよろしく頼むよ』

幸三の言葉を思い出しながら、改めて自分の役割をしかと心に刻み込む。

愛菜は今一度タクシーのシートにもたれかかり、腕組みをして今後について考えを巡《めぐ》らせた。

そして、帰宅するなり今日の報告をすべく幸三から渡されたスマートフォンを取り出し、電話に出た彼に雄大とともに過ごした二時間の報告をするのだった。

雄大と見合いした週の土曜日、愛菜は前回と同じ場所、同じ時間に彼と待ち合わせをしていた。

前回は仕事の話がメインになってしまったが、今回は本来の役割をしっかり果たすつもりでいる。

引き受けたからには、確実に結果を出すのは当たり前だ。

且《か》つ、できるだけ短期間で終えられるよう、計画的にプランを進めねばならない。といっても、仕事熱心で出張も多い雄大は、プライベート返上で忙しくしている様子だ。

前回、今回と二回にわたってデートの時間を確保できたが、今後の予定を調べたところ、来月の半ばまで週末のスケジュールは埋まっていた。

できるだけ短期間で終わらせたいと思っているが、これぱっかりは雄大のスケジュール次第になりそうだ。

しかし、これくらいでへこたれるような自分ではない。

愛菜は雄大との付き合いを段階的に進められるよう計画を練り、三カ月でひととおり終わらせられるようスケジュールを組んだ。

方針が決まったら、あとはそれを実行するのみ。

上手くいけば報酬が得られるし、自分のキャリアアップにも繋がる。さらには停滞している自分の婚活状況から脱却するきっかけになってくれるかもしれない。

そう期待できるほど、雄大は魅力ある人物だ。

本気の恋愛をする事はないにしろ、こんな機会を与えられた自分は、とてつもなくラッキーだと言えるだろう。

待ち合わせの時刻は、午後三時。

前回は相手が副社長だから、肩に力が入りすぎていたのかもしれない。

（今日は一緒にカフェでお茶をして、そのあとで街ブラ。その間に、もう少し距離を縮める。ただし、今日は仕事の話はナシ！　それからの予定は、二人で話し合って決めるって事でいいよね）

思っていた以上に恋愛経験値が低い雄大だから、できるだけハードルを低く設定してみた。

そんな事を考えながらクローゼットの扉を開け、あらかじめチョイスしておいた洋服を取り出す。

薄紫色のカットソーはボートネックで、袖《そで》はふんわりとしたデザインだ。それに合わせたフレアスカートは白地に花模様があしらわれており、膝下十センチの長さがある。

どちらも新品ではないものの、ベルトとハイヒールを合わせればカフェデートにもマッチするお気に入りだ。

仕事に行く時はいつも原色に近い色合いのものを選ぶ愛菜だが、プライベートではパステル調の淡い色合いのものを好んで着る。

会社では常にバリキャリのイメージを崩さないが、本来の愛菜はゆるふわのコーディネートが大好きなのだ。

幸三からは相手が雄大だからといって無理や遠慮はしなくていいと言われているし、今回は本来のスタイルで行くと決めた。それに、そのほうがやりやすい。

ファッションに合ったメイクとヘアスタイルを施《ほどこ》し、すべての準備を終えて、部屋の隅に置いてある姿見の前に立つ。

「うん、いい感じ」

前回は格好も会話も堅苦しさが否めなかったが、雄大は思っていたより話しやすかったし、今日はもう少しプライベートについて探ってみようと思う。

鏡に映る自分を見ながら、愛菜はふと前回会った時の雄大の顔を思い浮かべた。

飾り気がなく自然な立ち居振る舞いに、屈託のない笑顔。

仕事の話に終始してしまったものの、彼との会話は本当に楽しくて実のあるものになった。

(それだけでも、この話を引き受けてよかったと思えるよね)

お見合いについての報告は、すでに幸三と健一郎ともに済ませている。

どちらも電話で連絡をしたのだが、健一郎との通話はものの数分で終了したが、幸三とは思いがけず長電話になり、一時間近く話していた。そこで愛菜は、これまで明かされなかった雄大に関する事実を聞かされる事になった。

雄大は幼い頃から神童と言われるほど優秀で、その資質を最大限に伸ばすべく小学校卒業後イギリスに留学した。それは彼自身が希望し、両親も賛同して実現した事だったらしい。その後、彼は現地で最高の知識と社交術を身に着け、卒業後はそのままイギリスの大学に進学した。

そこまでは、誰が見ても順風満帆《じゅんぷうまんぱん》な人生を歩んでいた彼だが、大学に入って一年後、車の運転中の事故で大怪我を負った。

優秀な医師たちのおかげで手術は成功。しかし、彼は目を覚ます事なく、昏睡状態のままベッドで二年を過ごす事になってしまったのだという。

その間、雄大のそばには母親の恵理子《えりこ》が常時付き添っていたらしい。献身的な母親の思いが天に通じたのか、その後、雄大は奇跡的に意識を取り戻した。

それ以後、雄大は体力の回復とリハビリに励《はげ》みながら大学に復学して、以前にも増して熱心に勉強に励《はげ》んだようだ。

『幸い、後遺症もなく、驚くほど優秀なビジネスセンスを身に着けた大人になった。妻もたいそう喜んで、雄大のそばでサポートを続けていたんだが――』

優秀な成績で大学を卒業した雄大は、新設された新田証券ロンドン支局に就職する。そこが軌道に乗ったのを機に、帰国して本社勤務になる予定だった。

けれど、そこでさらなる不幸が雄大を襲う。

母親の恵理子が病に倒れ、急逝《きゅうせい》してしまったのだ。それにより、帰国が予定より半年遅れ、ようやく今年の春に本社勤務が叶ったのだった。

『ちなみに、この事を知っているのは親族のみで、それ以外で教えたのは賀上くんがはじめてだ』

幸三にそう言われて、愛菜は知った事実はぜったいに口外しないと彼に誓った。

それにしても、まさかそんな事があったなんて――

超がつくほどのハイスペック男子なのに、女性慣れしてないなんておかしいと思っていた。

けれど、それほど大変な過去があったなんて考えもしなかった。

大勢の部下に囲まれて廊下を歩いていた雄大を見た時、愛菜は彼を極めて優秀な苦労知らずのおぼっちゃまだと思った。

だが、彼の辿《たど》ってきた道を知った今は、そんなふうに思っていた自分を恥ずかしく思う。

（人を見た目で判断しちゃダメって、十分すぎるほど理解してたはずなのに）

婚活においては、相手の人柄を正しく見極める必要がある。婚活を始めた当初こそ見た目に惑わされて失敗する事もあったけれど、今ではかなり正確にその人の本質を見極められるようになった。

婚活でいい結果を出せていないが、人の本質を見極める目だけは養われたと自負していただけに、情けない限りだ。

こうなったらいっそう気を引き締めて、この仕事をやり遂《と》げなければならない。自分は人に教えられるほど恋愛経験が豊富なわけではないが、ぜったいに雄大を素敵な恋愛結婚ができるようにしてみせる！

愛菜は気を引き締め、意気込みも新たに待ち合わせのイタリアンカフェに向かう。

二度目とはいえ、やはり緊張はする。時間どおりに店に着き、前と同じ席で待っている雄大を見つけて、背後から声を掛けた。

「副社長、こんにちは」

「こんにちは、賀上さん。今日も来てくれてありがとう」

そう言いながら立ち上がった雄大は、濃紺のテーラードジャケットに淡い空色のシャツを合わせ、ドット柄のネクタイを締めている。

にこやかな表情をした彼が、愛菜に向かって大きな花束を手渡してきた。深紅の薔薇《ばら》がメインになっているそれは見るからに豪華で、両手で持つと顔が半分隠れてしまうほどの大きさがある。

花束をもらった経験はあるが、これほど豪奢《ごうしゃ》なものははじめてだ。

嬉しさよりも困惑が先立つが、イギリスではこれがスタンダードなのだろうか？

愛菜は驚いて目をぱちくりさせながら、花束と雄大の顔を交互に見た。立っているだけで人目を引くイケメンと巨大な花束のインパクトは凄まじく、店内にいる人の視線が自分たちに集中する。

「あ……ありがとうございます。すごく綺麗ですね」

花束を受け取り、彼とともに席に座った。隣の席に花束を置き、ニコニコと笑っている雄大に微笑みかける。周りには前回来た時よりも人が大勢おり、それぞれに午後のひと時を楽しんでいる様子だ。

「もしかして、お待たせしてしまいましたか？」

「いや、来たのはついさっきです」

話を聞くと、雄大はホテルのフラワーショップに立ち寄り、そこで花束を買ってからここに来たようだ。

「今日は、どうしましょうか。天気もいいし、このあと少し歩きませんか？」

雄大が言い、近くの公園ではちょうどコスモスが見頃だと提案してきた。

愛菜も同じようなコースを計画していたし、ちょうどいい。だが、如何《いかん》せんもらった花束が大きすぎる。

「いいですね。ぜひ、そうしましょう。……ですが、これを持ったままだと少々歩きづらいので、できたらその間、どこかに預けたいです」

愛菜が遠慮がちにそう言うと、雄大がハッとしたような表情を浮かべた。彼は視線を愛菜の顔から花束に移すと、気まずそうに眉尻を下げる。

ちょうどその時、外国人の老夫婦が係の人に案内されて、すぐ近くの席に着いた。老婦人が薔薇《ばら》の花束を見て微笑み、香りを楽しむような仕草をする。

それと前後して雄大が椅子から腰を上げ、花束が置かれた椅子の横に立った。彼は老夫婦に軽く会釈《えしゃく》したあと、花束を持って愛菜に向き直る。

「そこまで考えが及びませんでした。来たばかりで申し訳ないですが、とりあえずここを出ましょう」

雄大に促《うなが》され、愛菜は彼の手を借りて席から立ち上がった。彼とともにカフェを出て、通りすがりにあるフロントの前を並んで歩く。ほどなくして、雄大に気がついた様子の男性コンシェルジュが、カウンターから出て二人に近づいてきた。仕事でよく使うと言っていたから、彼とは懇意なのだろう。

雄大は彼と二言三言言葉を交わしたあと、愛菜をエレベーターホールへと誘った。

「僕とした事が、本当にすみません。急に場所を変えて申し訳ないのですが、よければ部屋に行きませんか？」

「部屋というのは？」

「今日は、カフェで待ち合わせをして、街や公園を散歩したあとでディナーに誘うつもりでスイートルームを取っているんです」

「ス、スイートルーム？」

一度目のデートでスイートルームを取るなんて、下心があると思われてもおかしくないではないか！

さすがにひと言物申すべきかと思ったが、ふと冷静になって開こうとした口を閉じた。

雄大の様子からして、愛菜が懸念したような意図はなさそうに見える。そう思い、さりげなく彼に訊《たず》ねてみた。

「ディナーに誘うだけのために、スイートルームを取ってくださったんですか？」

「ええ、そうです。そのほうが落ち着けるし、時間を気にせずにゆっくり話ができると思ったので」

聞けば、ディナーはコース料理で品数もかなり多いようだ。それに、部屋で食べると言っても食事中は給仕を担当する人の出入りもある。

彼ほどリッチであれば、食事を取るためにスイートルームを用意するのは珍しくないのだろう。

部屋を取るイコール下心アリと判断するなんて、庶民丸出しの考え方だった。

愛菜は安易に指摘しなくてよかったと思いつつ、そっと安堵のため息を漏らした。いずれにせよ、両手に余るほどの花束を持っていては、どこにも行けないし何をするにも大変だ。

「そうですか。お気遣い、ありがとうございます」

愛菜は礼を言い、雄大にエスコートされてエレベーターに乗り込んだ。ホテルの上階に向かい、ラグジュアリーフロアに降り立つ。

モノトーンの絨毯《じゅうたん》が敷き詰められた幅広の廊下を行き、突き当たりの部屋のドアを開けてもらって中に入る。

部屋に入るなり、正面の窓から見える都会のパノラマビューに目を瞠《みは》った。

いったい、どれくらいの広さがあるのだ……

中央には白く重厚なローテーブルがあり、それを囲むように並べられたソファにはクッションが八個置かれている。

窓の外は広々としたテラスになっており、天井《てんじょう》も高く開放的な事この上ない。

部屋の豪華さに圧倒されていると、雄大が愛菜を案内してソファに腰掛けるよう誘導してくれた。

愛菜が座ると、彼は花束をソファ前のテーブルの上に置き、すまなさそうな様子で隣に腰を下ろしてくる。

「顔を合わせて早々に、しくじってしまって本当に申し訳ありませんでした。今日のデートが楽しみすぎて、つい気持ちが先走ってしまって……。賀上さんを喜ばせたい、何かしたいと考えて、思いついたのが花束だったんですが、大きすぎるし、香りもきつすぎますよね」

雄大が花束を掌《てのひら》で示し、小さくため息をつく。

(うわぁ、わかりやすく凹《へこ》んでる……)

落ち込んでいる彼は、仕事の話をしている時とは別人のようだ。自分を喜ばせようとして、せっかく素敵なプレゼントを用意してくれたのに、このままでは申し訳なさすぎる。

愛菜は、にっこりと微笑んで花束を両手に抱え上げた。

「こんなに大きな花束をもらったのは、はじめてです。すごく綺麗だし香りも素晴らしいですね」

愛菜が嬉しそうな顔をするのを見て、雄大がホッとしたように表情を緩めた。

「僕はこのとおり、デートひとつするにもあれこれと考えすぎて、結局は間違った選択をしてしまう。父から聞いていると思いますが、恋愛に関してはわからない事だらけで……。女性に対する言葉の選び方だけではなく、プレゼントのチョイスについても学ばないといけませんね」

雄大が、話しながら自分自身にがっかりした様子を見せる。聞けば、彼はこれまでも女性を食事に誘ったりプレゼントを渡したりした事はあったらしい。しかし、そこに恋愛感情はいっさいなく、以後の対応もビジネスライクなものに終始していたようだ。

相手にしてみれば、肩透かしを食らった気持ちになったかもしれない。過去の言動を後悔してか、雄大が表情を曇らせる。

愛菜は花束を丁寧にテーブルに戻すと、身体ごと彼に向き直った。

「プレゼントは嬉しいですし、サプライズも感動的で素敵だと思います。ただ、今回のようにもらったあとでデートが控えていると、持ち運びや置き場所に困る事があるので……」

それだけではなく、周囲にも気を遣うし、移動中にせっかくの花が傷《いた》んでしまう場合もある。

愛菜の言葉に、雄大は真剣な表情で頷きつつ、胸の内ポケットからスマートフォンを取り出した。

そして、画面を操作して録音機能をスタートさせる。

「なるほど……。すみませんが、今言った事をもう一度繰り返していただけますか？」

いきなりそんなふうにされて戸惑ったが、それだけ彼が真剣に取り組もうとしているという事だろう。

愛菜は聞き取りやすいよう気をつけながら、雄大のスマートフォンに向かって同じ言葉を繰り返した。

彼は真面目な顔をして愛菜の声に耳を傾け、納得したように深く頷いてにっこりする。

「さすが会長と社長が推薦した人ですね。賀上さんの話はとてもわかりやすいです。声も落ち着いていて、安心感が得られます。そういえば、先日マーケティング部と営業部の合同会議の映像を見せてもらいましたが、素晴らしい発表でした」

「えっ……あれをご覧になったんですか？」

雄大との見合い話を持ち込まれた日の午後、愛菜は予定どおり営業マーケティング会議に出席して、かねてから温めていた提案を発表した。

「ええ。カメラのアングルが、ちょうどいい具合に賀上さんを映していましたね」

いつもはカメラなど入らないのだが、あの時はちょうど採用者用ビデオに会議風景を入れたいという事で、人事部の撮影班が同席していた。

結果的に前向きに検討する方向で会議は終わったが、途中、営業部の主任とちょっとした言い合いになってしまった。それだけならまだしも、営業部の態度のひどさについ熱くなり、目を三角にして熱弁を振るってしまったのだ。

よりによって、それを見られたとは――

愛菜は渋い顔をして下を向いた。

「あれを見られたなんて、お恥ずかしい限りです」

うつむく愛菜の様子を見て、雄大が朗《ほが》らかな笑みを浮かべた。

「いえ、何も恥じる事なんかないし、会議中の賀上さんは、とてもかっこよかったですよ。それに、営業部からの反論は、ただの言いがかりですしね」

あの日、営業部の主任から、少し前に出した新商品の売れ行きが伸び悩んだのは、マーケティング部が出したプロモーションの施策がイマイチだったせいと言われた。しかし、こちらからしたら、営業部がプロモーションにかけた時間が短すぎるし、ターゲットにする顧客の年齢の範囲もやや狭すぎたように思う。

「そうですよね？　うちは会議に会議を重ね、練りに練った施策を出したのに、営業部の石頭ときたら――あっ……！」

つい、勢いに任せて口を滑らせてしまった。

石頭とは、日頃から言い慣れた営業部の主任のあだ名だ。

愛菜は再び下を向き、唇を固く閉じて指先で押さえた。

「ははっ、石頭……ぴったりのあだ名ですね。ですが、予算の関係もあるし、あれでも彼なりにかなり頑張ったんですよ。それと、少々準備期間が短かったようでしたね」

「はい、承知しています。準備期間が短かったのはうちと情報システム部の問題です……。営業にも都合がある事は承知しています。申し訳ありません、失言でした……」

「いえ、賀上さんがそれだけ熱心に仕事をしているという事の表れでしょう。できれば今後は、もっと早い段階で他部署とすり合わせをしたほうがいいかもしれませんね。これについては、僕からそれぞれの部長に話しておきます。しっかり頭に入れましたので、ご安心を」

雄大が指先で自分のこめかみをトンと叩いた。

「ありがとうございます！　営業部は、どうもうちとの会議に腰が重いんです。いろいろと忙しいのはわかりますけど――」

そこでハッとした愛菜は、言いかけた言葉を呑み込んで口を閉じる。

いけない。デートなのに、またしても会話の内容が仕事になってしまった。

そんな愛菜を見て、雄大が軽やかな笑い声を上げる。

「それはそうと、今日の服装は前回に比べてエレガントで素敵ですね」

彼は座っている位置をうしろにずらすと、愛菜のファッションを称賛するように両手を広げた。

話題を変えてくれたのはよかったが、急に服装を褒《ほ》められて、それはそれで面食らってしまう。

「あ、ありがとうございます」

「賀上さんは、会社ではクールでスタイリッシュな服装が多いように思っていたので、ちょっと驚きました」

「……本当は、こういう服装のほうが好きなんです。身長はそこそこありますが、もとが童顔のせいで実年齢よりも若く見られがちで、侮られたりする事があるので……。なので、仕事場では意識して落ち着いたファッションをするようにしているんです」

雄大は、さらりと愛菜の全身に視線を巡《めぐ》らせて、微笑みを浮かべる。

「なるほど。僕は今日のようなファッションのほうが、賀上さんに合っていると思います。髪の毛もメイクも、服装に合わせているんですよね？　ルージュの色も、華やかでとても素敵ですね」

「ありがとうございます。このルージュ、すごく迷って買ったお気に入りなので、嬉しいです」

これまでにも付き合ってきた男性に、ファッションやヘアメイクを褒《ほ》められた経験はある。しかし、どれも通り一遍でありきたりだったたし、気持ちがこもっていないのが明らかだった。

けれど、雄大の言葉はきちんと愛菜を見て言ってくれているのが伝わってくるし、それがわかるだけに自然と顔いっぱいに笑みが広がる。

「気に入ったものを身に着けていると、それだけでテンションが上がりますよね。こう見えて、僕も結構服装には気を遣っているんですよ。ただデートとなると、どんなものを選べばいいのかわからなくて。結局、今日もスーツです」

そう言った雄大が、ちょっとだけ肩をすくめた。たったそれだけの仕草が、いちいち様《さま》になる。

「デートする時には、どういった服装がふさわしいでしょう？」

雄大がスマートフォンを手にしたまま身を乗り出し、真剣な表情を浮かべる。

「そうですね……。行き先や目的などを踏まえた上で、ＴＰＯを外さなければ好きな服装で大丈夫だと思います。今日のようなホテルデートなら、今着ているようなスーツはぴったりだし、とても素敵です。それに、服装に合わせたその腕時計も素敵ですね」

雄大の左手首につけられたそれは、スイスの高級時計メーカーのものだ。ベルトはシルバーカラーのステンレススティールで、文字盤は黒でメーカーのロゴマークがついている。

「ありがとう。とても機能的でデザインも気に入っているんです。これはイギリスで学生をしていた頃から目をつけていて、社会人になったら手に入れようと、ずっと狙っていたんです」

新田家の財力があれば、高級時計のひとつやふたつ、躊躇《ちゅうちょ》なく買えそうなものだが。しかし話を聞くと、入社当初の雄大に支払われた給与は一般の社員と同等だったそうだ。それどころか、健康を取り戻したあとの援助はいっさいなかったようだ。

一人息子だし、大変な思いをしてきた彼は、もっと甘やかされているのかと思っていたがそうじゃなかったらしい。

「あの、もしよければ、近くで見せていただいてもいいですか？」

「もちろんです」

雄大が時計を外して、愛菜に差し出してくる。

愛菜は恐縮しながらそれを受け取り、瞬《まばた》きもせずに文字盤に見入った。

「賀上さんも、時計に興味があるんですか？」

「興味というほど詳しくはないんですが、私もいつか余裕ができたら、自分へのご褒美《ほうび》にいい時計を買おうと思っているんです」

時計メーカーは国内外に多くあり、種類もたくさんある。

愛菜はいつか買う時のために様々なメーカーの時計を調べ、偶然雄大と同じ時計のレディースコレクションを候補に考えていた。その事を話すと、雄大がぱあっと顔を輝かせた。

「僕と同じですね。選びに選び抜いたら、このメーカーのこの時計に行きついたんです」

「そうなんです。普段はブランドものとかには興味ないんですけど、気になるものを探していくうちに、私もそれに行きつきました」

高級時計メーカーの品だけに、当然それなりに値が張る。しかし、資産としても価値があり、いつかぜったいに手に入れたいと思っていた。

愛菜は普段から散財はしないほうだし、時計購入のためにコツコツと貯金をしている。

「そうですか。いいものを手にした時の喜びは、ひとしおですからね」

「わかります。それを身に着けるだけで、気持ちが晴れやかになりますよね。でも、時計についてはまだちょっと買う勇気がないというか、どのタイミングで買うか考え中なんですけど」

雄大が頷き、愛菜の意見に同意しつつ問いかける。

「ほしいものを付き合っている男性に買ってもらう、という選択肢もありますよね？　友人の付き合っている女性の中には、常にほしいものをリストアップしていて、何かイベントがあるたびにそれを持ち出してプレゼント選びの参考にさせているようです」

「確かに、そういう女性もいると思います。贈る側としても、そのほうが失敗しないし、せっかくプレゼントするなら、ほしいものを贈って喜んでもらったほうがいいでしょうし。でも、女性が全員そういう考えを持っているわけではないし、私みたいにほしいものは自分で手に入れたいと思う人もいます」

そう話す愛菜の顔を、雄大がじっと見つめてくる。そして、ふと合点《がてん》がいったように表情を引き締め、繰り返し頷く。

「なるほど……。言われてみたら確かにそうですね。女性をひとまとめにするような言い方をして、失礼しました。やっぱり、男女の機微《きび》は難しいですね」

雄大が途方に暮れたような顔をして、苦笑する。

何も、そこまで大袈裟《おおげさ》に考えなくても――

愛菜は神妙な顔をする雄大を見て、あわててフォローする。

「誰だって最初は知らない事だらけですし、私だってわからない事がまだたくさんあります。相手があってのものだし、何事も一概には言えません。現に副社長と私も、今手探りしている状態ですよね。だから、もしわからなかったり気になる事があったりしたら、お互いに遠慮なく聞き合って、話し合う事にしませんか？」

実際、雄大ほどのセレブ相手に、どうしていいか自分も戸惑っている。

あらかじめ、聞きやすい雰囲気を作っておけば、今後の二人の関係もスムーズに進展していくはずだ。

「そうですね、ぜひそうしましょう」

雄大の顔に、ようやく笑顔が戻ってきた。彼がソファから立ち上がり、窓に顔を向ける。

「ちょっとテラスに出てみませんか？　眺めもいいし、風が気持ちいいですよ」

雄大が窓際に近づいて、テラスに続く窓を開けた。外の空気が流れ込み、彼の髪の毛が風にあおられて少しだけ乱れた。額に下りた前髪を指で掻き上げると、雄大が愛菜に向かってにっこりと微笑みかけてくる。

さすが、一流のビジネスパーソンだ。雰囲気を変えるやり方がスマートだし、何も知らなければ恋愛経験豊富な紳士にしか見えない。

しかし、そうでないからといって別におかしいわけではないし、場数を踏んでいればいいわけでもない。現に今、とても自然にテラスに誘われた。流れもいいと思うし、言葉や雰囲気もデートとして申し分ない。

誘われるままテラスに出て、周囲をぐるりと見回してみた。ホテルの周りは都心としては比較的緑が多く、公園などの憩《いこ》いの場と道を隔てた先にビルが建ち並んでいる。

「ちょうどいい高さですね。ここからだと道を歩いている人がちゃんと見えるし、遠くにある建物も眺められます。……わっ！」

ふいに強い風が吹いて、一束だけバレッタで留めてあとは下ろしていた髪がふわりと浮き上がった。

愛菜は咄嗟《とっさ》に手すりから離れ、両手で髪の毛を押さえた。その途端、別の角度から吹いてきた風にあおられて、スカートの裾《すそ》がめくれ上がる。

「きゃあっ！」

あわててスカートの裾《すそ》を押さえるも、フレア状になった生地《きじ》は容易に静まってくれない。

おまけに、目にゴミが入ったのか、片目が開かなくなってしまう。

「こっちへ――」

雄大に肩を抱き寄せられ、愛菜は彼に導かれるようにして部屋の中に戻った。幸いにも、目に入ったゴミは涙とともに流れ出たみたいだ。パチパチと瞬《まばた》きをしながら前を見ると、雄大が心配そうな表情を浮かべながら愛菜の顔を覗き込んでいる。

「すみません。風があれほど強いとは思わなくて……。目は大丈夫ですか？　洗面所で流しますか？」

これまでの彼は、恋愛的な男女の機微《きび》には不慣れとはいえ、気遣いもあり落ち着いて見えた。けれど、今の雄大は軽くパニックになっている様子だ。

愛菜は目を大きく見開いて、首を横に振った。

「だ、大丈夫です！　ほら、もう目はしっかり開きますし！」

愛菜が瞬《まばた》きをして見せても、雄大はなおも申し訳なさそうに腰を折り姿勢を低くしている。

「でも、涙が……。女性を泣かすなんて、男として最低ですね」

「いいえ、涙は目にゴミが入ったからで、副社長のせいではありませんよ」

「あ……ああ、そうですよね。……でも、スカートが——」

雄大がもごもごと口ごもる。顔を見ると、なぜか頬どころか耳まで赤くなっている。

いったいどうしたのかと訝《いぶか》っているうちに、ふいにさっきスカートの裾《すそ》が風にあおられて舞い上がったのを思い出した。

「もしかして……スカートの中……見えちゃいました？」

「ええ……薄紫色のものが、ちょっとだけ」

薄紫色のものとは今日穿いているショーツの色であり、一応洋服と合わせて選んで上下セットになっている下着だ。

パンチラならまだしも、状況から察するにしっかり見られたのかもしれない。

「い、今すぐに忘れてください。不可抗力とはいえ、なんてものを……本当に申し訳ありません！」

いきなり下着を晒《さら》すなんて、最悪だ。見せられたほうもいい迷惑だし、羞恥《しゅうち》のあまり今すぐに逃げ出したい気持ちになる。

愛菜は大いに恥じ入って、ペコペコと頭を下げた。

「賀上さん、どうか謝らないでください。僕がテラスにお誘いしたのが悪かったんですから」

「ですが、見たくもないものをお見せしてしまって――」

「いいえ、見たくもないものだなんて、そんな事あるわけないじゃないですか」

「え？」

「でも、賀上さんが気にしているようなので、今の出来事は記憶から消しておきます」

「あ……はい。そうしてくださると助かります」

うろたえる愛菜をよそに、雄大が鷹揚《おうよう》に微笑みを浮かべる。そして、ふと思い立ったようにパチンと指を鳴らした。

「そうだ。ウェルカムドリンクのシャンパンとフルーツがあるのを忘れていました」

雄大が思い出したようにそう言って、愛菜を窓際のテーブルセットの前に呼び寄せた。テーブルの上には、大きくてつやつやの赤いイチゴが皿に盛られている。

きっと、意図的に話を逸らしてくれたに違いない。

愛菜は心底ありがたく思いながら、ホッとして気持ちを切り替えた。

「わぁ……すごく立派なイチゴですね」

「甘くて美味しいですよ。今、シャンパンを開けますから」

雄大が冷蔵庫に向かい、中からシャンパンの小瓶を取り出して栓《せん》を開けた。手慣れた様子でグラスにシャンパンを注《つ》ぐ雄大は、何事もなかったようにいつもの落ち着きを取り戻している。

「では、再会を祝して」

雄大が言い、愛菜はそれに合わせてグラスを軽く上げた。さっそくイチゴを摘まんで食べてみると、想像以上に甘くてジューシーだ。

「美味しいですね！　こんなに美味しいイチゴ、食べた事ありません。大きくて食べ応えがあるし、果肉がしっかりしていて濃厚で、とにかくすごく美味しいです」

「それはよかった。どうぞ、もっと食べてください」

勧められて二個三個とイチゴを口にして、その合間にシャンパンを飲む。美味しいものは気持ちを和《なご》ませてくれる最高のツールだ。

愛菜は美味しいものを食べるのが好きだし、プライベートでもよく食べ歩きをする。

もっとも、さほどお金をかけられるわけではないから、行くのはたいてい庶民的な店で高級店にはめったに足を運べない。それなのに、今は都内有数のラグジュアリーなホテルのスイートルームで美味しいイチゴとシャンパンを満喫中だ。

イレギュラーな出来事はあったが、愛菜は今、雄大とのデートを楽しんでいる。

雄大を振り返ると、互いを見る視線が正面からぶつかった。笑いかけてくる彼の顔は、何度見ても慣れないほど美形だ。その事に改めて気づくと同時に、今日の目的を思い出して表情を引き締める。

楽しむのはいいが、本来の目的を果たさないままデートを終わらせるわけにはいかない。

「副社長、よければ少しプライベートな話でもしませんか？」

愛菜の誘いに、雄大が微笑みながら同意する。

「いいですよ。賀上さんは、僕がイギリスで事故に遭った事は父からお聞きになったんですよね？」

「はい。とても苦労されたと伺いました」

のっけから重い話題を持ち出され、愛菜は頷きながら背筋を正した。

雄大の苦労は、想像もできないほど過酷なものだっただろう。健康に恵まれ、事故や大病とは無縁の自分が何を言っても空《から》回りしてしまいそうだ。

「事故に遭ってから二年間、意識がありませんでした。目が覚めてからは復学するために必死にリハビリをして、大学に戻ったあとはとにかく勉強三昧《ざんまい》で――」

雄大が言い、口元に微かな笑みを浮かべる。

愛菜は彼の話に耳を傾けながら、当時背負っていたであろう雄大の苦労を思って心を痛めた。

彼の母親は退院後もイギリスに残り、何くれとなく彼のサポートをしてくれたようだ。そのおかげもあって、雄大はイギリスにいながらにして、日本にいるのと同様に母国の文化に親しむ機会を持っていた。母亡きあとも一人で努力し続け、その甲斐《かい》あって会話や読み書きに困る事はいっさいないらしい。

不幸が重なる中で、いったい彼はどれほどの悲しみを抱えながら、努力をし続けたのだろう。並大抵の意志力ではなし得ない事だし、それだけでも雄大が人並み外れた強い精神力の持ち主である事がわかる。

「今思い返してみても、勉強以外の事はそっちのけでした。だから、恋愛や女性に関してはからっきしで……。何度かデートらしきものをした事はありましたが、社会人になってからはまるで縁がありませんでした」

雄大はスマートで紳士的だが、経験の浅さゆえか女性に対する興味が持てずにいるみたいだ。

それを払拭《ふっしょく》するためには、どうしたらいいだろう？

とりあえず、今現在彼に一番近い存在の女性は愛菜のはずだ。やはりまずは、もっとお互いの事を知り合う事から始めなければ。

愛菜は改めて雄大に向き直り、居住まいを正した。そして、自分の生い立ちと「新田証券」に入社するまでの経緯などを大まかに話した。

愛菜は田舎《いなか》出身で、両親は今も実家で仲良く暮らしている。愛菜も兄弟姉妹がいない事を話したところ、一人っ子にありがちな性格について、思いのほか盛り上がった。

「――それと、会社での事なんですが、私は一部の人によく思われていなくて……。副社長も、私についての悪い噂を聞いた事はありませんか？」

会話の合間に、できる限りさりげなく聞いてみた。すると、雄大もごく普通に頷き、返事をする。

「ありますよ。生意気だとか厚顔無恥《こうがんむち》だとか。それと、男好きで相手をとっかえひっかえして遊んでいるとか？」

以前から愛菜を知っていたと言ってたし、やっぱりという感じだ。

しかし、改めて雄大の口から噂の内容を聞くと、じんわりと怒りの感情が湧き起こってきた。

「やはり、聞いていらしたんですね。ですが、それはすべて根も葉もない噂です。男性との出会いを求めているのは間違いないですが、これまで一度だって遊びで男性と付き合った事なんかありません。私は、真面目に婚活に取り組んでいるだけです」

話している間に、つい力が入って頬が紅潮し鼻孔《びこう》が膨らむ。今現在、噂を信じている人たちの事はさておき、ほかでもない雄大にだけは誤解されたままでいるのは嫌だと思った。

「私は、これまでずっと自分がこうありたいという信念に沿って頑張ってきました。もちろん、その考えはこれからも曲げないつもりです。それを生意気で厚顔無恥《こうがんむち》と感じる人がいるのは、仕方がないと思います。でも、私は間違っても男好きの遊び人ではありません」

言いたい事は、言った。あとは雄大の受け止め方次第だ。

愛菜はまっすぐに雄大の目を見て、彼の返事を待った。雄大も愛菜と正面から視線を合わせ、真摯《しんし》な表情を浮かべる。

「僕は、噂は信じるに値しないものだと思っています。自分の目で確認していないものを鵜呑《うの》みにしたりしません。それは、これまでの人生で学んできた大切な事のうちのひとつですし、愛菜さんの噂を耳にした時もそうでした」

「では、私の事を信じてくださると――」

「もちろんです。僕は人を見る目に関しては、ちょっと自信があるんです。上《うわ》っ面《つら》な人や嘘つきな人。善人面《づら》して実は腹黒い人を見抜くのは得意ですよ。だから、そうじゃない人も自然とわかるようになりました」

そう話す雄大が、空《くう》を見つめ少しだけ寂しそうな顔をした。将来を約束されている御曹司である彼だが、いろいろと抱えているものがあるのだろう。もしくは、何かしら辛かった過去を思い出しているのかもしれない。

「よかったです、信じてもらえて……」

愛菜がホッとして頬を緩めると、雄大も口元に笑みを浮かべた。それと同時に、自分にとって彼の理解を得られる事が思いのほか嬉しかったのに気づく。

「いろいろと話を聞いて、賀上さんへの理解が深まりました。やはり、会話って大事ですね」

「私もそう思います。……あの、ついでに白状しますけど、私、婚活に力を入れてはいますが、恋愛に関してはそれほど経験が豊富というわけではないんです。男性と出会う機会はそれなりにありましたが、皆短期間で終わってしまったので」

「そうなんですか？　では、結婚を考えた人はまだいないと？」

「はい、そんな感じです」

婚活は真剣勝負であり、ちょっとでも引っかかる部分があったら先に進めない。譲れない部分は死守したいし、妥協するつもりもない。とはいえ、そのせいで婚活が上手くいっていないのも確かだ。けれど、別に分不相応な高望みをしているわけではなく、望むのは性格やライフスタイルに関するものだけだ。

あとは、実際に付き合ってみないとわからないフィーリングなど。要は、自分の両親のように一緒にいるだけで幸せだと思える人と出会いたいだけなのだ。

愛菜がそう話している間も、雄大はスマートフォンの録音機能をオンにしたまま、しきりに頷いている。

「でも、副社長と私の場合は練習のようなものなので、もっと気楽な感じでいいと思います。お互い気負わずに、お試しの恋愛を楽しむくらいの気持ちで」

愛菜は雄大を見て、同意を求めるように微笑みを浮かべた。しかし、彼はなぜかほんの少し眉根を寄せ、小首を傾げている。

「あの……どうかしましたか？」

愛菜が訊《たず》ねると、雄大がふっと表情を緩めて首を横に振った。

「いえ、なんでもありません。賀上さんとの付き合いを通じて、僕も本格的に恋愛を学ぼうと思っています。正直、自分がこれほど前向きになっている事に驚いているくらいで。いろいろと不慣れでご迷惑をかけるでしょうが、これからもどうぞよろしくお願いします」

「こちらこそ、よろしくお願いします」

雄大がグラスを掲げ、愛菜もそれに応じた。イチゴが載った皿を差し出され、ひとつ取って半分ほど齧《かじ》る。

「そうだ、せっかくお付き合いするんですから、プライベートでは敬語はなしにしませんか？　仮にも恋愛をするんだし、副社長とか賀上さんという呼び方は変ですよね？」

雄大に問われ、愛菜も頷いて同意する。確かにデート中も敬語では、恋人として打ち解けるにも無理がありそうだ。

「ええ。では、どうしましょう？」

「お互い、下の名前で呼び合うのはどうです？　呼び方を変えるついでに、話し方ももっとフランクな感じにしたほうがいいかな。普通の恋人同士みたいにしないと嘘っぽいし、表面だけ学んでも経験にならないでしょうし。ね、愛菜さん？」

雄大が、さっそく愛菜に呼びかけて、にっこりする。これまでよりも親しみを込めた笑い方をされて、図らずも鼓動が跳ねた。

「あと、一応僕のほうが年下だし教わる立場だから、愛菜さんが僕を呼ぶ時は、雄大くん、でいいです。そのほうが気軽に話せるんじゃないかと思うし、口調も呼びかけに合わせた感じで」

「はい、わかりました。……わわっ」

ついかしこまった口調になり、気がついて指先で唇を押さえる。それを見た雄大が、ふっと笑う。呼び方ひとつで、それまでの硬い雰囲気がずいぶんと柔らかなものに変わった。きっと彼は、お互いの立場を踏まえた上で、学ぶ側としていろいろと気を遣ってくれているのだろう。

「慣れないうちは、ちょっとだけ苦労するかもしれませんね。僕のほうは、愛菜さんをリスペクトしたい気持ちがあるので、ある程度敬語を交えた話し方にさせてもらいます。もちろん、あくまでも恋人同士のスタンスで接するし、気兼ねとかはいっさいいらないので」

言い終えた雄大が、ほんの少し前に出て愛菜との距離を縮めた。見つめてくる目には、それまでとは違った色が宿っている。

いよいよ、雄大との本格的な付き合いが始まるのを感じて、愛菜は密かに緊張で身震いした。

「わ、わかったわ。……雄大くん」

愛菜が頷いて彼の下の名前を呼ぶと、雄大が満足そうな表情を浮かべた。一段と人懐《なつ》っこさを増した笑顔は、うっかりときめいてしまうほど魅力的だ。

「じゃあ、愛菜さん。改めてよろしくお願いします。実はね、愛菜さんの事は以前から知っていたと言ったけど、実際は本社に異動してきてすぐの頃から知っていたんです」

「えっ!? 異動してすぐって、もう半年くらい前から知ってたって事？　その頃の私、副社長……じゃなくて、雄大くんとは特に接点はなかったで……よね？」

いきなりフランクな話し方をする事になったから、かなり喋《しゃべ》りづらい。愛菜が苦心しているのを見て、雄大がおかしそうに頬を緩めている。

「愛菜さん、会社の近くにあるフードコートでよくランチをしていたでしょう？　あと会社が入っているビルのレストラン街とか。何度か見かけた事があるんです。一緒にいたのは、人事部の増田智花さんですよね」

「そうだけど……。えっ、食べてるところを見られてたの？　恥ずかし……。あのフードコート、私好みのお店がたくさん入ってるから、よく行くの」

まさか雄大にそんなプライベートをずっと見られてただなんて……

いつも大口を開けてランチを食べている事を思い出し、愛菜は恥ずかしさに頬を染めた。

「ごめん。誤解しないでほしいんですが、本当に偶然、何度か飲食店で見かけて、ランチをとても美味しそうに食べる姿があまりにも印象的だったから。見かけるたびに記憶に残ったし、それで愛菜さんの顔もしっかり覚えていたんですよ」

彼はその後、愛菜が新田証券のマーケティング部に勤務していると知り、驚いたのだという。それからは社内を歩く時は少々意識して周りを見るようになり、時折愛菜の姿を遠目に見かけたりしていたようだ。

「同じ会社にいると知って、愛菜さんの名前で提出された過去の会議資料のデータを閲覧《えつらん》したり、人事考課も……。あ……それはもちろん、副社長としての業務上必要だと思ったからで、職権乱用では……。いや、こうやって話してみると、ちょっとストーカーっぽくて気持ち悪いですね」

雄大が困ったように眉尻を下げて、愛菜を見る。

愛菜は即座に首を横に振り、おかしそうに微笑みを浮かべた。

「すごく驚いたけど、気持ち悪いとまでは思わないかな。副社長なら社員に関するデータを閲覧《えつらん》しても不思議はないもの。それに、私だって雄大くんについて調べた事があるし、おあいこだわ」

「そう言ってもらってホッとしました。だから、それもあって会長と社長から愛菜さんとのお見合いの話を聞かされて、ああ、この人ならと思ったんです。いつもなら、断っていたんですが、愛菜さんなら話は別だと——」

「それって、相手が私だからお見合いを受けたって事？」

「そうですよ。最初に会った時もそう言いませんでしたっけ？」

「聞いたけど、まさかそれほど前から認識されているとは思ってなかったから……」

この人なら――

愛菜さんなら話は別――

雄大はさらりと話しているが、聞いている愛菜にとってはかなりインパクトのあるフレーズだ。

付き合い出してすぐに気づいたが、彼は時折こちらをドキッとさせるような仕草をしたり、やけに意味深な言葉を投げかけてきたりする。

おそらく雄大は、無自覚に女性を魅了する術《すべ》に長《た》けている。仮に自覚があってわざとやっているようなら、自分の出る幕などないし、教えられるどころかこっちが教わりたいくらいだ。

これまでの様子からして、彼が恋愛に不慣れなのは間違いない。けれど、そんな状態で、これほど相手を動揺させられるなんて、末恐ろしい限りだ。

ただでさえ魅力的なのに、その上恋愛のノウハウを習得すれば、もう怖いものなしではないだろうか。

（私、大丈夫かな？）

仕事と同じスタンスで引き受けたものの、相手は超絶イケメンのハイスペック男子だ。しかも、紳士的且《か》つ人懐《なつ》っこく、無意識にこちらを魅了してドギマギさせてくるときている。

勘違いしないように、今後はもっと気を引き締めていかないと。

そう思いつつ、イチゴの残りを口に入れる。その美味しさに、あれこれ考えて強張《こわば》っていた頬がふにゃりと緩む。

(あぁ、美味しい。イチゴって、こんなに美味しいものだったんだなぁ)

愛菜が無言でイチゴの美味しさを満喫していると、雄大が急にクスクスと笑い出した。

「な、何?」

何事かと思いながら辺りを見回すも、彼の視線は愛菜に固定されたままだ。

「いや、本当に美味しそうに食べるなと思って。見ているだけで、幸せな気分になる」

言いながら、まじまじと見つめられて、にわかに顔が赤くなる。

愛菜は咄嗟《とっさ》に両手で顔の下半分を隠し、もぐもぐとイチゴを咀嚼《そしゃく》した。

たった今、気を引き締めたばかりなのに、畳みかけるようにまたドキドキさせられている。これなら、恋愛経験など積まなくても問題ないのではないだろうか?

「幸せな気分になるなんて、はじめて言われたかも。よく食べるね、って呆れられる事はしょっちゅうあるけど」

「よく食べる、か。それって、男性からも言われるって事ですか?」

「そうよ。世の中の男性の多くは、女性は小食であれ、と思っている節があるのかもね」

愛菜は動揺を隠しながら、残っていたシャンパンを飲み干してグラスをテーブルに置いた。

そして、さりげなく窓の外を向いて、呼吸を整える。

これではまるで、雄大と一緒に自分も恋愛の経験を積んでいるみたいだ。

「ディナーまで、まだ時間がありますが、散歩に出かけますか？　もし外で食べるほうがいいなら、よさそうな店をすぐに手配しますよ」

「でも、せっかくホテルのディナーを予約してくれたんでしょう？」

雄大がテーブルに置いたスマートフォンを手に取り、少々気まずそうに眉尻を下げた。

「ええ。でも、愛菜さん、ここへ来た時にかなり驚いた顔をしましたよね？　ふと思ったんですけど、いくらディナーを取るためとはいえ、ホテルに部屋を取るっていうのはよくなかったのかな、と……」

そう話す彼の顔には、叱られるのを覚悟した少年のような表情が浮かんでいる。

それが妙にグッときて、愛菜は自然と頬を綻《ほころ》ばせた。

「ああ……そうね。確かに驚いたし、一度目のデートで部屋を用意するのは、相手によってはいろいろと勘ぐってしまうかも。でも、宿泊込みってわけじゃないんだし、お付き合いをしていて、それが当然と思えるくらいの関係なら、まあセーフかな」

愛菜がそう言うと、雄大がホッとしたように微笑みを浮かべた。

「そうですか。じゃあ、この場合は問題ないって事ですね。だって、僕たちは正式に見合いをして、お付き合いをしているわけだし」

白い歯を見せて笑う雄大が、持っていたスマートフォンをテーブルに戻した。

確かに、そうだ。

けれど、自分たちの付き合いは彼が女性との付き合いに慣れるためのものであり、いわば期間限定の関係にすぎない。だから、問題はないというのは少々違うような気もする。

『むろん、お見合いをするからには正式な婚約者候補として扱わせてもらう――』

幸三はそう言っていたが、それはあくまでも目的を果たすまでの事だ。

(まさか、本気で言ってるわけじゃないよね？)

雄大と自分では格差だらけだし、そんな事は万が一にもありえない。

彼があんなふうに言ったのは、きっと単なる言葉のあやだ。もしくは、一時的な関係をよりリアルにするための気遣いのようなものだろう。

「でも、さすがに一度目のデートでスイートルームを用意するのは時期尚早《じきしょうそう》ですよね。デートコースをどうするか考えすぎて、そこに考えが及びませんでした。受け取り方によっては、遊び慣れた女たらしだと思われかねない……。でも、愛菜さんはそんなふうに思っていませんよね？」

雄大が、真顔でそう訊《たず》ねてくる。

彼の真剣さが伝わってきて、愛菜はきっぱりと首を横に振った。

「大丈夫。思ってない」

「よかった」

雄大が心から安堵したように、ホッとため息を漏らした。そして、にっこりと微笑みを浮かべながら、少しだけネクタイを緩めて寛《くつろ》いだ表情を浮かべる。

そんな彼の姿を見て、愛菜も小さく深呼吸をしたあと、意識して身体から力を抜いた。

程度の差こそあれ、緊張しているのは雄大も同じだ――

そう思うなり、身体から余分な力がスッと抜けたような気がした。

「そんなに気にしなくていいのに」

「気になりますよ。せっかく愛菜さんと付き合えるチャンスを得たのに、早々に嫌われたくないので」

そう言って笑っている雄大の目は、まっすぐに愛菜を見つめている。口調は穏やかだが、向けられる視線は強すぎるくらいだ。

彼の眼力に圧倒され、言おうとした言葉が喉の奥に詰まった。軽く受け流そうとしたのに、なぜかひどく気持ちが揺れ動いている。

「そ……そんな事、あるはずがないでしょう？」

だって、これは会長と社長に依頼された上での関係だから——

そう言いそうになったが、雄大の顔を見てハタと口を噤《つぐ》む。

今の関係にリアリティを求めているのか、彼の表情は愛菜がたじろぐほど真剣さを帯びている。

「とにかく、あまり気負わずにいきましょう。ね？」

愛菜が微笑むと、雄大がほんの少し首を傾げ、言葉の意味を推し量るように目を細めた。

このまま見つめられると、心の奥底を見透かされてしまいそうだ。

そう思った時、雄大が機嫌よく頷き、白い歯を見せて笑った。

「了解です」

その顔を目《ま》の当たりにして、期せずして頬が熱くなる。

愛菜は何気ない様子で彼から視線を外し、窓の外を見た。いつの間にか外はかなり暗くなってきている。

「綺麗ね。こんな高い位置から夜景を見るのって、久しぶりかも」

席を立って外の景色を眺め、ガラスに触れた掌《てのひら》をそっと頬に当てる。すぐにやってきた雄大が、愛菜のうしろで立ち止まった。

ガラス越しに目が合い、またしてもじっと見つめられる。

あまりにも真実味のあるシチュエーションに、ドキドキが止まらない。

そうこうしているうちにディナーの時間になり、テーブルの上にたくさんの皿が並んだ。

給仕係と話す雄大の横顔を見ながら、ミイラ取りがミイラにならないよう、自分に活を入れて気を引き締める。

経験不足ではあるが、彼の恋愛に関するポテンシャルはかなり高い。

(この調子なら、付き合うのは思っていた以上に短くて済むかも)

そんな事を思っていると、雄大が愛菜を見て、笑みを浮かべた。

「愛菜さん、遠慮なく食べてください。追加注文もできますから」

「ありがとう」

愛菜はテーブルの向こうに座っている雄大に微笑みかけると、旺盛《おうせい》な食欲を見せて次々にディナーの皿を空《から》にしていった。

◇　◇　◇

——お見合いなんかまっぴら御免だ。

会長と社長から見合いを提案された時、雄大は速攻で突っぱねた。

けれど、女性経験が浅い事を盾に粘《ねば》られ、いい加減腹に据えかねたところで相手が新田証券マーケティング部の賀上愛菜と聞かされて、気が変わった。

（まさか、こんな形で彼女と接点が持てるとは思ってもみなかったな）

雄大は見合い相手の顔を思い浮かべながら、柔らかな表情を浮かべた。

時刻は午後十時。

三日間、新田グループの本社に通い詰めで、ろくに自分の執務室にいる暇もなかった。その前には地方出張もあり、あれこれと忙しかったせいでもう何日も賀上愛菜を見ていない。

（ホテルでディナーデートをしてから、二週間近く経つのか……）

彼女とは個人的な連絡先を交換したし、いつでもメッセージのやり取りができるようになった。しかし、まだ一度も連絡をしていないし、次の約束も取り付けていない。本当はディナーデートのあとすぐに予定を組みたかったのだが、スケジュールが詰まっていてできなかった。

せっかく縁を結べたのだ。本音を言えば三日と空《あ》けず会いたかったし、最低でも週末はともに過ごしたかった。

そう思うほど彼女との時間は楽しく、別れ際に何度呼び止めようと思ったかしれない。

雄大は難しい顔で湯船に浸《つ》かりながら、バスルームのガラス越しにスマートフォンを置いた洗面台を見た。

（メッセージ、送ってみようか？　でも、なんと送ればいいんだ？　いきなりデートに誘ってもいいものか？）

できれば今すぐ電話をして、彼女に疑問の答えを聞きたいくらいだ。しかし、声を聞けば会いたいという衝動を抑えきれなくなりそうで、気軽に連絡ができずにいる。

（我ながら情けないな）

雄大はため息をつきながら、バスタブの縁に後頭部を預けた。目を閉じて、彼女とはじめて会った日の事を思い浮かべる。

賀上愛菜をはじめて見かけたのは、取引先との話し合いを終えて帰社する途中だった。

勤務先から歩いて数分の場所に、最近できたばかりの洒落たフードコートがある。ランチタイムには多くのビジネスパーソンが集《つど》い、それぞれに食事を楽しんでいた。その日、通りかかった時も、フードコートは賑《にぎ》わっていた。

急いでいたし、普通なら人の顔など目に入らないはずだ。

それなのに、なぜか通路から少し離れたテーブルに座っている女性が目に留まり、無意識に立ち止まっていた。

一見したところ、二十代後半といったところだろうか。服装には隙がなく、凛《りん》とした外見はいかにも仕事ができるといった印象だ。

同僚らしき女性と話す様子はいかにも楽しそうだし、笑った顔はどことなく可愛らしさを感じさせる。

はつらつとした美しさはあるが、飛びぬけて美人というわけでもない。

けれど、スプーンに大盛りにしたパエリアを頬張った彼女を見た途端、今までに経験した事がないほど心臓が跳ねた。

雄大が知る女性は皆おちょぼ口で食べ物を口にして、どんなに美味しい料理を食べても乙《おつ》に澄ました表情で頷くだけ。彼女のように豪快に食べて、全身で美味しさを表現する人など一人もいなかった。

もちろん、ほかにもそういう女性はいるだろうが、彼女には雄大の視線を捉《とら》えて離さないパワーがある。どうにも目が離せなくなり、たまたま通りすがった男性たちに紛れてできる限りそばに近づき、さりげなく聞き耳を立てた。

『愛菜、あんたって本当に美味しそうに食べるよね』

漏れ聞こえてきた会話から、女性の名前が「まな」とわかった。フルネームが気になったが、ネームホルダーを下げている様子もなく、盾になってくれていた男性たちはそれぞれに違う方向に歩き出している。

仕方なくその時はそのまま立ち去ったが、不思議と彼女の顔が記憶に残り、数日経っても消える事はなかった。その後も時間が許す限り、ランチタイムに彼女がいたフードコートを覗いた。

我ながら、おかしな行動を取っている——そう思いながら足繁くそこに通っているうちに、たまたまランチを終えた様子の彼女と遭遇した。

ここぞとばかりにあとを追い、ほどなくして彼女が新田証券のマーケティング部に勤務している事を突き止めたのだ。

（あの時は、ストーカーと思われても仕方ない行動を取っていたな）

だが、賀上愛菜を知りたいという欲求はそれだけでは収まらず、人事データのみならず彼女が提出した会議資料などを残らず閲覧《えつらん》した。

雄大は、それまで特定の女性を気に留めた事などなかったし、事故後は社会復帰のためのリハビリに専念し、就職後は仕事で手一杯で恋愛に割《さ》く時間もなかった。

それなのに、どうしてそれほどまでに賀上愛菜が気になるのか。

ランチを美味しそうに食べる愛菜を見た時、心臓が跳ねたのはなぜなのか。

それまでの雄大は、将来的には結婚を望んでいても、どこか他人事《ひとごと》で恋愛にもまるで興味がなかった。

しかし、彼女に限っては一目見た時から心に引っかかり、二度三度と見かけるたびに面影《おもかげ》が頭にこびりついた。

気がつけば仕事以外の時は常に賀上愛菜の事を思い浮かべるようになり、それが女性に対する特別な好意だと自覚したあとは、もう急転直下だ。

『運命の相手に出会うと、わけもなく恋に落ちるものだよ』

イギリス時代の友人は、そう言って雄大の初恋が成就するよう背中を押してくれた。

しかし、如何《いかん》せんどうアプローチしていいかわからないし、万が一にも下手を打つわけにはいかなかった。

考えあぐね、自分自身をもどかしく思っていた時、思いがけず彼女との見合い話が持ち込まれたのだ。

これも何かの縁に違いない。

お見合い当日は朝からかなり落ち着きを失くし、緊張を隠すだけで精一杯だった。その上、実際に会って話した彼女は思っていた以上に魅力的で、仕事に対する意欲にも溢れていた。

『私は、これまでずっと自分がこうありたいという信念に沿って頑張ってきました。もちろん、その考えはこれからも曲げないつもりです』

最初のデートでそう言い切った時の彼女は、最高にかっこよかった。

賀上愛菜との見合いをセッティングしてくれた二人には、感謝しかない。だが、それぞれの目的は一見同じように見えて、まったく違うもののようだ。

その事には話を持ち込まれた当初から気づいていたし、健一郎に関してはただ純粋に従兄弟《いとこ》の幸せを願っての事ではないように思う。

(会長はともかく、社長には何かしら特別な意図を感じるな)

彼が何を考えているかはさておき、自分は賀上愛菜と将来を踏まえた真面目な付き合いがしたい。

けれど、事前に何か言われているのか、どうも彼女との間に距離を感じる。

その理由がなんであれ、雄大は当初から彼女との結婚を視野に入れた付き合いを望んでいた。

当然、政略結婚のようなパートナーを迎えるつもりはないし、恋愛とビジネスを絡めた付き合いなど考えただけでうんざりする。

結婚するなら、両親のように本気で愛し愛され、離れていても心はずっと繋がっているような人がいい。日本に帰国して以来、何度か有名企業や財閥のご令嬢と見合いをさせられそうになったが、頑《かたく》なに断ってきたのはそんなふうに思い続けてきたからだ。

そして、それにふさわしい相手こそが賀上愛菜だと確信している。

信用のおける友人の中には恋愛に長《た》けた強者《つわもの》がおり、彼等に教えを乞《こ》うてでも彼女を口説き落とす覚悟だ。

「こうなったら、必ず結果を出してみせるし、彼女だけはぜったいに逃がさない」

雄大は自分にそう誓い、閉じていた目をカッと見開いた。

これは、自分の人生をかけて取り組むべき一大プロジェクトだ。確実に成功させなければならないし、必ずやそうなると信じている。

雄大は我知らず拳《こぶし》を固く握りしめると、賀上愛菜の顔を思い浮かべながら口元に笑みを浮かべるのだった。

◇　◇　◇

マーケティングとは販売にあらず。顧客のニーズを正しく理解し、売り込みをしなくても利益が出るような状態を作り出す事こそが真の目的であり、理想だ。

そう教えてくれたのは直属の上司である馬場であり、愛菜は日々それを念頭に置きながら業務に当たっている。

「でも、つい目先の事に囚《とら》われちゃうんだよね。短期的にはそれでいいかもしれないけど、いい商品を継続的に売って利益率を上げていかなきゃでしょ。だけど、投資にはリスクが伴うし、そんなにガンガン攻めまくるわけにもいかないし」

同期であり親友でもある智花とランチを取りながら、愛菜はエスニックプレートについているサラダをフォークで口に運ぶ。

「うまっ。このドレッシング、酸味がきいててすごく美味しい。入ってるのはナンプラーと、ゴマ油……あとはレモン汁かな?」

愛菜が目を閉じてサラダを味わっていると、智花がおかしそうに笑い声を上げる。

「さすが愛菜。食いしん坊なだけあって、味覚が発達してるね」

「食いしん坊って……久しぶりに聞いたわよ。うん、蒸し鶏も最高。このフードコートができて本当によかった。ここができる前は、ちょっとしたランチ難民だったもんね」

「そうだったねぇ。移動販売のお弁当買ったり、駅中のコンビニで調達したり。ここ、値段がリーズナブルなのもポイント高いし」

フードコートは今から一年前にできたばかりで、和洋中だけではなく主要な世界各国のグルメが楽しめるようになっている。むろん、毎日通えばそれなりの金額になるから、自宅からお弁当を持参する時もある。けれど、最低でも週に二度は通っていた。その理由は、ここでのランチが毎日一生懸命働いている自分への労《ねぎら》いでもあるからだ。

「ね、今度また家に遊びに行っていい？　愛菜の手料理が食べたくなっちゃった」

「いいよ。何食べたいか、あらかじめ教えておいてね」

愛菜は、実家にいる時はほとんど料理をした事がなかった。

就職を機に上京して一人暮らしを始めたが、作るのは簡単で失敗の少ない料理だけ。けれど、婚活に目覚めてから独学で料理を学び始め、今ではレシピさえあれば多少難しくてもだいたいのものは美味しく作れるようになった。

「あ、副社長だ」

智花が言い、顔を前に向けたまま通路のほうに視線を向けた。

「え？　副社長？　どこ？」

愛菜はすぐさま通路に顔を向け、通りすがる人たちに視線を巡《めぐ》らせた。

「ほら、でっかい観葉植物のとこ」

「あっ、ほんとだ」

前回のディナーデートのあと、雄大との予定は立たないまま今に至っている。

連絡先を交換したとはいえ、副社長ほど多忙ならそれも仕方がない。

けれど、付き合って早々嫌われたくないと言っていたのに、電話はおろかメッセージすら送られてこないのはどうした事だろう？

不慣れだからか、それとも単なるリップサービスだったのか……

いずれにせよ、今後の事もあるし、そろそろこちらから連絡を取ったほうがいいのではないかと思っていたところだ。

雄大を見て思わず頬が緩みそうになったが、どうにか我慢して何食わぬ顔をする。

そのまま雄大を目で追っていると、彼がふと立ち止まって愛菜のほうを見た。

ばっちり目が合ってしまい、あわててそっぽを向こうとしたが、もう遅い。彼は愛菜に向かって軽く笑いかけ、それからすぐに通路の向こうに歩み去っていった。

「んん？　副社長、こっちを見てちょっと笑ったよね？」

雄大の笑みを見咎《みとが》めた様子の智花が、眉間《みけん》に縦皺《たてじわ》を寄せながら小首を傾げた。

「え？　そ、そう？」

驚いた様子を見せる智花をよそに、愛菜はあらぬ方向を向いた。

そういえば、雄大との付き合いについて対外的な事を話し合っていない。会長は婚約者候補として扱うと言っていたが、彼との関係はあくまでも一時的なものだ。

そうである以上、とりあえず交際はオープンにしないほうがいい。この件については、次回会った時に要相談だ。

「そうよ～。あれは、ぜったいにそうだって」

「私は気づかなかったな。もしかして、誰か知り合いでもいたんじゃない？」

フードコートは新田証券の社員もよく利用しており、そうであっても不思議ではない。上手く誤魔化せたと思ったが、智花はまだ納得していないような顔をしている。

「だって、ここの横は柱だし、顔の角度からすると見てたのはこっちだったわよ。でも、私は副社長とはまったく関わりがないし……って事は、愛菜？　あんた、副社長に笑いかけられるくらい親しいの？」

「はぁ？　そんなわけないじゃない！」

思いのほか大声が出てしまい、周りにいた人たちがいっせいに愛菜を振り返る。

愛菜はあわてて口を掌《てのひら》で押さえ、背中を丸めて小さくなった。

「やだ、そんなに大声出して、びっくりするじゃない。……そういえば、この間、副社長のスケジュールを知りたいって内線してきたよね」

「そ、そうだったね」

「って事は、副社長と仕事上で何かしら関わりができたって事よね？　その関係で多少なりとも親しくなったのかなって思ったんだけど、違った？」

「ああ、仕事上ね……」

愛菜はハタと気がついたように、姿勢をもとに戻した。

「そ、そうなのよ。実は、副社長が関わってるかなりやっかいなプロジェクトに参加する事になって……。まだ始まったばかりだし、グループ会社が絡んでいる部分もあって、内容については詳しく言えないんだけど……」

「へえ、そうなんだ。マーケティング部も大変だね。頑張って」

「うん、ありがとう」

愛菜の答えを聞いた智花が、腑《ふ》に落ちたような顔をして再びランチを食べ始めた。

苦し紛れの言い訳を信じてくれてよかったが、嘘をついた事に多少の罪の意識を感じる。なんにせよ、これは今後について、至急雄大と相談し話を合わせなければならない気がした。

一応、自分たちは会長公認でお見合いをした仲だ。期間限定とはいえ、彼も愛菜とのかりそめの恋愛に至極真面目に取り組んでいる。

だがそれゆえに、もしかすると雄大がどこかで恋人がいると話してしまうかもしれない。

それだけならまだしも、相手が自分だとバレてしまったら、大変な騒ぎになってしまうだろう。

（それだけは、ぜったいに避けないと）

雄大とは縁あって付き合っているが、本気の恋愛をしているわけではない。ただでさえ根も葉もない噂があるのに、これ以上会社で注目されるのはごめんだ。

そうなる前に、一度きちんと彼に釘を刺しておいたほうがいい。

愛菜はそう決めると、雄大にどう伝えようか考えながら、付け合わせのスープを一気飲みした。

その日の仕事を終え、愛菜はまっすぐ帰途についた。自宅に着き、用事を済ませながらリビングルームの丸テーブルの上に置いてあるスマートフォンをチラ見する。

雄大からは未だ電話はなく、メッセージも送られてきていない。ディナーデートから二週間が過ぎようとしているし、さすがにやり取りがゼロなのはどうかと思う。

(よし、用事もある事だし、もうこっちから連絡しよう)

晩御飯を済ませたあと、愛菜は雄大にメッセージを送ろうとスマートフォンを手にした。

すると、そのタイミングを見計らったように、雄大からメッセージが届いた。

「わ、びっくりした！」

驚きつつさっそくメッセージを開いてみると、送られてきたのは「こんばんは」だけだ。

次があるのかと待ってみたが、三分経っても何も送られてこなかった。

「もう、なんなの？　もしかしてこっちの反応待ちって事？」

試しに「こんばんは」と打ち返し、さらに一分待つ。結局、待ちきれずに昼間の件に触れたメッセージを送ろうとした。

けれど、文字数が多くなるし、相手がスマートフォンを持っているなら電話をしたほうが早い。

そう判断した愛菜は、意を決して雄大に電話をかけた。

『はい、新田です』

スマートフォンを耳に当てるなり雄大が出て、改めて『こんばんは』と挨拶《あいさつ》をしてきた。

「こんばんは。出るの、すごく早いですね」

久しぶりだからか、うっかり敬語で話してしまった。けれど、雄大は軽く笑ってスルーしてくれる。

『ええ、愛菜さんと話したいと思っていたので』

「え……そうなの？　その割には、ちっとも連絡をくれなかったわよね。あ……でも、仕事が忙しかったのは知ってる」

前のように智花に雄大のスケジュールを確認する事はなかったが、彼が出張に行ったり新田グループの本社に出向いたりしている事は耳に入っていた。

「でも、前に会った時から二週間経ってるし、忙しくても、連絡くらいはほしかったかな、なんて」

『すみません……。連絡をしようと思っていたのですが、どういう内容のメッセージを送ろうかとか、どのタイミングで送ったらいいのかとか、いろいろと考えているうちに、いつの間にか二週間経ってしまって』

困ったような雄大の声を聞き、どうやら本当に連絡を取りそびれていたのだと判断した。

「私こそ、ごめんなさい。雄大くんの事情はわかってたんだし、こっちから連絡すべきだったわね。今後、雄大くんから連絡をくれる場合、内容については特に構えなくてもいいし気軽なもので大丈夫よ。忙しければ『おはよう』とか『おやすみ』だけでもいいし、少し余裕があれば近況を教えてくれたりとか」

『わかりました。これからは、そうします。ところで、何か僕に用事でもありましたか？』

「ああ、今日の昼間、会社近くのフードコートで目が合ったでしょう？」

『合いましたね。そばに増田さんがいたから、声を掛けるのは遠慮したんですけど――』

「ちょっ……声を掛けるなんて、ぜったいにダメ！　一応社内恋愛なわけだし、付き合ってすぐに周囲に関係がバレるのはよくないし、相手が私だとわかったらぜったいに大騒ぎになるわ」

愛菜は智花に彼が立ち止まった事を見咎《みとが》められた事を話し、今後は勤務時間内に偶然顔を合わせても、必要以上に反応してはいけないと伝えた。

『だけど、僕たちは見合いを経て、きちんと交際している恋人同士ですよね？　別に周囲に関係を隠す必要はないし、僕としてはむしろ公《おおやけ》にしたほうがいいと思っているのですが』

懸念していたとおり、雄大は率先して愛菜との交際をオープンにしようとしている。正直で率直なのはいい事だが、今回の件に関しては大いに問題ありだ。

「そ、それは、どうかと思うわ。知れば、周りは皆そういう目で見るし、そうなると仕事にも支障をきたしかねないでしょ」

『そうか……。僕はともかく、愛菜さんが働きにくくなるのか。うーん……じゃあ、当面は内緒にしておきましょう。会社で顔を合わせても、手を振ったり笑いかけたりするのを我慢します』

「うん、そうして」

理解を得られて、愛菜はホッと安堵する。

それにしても、雄大は思いのほか性格がまっすぐで、多少押しが強い面があるようだ。今後は、その点も注意しながら付き合ったほうがいいだろう。

『それはそうと、連絡したのは、次のデートの約束をするためだったんです。愛菜さん、今週の土曜日は空《あ》いていますか？』

「空《あ》いてるけど、無理はしないで。忙しくしているのはわかってるし、休日くらいゆっくり休まないと」

『いえ、大丈夫です。愛菜さんとのデートは、プライベートにおける最優先事項ですから。いい季節だから、ドライブとかどうですか？』

話が進み、次のデートは今週の土曜日で、ドライブに行く事になった。せっかく向こうから提案してくれたのだから、すべて雄大に任せる事にする。

『じゃあ、詳細は追って連絡しますね。次に会えるのを楽しみにしています』

電話を終え、愛菜は後回しにしていた洗い物を済ませ、バスタブにお湯を張った。

入浴の準備を整え、着ているものを脱いで湯船に入る。

通話中の雄大は、いつになく積極的で、本気でデートを楽しみにしているという感じだった。まるで本当の恋人同士みたいなやり取りで、誘われるほうにしてみれば嬉しい限りだ。

（さすが、やり手のビジネスパーソンね。コツさえ掴めば、恋愛もすぐにマスターしそう……って、土曜日って二日後じゃない！　急いでお肌の手入れをして、何を着て行くか決めて――ああ、急に忙しくなった！）

雄大の件を引き受けると決めてから、愛菜はそれまでに入れていた婚活のスケジュールをすべてリセットした。

別に婚活をしながらでもできなくはないが、仮にも雄大と付き合う以上、その合間にほかの男性と会うのは気が進まない。それに、なんだか二股をかけているようですっきりしなかったからだ。

バスルームに持ち込んだペットボトルで水分を取りながら、いつも以上にゆっくりとお湯に浸《つ》かる。

（お風呂上がりにパックをして、全身にクリームを塗って……。あ、そうだ。明日はこの間買ったバスボムを入れてお風呂に――）

そこまで考えて、ハッとバスタブから腰を浮かせた。

パックだバスボムだと、まるで本気のデートに行く時みたいではないか。

愛菜は急いで湯船から出て、バスタオルで身体を拭きながら残っていた水を一気に飲み干した。

「私ったら、浮かれちゃってバカみたい。相手は副社長だし、付き合っているとはいえ、一時的な関係なのよ？」

これまで婚活を頑張ってきた愛菜だが、これほどデートの予定を楽しみに思うのは、はじめてだ。

バスタオルで身体を拭き終えると、入念なスキンケアをしてからパジャマに身を包み、ベッドの縁に腰を下ろした。

（きっと、婚活中のデートじゃないからだよね）

いつものように相手に自分をよく見せようと気負わなくてもいいし、会長から依頼された一大プロジェクトだと意識しなければ、雄大は話していてとても楽しい男性だ。

それに、会うのが三度目ともなると少しだけ気持ちに余裕が出てきた。

なんにせよ、雄大とのデートに心が浮き立っているのは否定できない事実だ。

愛菜はそんな自分をおかしく思いながらベッドに入り、ウキウキとした気分のまま健やかな眠りについた。

そんなこんなで迎えた土曜日は、気候もよく格好のデート日和《びより》だ。

雄大から聞いたスケジュールによると、ドライブデートをしたあと、海辺の公園に行くらしい。

愛菜は約束の時間に合わせて出かける準備を整えた。

『マンションまで迎えに行きますよ。あ……これって、マズいですか？』

彼は自分なりにデートプランを立てたようで、昨日そんなメッセージをくれた。

愛菜は彼の申し出をありがたく受け入れ、マンションの近くまで迎えに来てもらう事にしている。

今日の服装は、デートの内容に合わせて、イエローのカーディガンに幅広の単色デニムジーンズにしてみた。

午後一時の約束に合わせて、マンションのちょっと先にある駐車スペースまで歩いていくと、そこにはすでに聞いていた黒のＳＵＶが停まっていた。

（あ、もう来てる！）

愛菜は雄大の車を見るなり、小走りに駐車スペースへ急いだ。すると、こちらに気づいた彼が、運転席から出て手を振ってくる。

「お待たせして、ごめんなさい」

「いえ、時間ぴったりですよ。今日のコーディネートも素敵ですね。動きやすそうだし、可愛らしくてとても似合ってます」

「あ……ありがとう」

さすがイギリス仕込みの紳士だ。さらりとした褒《ほ》め方がスマートだし、素直に嬉しいと感じる。

今日の彼は、シックなブラウンのテーラードジャケットに同色のカラーシャツとネクタイを合わせている。どれをとっても仕立てがよさそうだし、何よりもファッション雑誌の表紙を飾るトップモデル級にかっこいい。

「雄大くんも、素敵よ。ジャケットとネクタイの色合いがすごくいいわ」

「ありがとうございます。だけど、ちょっとカッチリしすぎたかな、と……。もっと、ラフな格好でもよかったですね」

雄大が、カジュアルな愛菜の服装と見比べて、申し訳なさそうな顔をする。

こういう時、問題に気づいて素直に反省する姿勢は好感が持てるし、交際相手としてかなりポイントが高い。

「確かにちょっと硬い感じがするけど、コーディネートは申し分ないわ。私は行き先が公園と聞いていたから、歩きやすさを重視してこの洋服にしたの」

「なるほど……。女性は、服装ひとつ取っても、いろいろと考えているんですね。それに引き換え僕は……。これじゃあ、カップルとしてバランスが悪いな」

落ち込んだ様子の雄大が、困り顔をする。こちらがたじろぐほどスマートな行動を取る彼だが、こういう細かな部分には疎《うと》いようだ。

「まあ、カップルが全員コーディネートを合わせてデートするわけじゃないから。気になるなら、次のデートでは、服装を合わせるようにすればいいわ」

「そうですね。……ただ、実はスーツ以外の服を、あまり持っていなくて」

聞けば、今まで勉強と仕事一辺倒だった雄大は、仕事で使うスーツ以外の洋服は自宅で着るルームウェアがほとんどらしい。

「そうなのね。じゃあ、もしよければ、ドライブのついでに洋服を見に行くのはどう？」

「愛菜さんがコーディネートをしてくれるんですか？　ぜひお願いします」

助手席のドアを開けてもらい、愛菜は助手席に腰を下ろした。座り心地のいいシートに清潔な車内。エスコートの仕方は申し分ないし、今のところコーディネート以外は百点満点だ。

エンジンがかかり、車がスムーズに動き出す。

しばらく車を走らせ、二人は愛菜のよく行くショッピングエリアに向かった。駐車場に車を停め、ファストファッション店や国内外のメンズブランドを扱うセレクトショップを巡《めぐ》る。

高身長で眉目秀麗《びもくしゅうれい》な雄大は、どこへ行っても人目を引く。行く先々でいくつかの洋服を試着し、そのうちの何点かを購入する。

その後も、請われるまま複数の店で洋服を選び、大荷物を抱えて駐車場に戻った。

「たくさん買ったわね。でも、どれも本当に似合ってたし、今着ているのも雄大くんにぴったり」

二人で選んだ公園デートコーデは、オフホワイトの薄手のハーフジップセーターと、黒のワイドパンツだ。

愛菜が褒《ほ》めると、雄大が嬉しそうに笑みを浮かべる。彼の晴れやかな笑顔は、たまたま通りすがった人たちが揃って二度見するほど爽《さわ》やかでかっこいい。

「これでグッとカップルらしくなりましたよね？」

「うん、すごくいい感じだわ」

「よかった。だけど、ジャケットを着る事が多いから、なんだかちょっと落ち着かないな。でも、締め付けがないのは、いい感じです。スニーカーもすごく歩きやすい」

後部座席に大量のショッピングバッグを並べて置き、改めてドライブデートに向かう。

行き先は都心から、およそ一時間半の距離にある緑豊かな公園で、併設された展望台からは東京湾が臨《のぞ》めるようだ。

「この公園のホームページに載っていたコスモス畑が綺麗だったから、愛菜さんに見せてあげたいと思って」

話を聞くと、彼は友人やインターネットの情報を駆使してデート用の公園を探し、ここに決めたのだという。到着した公園は、こぢんまりとしており、さほど混んでいなかった。しかし、空が広く、辺りには過度に手を加えられていない自然の木々が生《お》い茂っている。

「こんな場所があるなんて、今まで知らなかった。マイナスイオンたっぷりで、久しぶりに美味しい空気を吸ったって感じ」

遊歩道を歩きながら愛菜が深く深呼吸をすると、雄大もそれを真似る。

歩き進めると、広大なコスモス畑に行き当たった。

「わあっ……！」

一面に咲き乱れるコスモスは、薄いピンク色のほかに白や赤なども交じっている。そよそよと吹く風に揺れる様《さま》を眺めながら、畑の中の道をそぞろ歩く。別方向に見える畑には黄色一色のコスモスが満開だ。

「こんな色のコスモスは、はじめて見た気がする。淡い色合いで、本当に綺麗……」

愛菜は畑にかがみ込むようにしてコスモスを見つめた。少し先には、もっと濃い黄色のコスモスも咲いている。けれど、心惹かれるのはこっちだ。

「イエローキャンパスっていうコスモスみたいですね」

雄大が近くに立てられていたプレートを見つけて、教えてくれた。

「イエローキャンパスか。覚えとくわ。それにしても、いいなぁ、この色。そうだ、写真撮っておこう。雄大くんも、一緒に撮りましょう？」

「はい」

愛菜の手招きに応じて、雄大がすぐ隣に立つ。スマートフォンを構えているからか、彼はこれまでにないほど愛菜にぴったりと寄り添ってきた。突然の事に、身体に緊張が走る。

男性とツーショット写真を撮るのははじめてではないけれど、これほど相手との距離を意識した事はなかったように思う。

意図せずして、心臓がドキドキしてきた。

それを悟られないようにしながら腕を目一杯前に突き出し、どうにかいい感じの写真を撮ろうとした。しかし、身長差がある上に風景が上手く画面に収まらない。

「うーん……、なんかイマイチだな」

いや、イマイチなのは自分ではないのか。

撮るなら、満開のイエローキャンパスに囲まれた雄大だけの写真がいいに決まっている。そう思った愛菜が、一歩身を引こうとした時、雄大が自分のスマートフォンを取り出してカメラアプリを開いた。

「僕のほうが腕が長いから、僕が撮りますよ。……コスモスがたくさん入ったほうがいいんですよね？」

「う、うん」

「じゃあ、こんな感じで――」

雄大がさらに愛菜のほうに近寄り、スマートフォンを二人の斜め上に掲げた。同時に二人の腕がぴったりとくっつき、彼の腕の筋肉の硬さがダイレクトに伝わってくる。

「撮りますよ。はい、笑って」

掛け声とともに、雄大が上からのアングルでシャッターを押した。

胸の鼓動が収まらないまま撮影が終わり、スマートフォンに撮った画像を転送してもらう。

「ありがとう。……私、ちょっと表情が硬いね。なんだか目に力が入りすぎていて怖いし」

「それを言うなら、僕もですね」

二人で画像を見ながら感想を述べ合い、どちらともなくクスクスと笑い出す。

花畑で一緒に写真を撮った。ただそれだけの事が、やけに楽しいのは自然がいっぱいの開放的な場所にいるからだろうか。

施設内にあるカフェのオープンテラスでハーブティーを飲み、少し遅いおやつにホットドッグを食べた。ごく普通のホットドッグだが、パンは柔らかくソーセージがパリッとしていて、思いのほか美味しかった。

近くにほかの客はおらず、テラスは貸し切り状態だ。

愛菜は口の端についたケチャップを紙ナプキンで拭うと、両手を上げて背伸びをした。

「自然の中でのんびりするのっていいわね。これまでのデートってほとんどが街中だったし、ドライブもはじめて」

婚活中に何度もデートをしたし、様々な場所にも行ったけれど、いつも楽しむより結婚相手としてどうかを見極める目的のほうが大きかった。そして、結局これといった人に出会えないまま今に至る。

そう話すと、雄大が意外そうな表情を浮かべてにっこりする。

「そうなんですね。じゃあ、これが愛菜さんの初ドライブデートってわけだ」

「実はそうなの。なんかごめんね」

「いえ、僕は嬉しいですよ。ちなみに愛菜さんは、いつ頃から婚活を始めたんですか？」

「社会人になって一年経った頃かな」

雄大に訊《たず》ねられて、愛菜はこれまでの経緯をざっと話した。

「私、両親のように幸せな家庭を築くのが昔からの夢なの。当初の予定では、もうとっくに結婚して子育てを始めているはずだったんだけど、なかなか上手くいかないわね」

「ご両親は、愛菜さんにとって理想の夫婦なんですね」

「ええ。うちの両親って、昔からとても仲がいいの。子供が巣立った今でもラブラブで、夫婦二人きりの生活を満喫してるわ」

「なるほど」

雄大が頷きながら、納得したような顔をする。

「僕の両親も、ラブラブでした。愛菜さんと同じで、僕も両親が理想の夫婦です。息子から見ても両親は本当に心から愛し合っているのがわかりました……それなのに、母が僕に付き添うために別居する事になってしまって……それだけは、両親に申し訳ない事をしたと思っています」

そう言いながら、雄大が心底辛そうな顔をした。夫婦仲がよかったのは同じだが、彼の母親はもうこの世にはいない。その上、ラブラブだった幸三とは長い間離れて暮らしていたのだ。

そんな彼の前で、自身の両親が今も幸せに暮らしている事を嬉しそうに話すなんて――

愛菜は激しく後悔しながら口を噤《つぐ》み、どうしたらいいか懸命に考えた。そして、込み上げてきた衝動のままにベンチから立ち上がり、テーブルの向こうに座っている雄大に駆け寄って、彼の隣に腰を下ろす。

「距離的には遠く離れていても、雄大くんのご両親の気持ちはずっと寄り添い合ったままだったと思うわ。それに、雄大くんのお母様は、あなたのそばにいられてとても幸せだったはずよ。だって、雄大くんは夫婦の間に生まれた大切な子供だもの。……なんて、ごめん……私、知ったような口をきいてるよね」

できる事なら、雄大の悲しみを取り除きたいと思った。けれど、彼にとって自分の慰《なぐさ》めなどなんの役に立つだろう。上《うわ》っ面《つら》な言葉に聞こえたかもしれないし、むしろ黙っていたほうがよかったのかもしれない。

反省しつつ自分の席に戻ろうとすると、雄大がそれを引き留めるように愛菜の手を強く握ってきた。

「愛菜さんの気持ちは、ちゃんと伝わってます。気遣ってくれて、ありがとうございます。愛菜さんは、優しいですね」

雄大が微笑み、愛菜の手をいっそう強く握りしめる。見つめてくる眼差しは、穏やかでありながら、とても力強い。

「や、優しいだなんて、大袈裟《おおげさ》な……。私はただ、雄大くんが自分を責めるのを見ていられなくて、慰《なぐさ》められたらって……」

「それが優しいって言うんです。それに、言葉にしなくても、愛菜さんの顔を見たらわかります。あなたは、とても温かく優しい人だ。愛菜さん、ひとつお願いがあるのですが」

「え？　あ……うん。何？」

「ハグしてもいいですか？」

「ハ……ハグ？　なんで——」

「慰《なぐさ》めてくれるんでしょう？」

いきなりハグだなんて、日本に生まれ育った愛菜にとって、かなりハードルが高い。けれど、これも慰《なぐさ》めの一環だ。

そう思って頷くと、雄大が一歩前に出て、愛菜の身体を腕の中にすっぽりと包み込んできた。

てっきり軽いハグだと思っていたのに、抱き寄せてくる彼の腕は思いのほか力強い。

しかも、戸惑っているうちに、彼の唇が愛菜の頬に軽く触れた。そして、そのまま長い間離れずにいる。

たかが頬へのキスとはいえ、このシチュエーションはありえない。

愛菜が雄大の胸を両手で押しのけると、彼の腕から力が抜けて、あっさり身体を解放された。

「ちょっ……、ゆ……雄大くんっ……⁉」

わけもわからず、愛菜は座ったままじりじりと後ずさった。気が動転していたのか、ベンチの幅を考えないまま後退し、そのまま座面から落ちそうになる。

「危ない！」

すんでのところを雄大に抱き留められ、今一度腕の中にしっかりと抱え込まれた。ほんの数センチ先にある焦げ茶色の瞳が、海から射し込んでくる夕日に照らされてキラキラと輝いて見える。

こんな状況なのに、彼はゆったりと微笑んであわてる様子もない。

「もう夕方だし、場所を変えて食事をしませんか？」

間近で囁《ささや》かれ、顔中が熱く火照《ほて》る。気づくと、心臓が早鐘を打っていて、呼吸が荒くなっていた。

「ば、場所を変えるって、どこに？」

「この近くに、グランピングとバーベキューが楽しめる宿泊施設があるんです。普通のホテルも併設しているんですが、海辺だしせっかくだから海と空を眺めながら食べるのもいいかなと思って、そっちを予約しました。今夜あたり、星がよく見えそうですし――あ、もちろん泊まるのは別々ですよ」

微笑む彼に助けられて、どうにか体勢をもとに戻した。促《うなが》されるまま立ち上がり、二人してカフェをあとにする。

(泊まるのは別々って何？　えっ、泊まるの？　そんな事、言ってたっけ？)

駐車場に着くと、うわの空で車の助手席に乗り込んで、まっすぐに前を見つめ続けた。

雄大から事前に送られてきていた今日のデートスケジュールには、確かにバーベキューと書かれていた。けれど、それをする場所がグランピング施設で、しかも宿泊を伴うものだとは書かれていない……

「――愛菜さんは、やった事ありますか？」

「え？」

ふいに質問を投げかけられ、愛菜はハッとして運転席を見た。彼は前を見て運転をしながら、口元に機嫌のよさそうな笑みを浮かべている。

「僕、子供の頃、焚火《たきび》で大きなマシュマロを焼いて食べる映像を見た事があって、ずっとやってみたいと思っていたんですよ」

「ああ、マシュマロね。ううん、やった事ないわ」

「マシュマロって、焼くと周りがこんがりとキツネ色になって、中がとろとろになるらしいですね。

あれ、すごく美味しそうじゃありませんか?」

「うん、確かに。あ……今思い出したけど、私も子供の頃に見た絵本で、そんな絵を見た事があったわ」

それは母親が持っていたレトロチックな絵本で、二人の子供が焚火《たきび》を囲んでマシュマロを食べている風景だったような気がする。

「なんだか懐《なつ》かしい。あの絵本、まだ実家にあるかな? そういえば私も、それを見た時に、いつかやってみたいって思ったのよね。長い棒にマシュマロを刺して、こんがりのトロ~リだよね?」

「そう、こんがりのトロ~リです。せっかくだから、一緒にやりましょう。宿の人に、特別大きなマシュマロを用意してくれるよう頼んでありますから」

「ほんと? うわぁ、すっごく楽しみ!」

機嫌よく返事をした直後、ハタと気がついて笑っていた表情が固まる。

つい応じてしまったが、宿泊についてはうやむやのままだ。

それに、さっきのハグとキスの件も。

愛菜はさりげなく運転席を見て、雄大の横顔を見つめた。

まさか、このままなかった事にするつもりだろうか?

いや、海外生活が長かった彼の事だから、そもそも気にも留めていないかもしれない。

(でも、イギリスって、そう気軽にハグとキスはしないんじゃないの?)

西洋社会では割と日常的にすると思われているハグとキスだが、事前に調べたところ、イギリスではさほど一般的ではないらしい。

それに、どう考えてもキスが長すぎる。

一応付き合っているのだから、デートをするのはなんら不思議ではない。

だが、いくらなんでもボディタッチがすぎるし、その上泊まりがけだなんて——

(でも、別々に泊まるって言ってたし、私の考えすぎなのかな……)

おそらくそうだろうし、深い意味はないに違いない。けれど、一時的な付き合いをしているだけの自分たちが、泊まりがけのデートをするのは、いかがなものか。

この件については、一度きちんと話し合って線引きをしておいたほうがいいだろう。

「ねえ、雄大くん——」

愛菜が彼に呼びかけたところで、ちょうど車がカーブに差し掛かり、身体が大きく運転席のほうに傾いた。

勢い余って運転席側に倒れ込みそうになったが、どうにか踏ん張って崩れた体勢を整える。

「ちょっとスピードを出しすぎたかな？　愛菜さん、大丈夫ですか？」

「ええ、大丈夫よ。ごめんね、カーブが多いのはわかってたのに、景色が綺麗だからつい見惚れちゃって」

考えていた事を正直に言うわけにもいかず、愛菜は仕方なくちょっとした嘘の言い訳をした。

それをうしろめたく思っていると、雄大が左カーブを曲がりながら、チラリと愛菜を見て微笑みを浮かべた。

彼のハンドルさばきは見事で、運転も手慣れている。

ただでさえ運転上手な男性は二割増しでかっこよく見えるのに、性格容姿ともに申し分ない雄大に胸がときめくのは無理からぬ事だ。

それに、時折さりげなくこちらがドキッとするような言い回しをしてくる。意図してのものではないと思うが、それだけに始末が悪い。

(彼って、人たらしだよね。ぜったい……)

「さっきの話だけど、私、今日泊まるなんて聞いてなかったんだけど……」

「ああ、すみません。実は今朝、起きぬけに思いついたもので。一応、朝一番でデパートに行って用意はしてきたんですけど」

雄大が言うには、自分では何が要《い》るのかわからないため、なじみの外商に頼んで女性に必要だと思われるお泊まりセットを揃えてもらったのだという。

彼が口にしたデパートは、日本でも一、二を争う格式高い老舗《しにせ》だ。そこの外商ともなると、間違いなく顧客に依頼された仕事は完璧にこなすだろう。

(って、そうじゃなくて、お泊まりって決定事項なの？　いくらなんでもマズくない？　付き合ってるとはいえ、期間限定なんだから――)

「それに、愛菜さんがせっかく僕にデートの内容を任せると言ってくれたから、目一杯楽しんでほしくて。ここなら自然がいっぱいだし、グランピングするには、今が一番いい季節なんです」

笑顔でそう話す彼は、どこから見ても完璧な好青年だ。間違っても邪《よこしま》な考えなど抱《いだ》くような人ではないし、むしろマズいと考える自分のほうに問題があるのではないかとすら思えてくる。

「……あ、もしかして、いきなり泊まるのはマズかったですか？　前回、いろいろと教えてもらっていたのに、僕とした事が……。もしダメだったら、食事のあときちんと家まで送ります」

雄大の顔に申し訳なさそうな表情が浮かび、ハンドルを握りながらしょんぼりと肩を落とす。

デートコースを雄大に任せると決めたのは愛菜だし、彼はきっと一生懸命考えて今日のプランを練ってくれたに違いない。

別に、同じ部屋に泊まるわけではないのだ。彼の努力は評価すべきだし、ここは譲歩して、雄大の考えてくれたコースを受け入れるべきだろう。

「ううん、大丈夫よ。いろいろと考えてくれて、ありがとう。それに、海辺でグランピングなんてはじめてだし、すごくロマンチックだわ」

前向きな返事を聞き、雄大が安堵したように口元に笑みを浮かべた。

その顔を見れば、彼がどれだけ真剣にデートプランを考えてくれたかがわかる。その気持ちはありがたいし、この経験は今後恋愛をしていく上で彼の役に立つはずだ。

「ただ、女性はデートに行くにもそれなりの準備が必要だし、泊まりともなると心構えや持ち物とか、いろいろとあるのよ。サプライズデートだとしても、前振りはしたほうがいいかも」

話しているうちに、ふと過去に経験した失敗の数々を思い出した。

婚活をしていると、時々とんでもない勘違い男に出くわす。

会ってすぐにホテルに誘おうとする大バカ者や、なんでもないデートの途中でコンビニエンスストアに寄って避妊具を買う勘違いエロ男。最悪なのは、女性に対して避妊具を持っているかどうか聞いてくる破廉恥《はれんち》野郎だ。

もっとも、雄大がそんな輩《やから》とはまるで違うのは十分すぎるほど、わかっている。

「はい、頭の中にしっかりとメモしました」

雄大がそう言い終えたタイミングで、目的地のグランピング施設が目の前に見えてきた。駐車場に車を停め、運転席から降りた雄大が後部座席から荷物を取り出す。

愛菜はそれを手伝って、彼とともに施設内に入り、チェックインを済ませた。

(ちょっと、うるさく言いすぎたかな？　でも、今後失敗しないためには大事な事だし……)

そう考えた途端、また頭の中に雄大とのハグとキスの記憶が蘇《よみがえ》ってきた。

いや、きっとあれは不可抗力だ。

後悔する彼を慰《なぐさ》めたくて、ハグを受け入れたのは自分だし、キスについては、きっとイギリス仕込みの感性の豊かさがそうさせてしまったのだろう。

雄大だってあのあと特に変わった様子もなく過ごしているし、変に気にしすぎるのもおかしいかもしれない。

もちろん、愛菜にしてみればかなりショッキングな出来事だったし、普段なら頬を引っ叩いて罵《ば》声《せい》を浴びせているところだが、不思議とそうする気にならなくて――

「愛菜さん、もうバーベキューの用意ができているみたいです。さっそく行きましょうか？」

「ああ、そうね。行きましょう」

天気はいいのだが、夜にかけて局所的な雨雲が近づいているらしい。すぐに降り始めるわけではないようだが、念のため少し早めに食事を取る事にした。

グランピングの施設は小型の山小屋ふうになっており、同じような建物が海辺から少し高い位置に一定の間隔を空《あ》けて八棟並んでいる。

愛菜たちが泊まるのは、東側の端にある二棟だ。

雄大にどちらにするか問われて、愛菜は端の山小屋を選ばせてもらった。渡されたお泊まりセット入りのバッグを持って中に入ると、部屋にはシングルベッドが二つと三人掛けのソファが置かれている。その奥はバスルームと洗面所になっており、設備的に本来は二人で泊まるための部屋である事がわかった。

どこも清潔だし、とてもいい木の香りがする。

広さも十分だし、何より海側の窓が広くそこからの眺めが素晴らしかった。

山小屋の前はテラスと庭になっており、そこでバーベキューをするみたいだ。テラスに出て辺りを見回してみると、西側の山小屋にもいくつか明かりが点《つ》いている。

(こんな素敵なところに連れてきてくれるなんて、なんだか感動しちゃうな)

これほど自然溢れる場所で寝泊まりをするのは、いったいいつぶりだろう？

愛菜は大きく深呼吸をして、潮の香りを胸いっぱいに吸い込んだ。

「愛菜さん、そっちに行っていいですか？」

隣のテラスから雄大に声を掛けられ、笑顔で手招きをする。彼は用意されていたらしい食材入りのクーラーボックスを肩に、愛菜の部屋のテラスにやってきた。さっそく二人してバーベキューの準備に取り掛かり、その合間に冷蔵庫にあった缶ビールで乾杯をする。

「私、こういうのってはじめてなの。火起こしとか、どうしたらいいのかな？」

「任せてください」

雄大が手際よく着火剤に火を点《つ》け、用意されていたうちわで風を送る。炭を追加して炎が落ち着いたところで、鉄板を置いて食材を載せていった。

「手際がいいのね。もしかして、こういうのに慣れてるの？」

「そう見えますか？　だったら、よかった。実は、今日のために動画を見てやり方を勉強してきたんです。見ていたら実際にやってみたくなって、これと同じようなバーベキューセットを買って、家の庭で何度も練習したんですよ」

嬉しそうに話す雄大の顔は、無邪気な少年のようだ。

忙しい身でありながら、今日のためにそこまでしてくれていたとは……

彼の気遣いに胸が熱くなり、心を揺さぶられた。

愛菜が腰をかがめて作業する雄大を見ていると、彼がふと顔を上げて視線を合わせてくる。

上目遣いでにっこりと微笑まれ、激しく気持ちが動くのを感じた。

これは、かなりヤバいかもしれない。

愛菜はそれとなく目を逸らし、周りの風景に視線を巡《めぐ》らせた。

当の雄大は特別気にするふうでもなく、タイミングよく食材を焼いて皿に取り分けてくれる。

肉はジューシーで柔らかく、野菜も新鮮でみずみずしい。

「わぁ、このお肉、すごく美味しい。野菜も甘いし、バーベキュー最高って感じ」

「喜んでくれてよかった。もうちょっとしたら、マシュマロを焼きましょう」

楽しく食事をしながらも、自然と雄大に目が行く。缶ビールを飲むついでにチラチラと彼を窺ったり、視線が合いそうになって、あわててそっぽを向いたり。

(これじゃまるで、付き合いたての恋人同士みたいじゃないの)

実際にそうなのだが、全体的にリアルすぎて愛菜自身も、うっかり今のシチュエーションにはまり込みそうになっている。

それも、雄大の言動のせいだ。

まるで本気で愛菜を好きになっているような態度ではないか。だからこそこれほど落ち着かなくなっている。

付き合ってはいるけれど期間限定の関係だし、自分たちがこの先どうにかなる事などないはずだ。

万が一、二人の間になんらかの感情が生まれても、雄大は今後彼にふさわしい相手と恋をして結婚をする。

この関係は、将来的に「新田グループ」を背負《しょ》って立つ彼がふさわしい伴侶と結ばれるための練習にすぎない。

愛菜は今一度、気を引き締めて自分の役割を頭に思い浮かべた。

自分は、雄大に恋愛の経験をさせ、女性との付き合いに慣れさせる事。

それのみに集中していれば、こんなふうに一人でとりとめのない事を悩まずに済む。

愛菜が決意とともに二缶目の缶ビールを開けようと立ち上がった時、ふいにぽつりと雨粒が落ちてきて、あっという間に激しく雨が降り始めた。

「えっ、雨？　ちょっと早くない？」

もうほぼ食事は済んでいるが、降り出すのはもう少し遅いと思っていたのだが——

あわてて片付けをして、二人して部屋に駆け込んだ。

「濡れちゃいましたね。すみません、こんなに早く降り出すとは思わなかったので」

雄大が申し訳なさそうな顔をして、頭を下げてきた。

愛菜はバスルームから持ってきたタオルを雄大に手渡し、自分も頭を拭きながらひとつくしゃみをする。

「天気ばかりはどうしようもないし、雄大くんが謝る事なんかないわ。……ああ、でも人によるかな。婚活中にいたのよね。こっちはデートの日取りを決めただけなのに、当日雨になったからって責めてくる人」

愛菜は当時の事を思い出して、鼻の頭に皺《しわ》を寄せた。

そもそもその日になったのは、相手の都合があっての事だったのに、ネチネチと足元が悪くて靴が汚れるだのなんだの……

挙句の果てにスラックスの裾《すそ》が濡れたからという謎の理由でホテルに連れ込まれそうになり、速攻で帰って連絡先をブロックした。

それに比べて、雄大は紳士だし裏がない。彼こそは、真に理想的な結婚相手だ。まさか、お試しの恋愛でそんな人と巡《めぐ》り合うとは思わなかった。

婚活を続けていたら、いつか自分にも彼のような人と出会うチャンスが来るのだろうか？

もしそんな幸運に恵まれたら、全力でアピールして結婚に持ち込むのだが――

そんな事を考えていると、遠くの空でゴロゴロと音がして、さらに雨脚が強くなり始めた。

「これもグランピングの醍醐味《だいごみ》のひとつだし、お天気なんて運次第だもの。それに、夜の海に降る雨を見られるなんて、すごくレアだし素敵だと思わない？」

時刻は午後八時になろうとしており、外はもう真っ暗だ。

愛菜は窓辺に近づき、少し窓を開けて耳を澄ませた。かなり風が出てきており、ザアザアという音と波の音が混ざり合い、なんとも迫力がある。

「海に降る雨音とか、なんだかちょっとロマンチックね。暗い海もミステリアスでいい感じ。でも、一人だと、ちょっと怖いかも」

話しながら、愛菜はふいに寒気を感じて身震いをした。雨に濡れたのは短い時間だったが、少々身体が冷えたみたいだ。

「本当に風邪をひいたらいけないから、とりあえずシャワーを浴びて着替えない？」

「そうですね。すみません、気が利かなくて……。じゃあ、シャワーを浴び終わったら、またここで飲み直しませんか？　寝るにはまだ早いし、夜はまだ長いですから」

「そうね。そうしましょう」

愛菜が提案を受け入れると、雄大は笑顔で自分の部屋に引き上げていった。

その顔に、また胸がキュンとなるも、すぐに気を取り直してシャワールームに駆け込んだ。

備え付けのシャンプーやボディソープで丁寧に髪と身体を洗い、洗面台の前に立つ。

幾分顔が上気して見えるのは、湯を浴びて十分温まったからであり、他意はない。

台の上に置かれた籠《かご》の中にはいくつかの小袋が入っており、中身がわかるようにタグがつけられている。

「ランジェリー」とタグのつけられた小袋を開け、中に入っているものを取り出す。

それらはすべて白いシンプルなものだが、タグには海外の高級ランジェリーメーカーの名が記されている。どれもとても肌触りがよく、着け心地も申し分ない。

その上に用意されていたワンピース型の部屋着を重ねて、バスルームを出る。

窓の外を見ると、雨脚は少し弱くなったようだが、風が強いみたいだ。

しばらく経ったのちに部屋のドアをノックされ、シャワーを浴びてさっぱりとした様子の雄大を迎え入れる。

「ちょっと小降りになってきましたね」

「そうね。たけど、逆に風は少し強くなってきたみたいよ」

雄大が着ているのは、愛菜と同じ色合いで上下に分かれた部屋着だ。

ワンピース同様、生地《きじ》はさほど厚くなく、彼の引き締まった胸筋が胸元を盛り上げている。

日頃から身体を鍛《きた》えているであろう事はスーツ姿でも窺えたが、よもやこれほどとは思わなかった。

愛菜は目のやり場に困り、あわてて窓のほうを向いた。

「マシュマロ、焼けませんでしたね。また今度、違う場所でリベンジしましょう」

声が近づいてきて、少し離れた位置で止まった。

背中に雄大を感じて、愛菜はドギマギしながら窓の外を見つめる。

「そ、そうね、また今度」

これ以上近づいたら、胸の鼓動が彼に聞こえてしまいそうだ。

愛菜は雄大にぶつからないよう窓のそばを離れ、部屋の真ん中に据えられたソファの右端に座った。

それからすぐに、彼がソファの左端に腰を下ろす。

一人分の間を空《あ》けて座っているソファは窓のほうを向いており、二人はしばらくの間、黙って外の景色を眺めた。

(夜の海を見ながら二人きりとか……。ヤバい……またドキドキしてきた……)

今の状態に危機感を覚えた愛菜は、まずは沈黙を破るのが先決だと判断した。正面を向いていた身体ごと雄大を振り向き、動揺を隠しながら笑顔で口を開く。

「きょ、今日はいろいろとありがとう。雄大くんが用意してくれたデートプラン、大正解だと思うわ。マシュマロは焼けなかったけど、また今度リベンジする楽しみもできたし、こんなふうに夜の海を見ながらお喋《しゃべ》りできるなんて、すごく特別感があるわね」

愛菜が笑顔でそう言うと、雄大がぱあっと表情を輝かせた。顔全体で喜びを表現しているような彼を見て、瞬時に息が止まる。

「よかった……。実は、朝からかなり緊張していて、プランを楽しんでもらえなかったらどうしようって、ずっと心配で――」

心底ホッとした様子の雄大を前に、愛菜は内心タジタジとなる。幸いにも、それからすぐに彼が腰を上げ、部屋の壁際にあるミニバーに向かった。

「あぁ……本当に安心した……。愛菜さん、何を飲む？　ひととおりのアルコールは揃ってるけど、よければワインを開けない？」

「そ、そうね。そうしましょう」

笑顔で頷いた雄大がワインを開け、二人分のグラスを載せたトレイを持ってソファに戻ってきた。ホッとして緊張が解けたのか、彼の様子はさっきまでよりもずいぶんリラックスして見える。

「泊まりがけだと、気兼ねなく飲めるのがいいね。さあ、どうぞ」

トレイにはナッツやチョコレートなどが入った皿もある。

愛菜は彼とグラスを合わせ、冷えたワインをひと口飲んだ。

「あっ、これ美味しい」

「そうでしょう？　用意したアルコールは、すべて僕が入念に選び出した逸品ばかりだからね」

得意げに胸を反らせる雄大を見て、愛菜はぷっと噴き出した。

「本当に、いろいろと考えてくれていたのね。改めて、ありがとう。こんな素敵なデート、はじめてだわ」

ワインは芳醇《ほうじゅん》な味わいで、香りも素晴らしい。飲みながらあれこれと雑談を交わし、自然と杯を重ねる。

「雄大くんって博学だし、話してて本当に楽しいわ。それに、口調もだいぶフランクになってるし、前よりもかなり話しやすいかも」

「あ、気づいてた？」

雄大が言い、愛菜が頷く。

二人同時に笑い声を上げ、空《から》になったグラスをソファ前のテーブルに置く。

「無意識だったけど、一緒に時間を過ごしたり、こうして二人きりでいるうちに、自然とそうなった感じかな」

「なんだか、すごくいい流れね。雄大くん、本当に呑み込みが早いというか、これならすぐに恋愛にも慣れると思うわ。なぁんて、私は偉そうな事言える立場じゃないし、一緒に学ばせてもらってる感じ。私との事、ぜひ今後の恋愛に生かして、最良のパートナーを見つけてね」

笑顔でそう話すと、雄大がワインボトルを傾ける手を止めて愛菜を振り返った。そして、何かしら言いたげな表情を浮かべたあと、無言で微笑みを浮かべながら腰を上げる。

ソファから離れた彼が、別の部屋に向かっていく。それからすぐに戻ってきた雄大が、愛菜のすぐ隣に座り、持ってきた大判のひざ掛けを脚の上に置いてくれた。

そうする時、ほんの少し彼の手が愛菜の太ももに当たった。部屋着の生地《きじ》越しではあったけれど、その途端、愛菜の身体にそれまでにないほど強い緊張が走る。

「あ……ありがとう……」

「どういたしまして。少し冷えてきたね。エアコンを少し強くしようか」

「そうね」

雄大がエアコンのリモコンを操作したあと、愛菜がひざ掛けを広げるのを手伝ってくれた。

ひざ掛けが愛菜の手を離れ、ふわりと宙で広がる。そのまま膝の上に下りると思いきや、雄大の手とともに愛菜の両肩を包み込んできた。

びっくりして固まる身体をそっと抱き寄せられ、彼と正面から見つめ合う格好になる。

「膝に掛けるより、こうしたほうが暖かいでしょう？」

間近で目が合い、にっこりと微笑まれる。

今までで一番近い距離に驚き、愛菜は大きく目を見開いて息を呑んだ。

「ゆ……雄大くんって、時々ナチュラルにドキッとさせてくるよね。それ、女性と恋愛をする上で、かなり高等テクニックだよ。もう、私がいなくても大丈夫かも」

「そんな事はありません」

わざと軽い調子で言った言葉を静かに否定され、さらに強く抱きしめられる。

心持ち眉をひそめている雄大の顔を見て、愛菜も表情を硬くした。

ついさっきまで機嫌よく笑い合っていたのに、もしかして、何かしらやらかしてしまった？

けれど、愛菜には何も思い当たる事がない。

「……口調、戻っちゃってるけど……。どうかしたの？　私、何か変な事言ったかな？」

「変と言うよりは、腑《ふ》に落ちない、といった感じですね」

「腑《ふ》に落ちない……。私、そう思われるような事、言った覚えが――」

話している途中で片方の腕を背中に回され、よりいっそう密着度が増す。

鼻先が触れそうな距離まで顔を近づけられて、心臓が喉元まで跳ね上がったような気がした。

「さっき愛菜さんは『私との事、ぜひ今後の恋愛に生かして、最良のパートナーを見つけてね』と、言いましたね？」

「い……言ったけど、それがどうかしたの？」

「どうもこうも、その言葉のニュアンスだと、これから先、僕が愛菜さん以外の人と恋愛をするという意味になりませんか？」

「だ、だって、そうでしょ？　私は雄大くんのお試しの恋愛相手だもの。こうして付き合う事で経験を積んで、この先出会う女性たちといい恋愛をして、最愛の人を見つけて結婚する。それが目的なんだから――」

「それは、違います。と言うより、僕と愛菜さんの間で、認識の齟齬《そご》があるようですね。今までも、何度か気になる言い回しをするとは思っていましたが、この際だからはっきりさせましょう。愛菜さん、僕は本気で、あなたと結婚を前提にしたお付き合いをしているつもりです」

身体を包み込んでいる雄大の腕に、力がこもるのがわかった。

見つめてくる瞳は真剣そのもので、彼が冗談を言っているわけではない事がひしひしと伝わってくる。

「ゆ……雄大くん、本気で言ってるの？」

「もちろんです」

きっぱりと断言すると、雄大がさらに顔を近づけて愛菜の目を覗き込んでくる。

唇に彼の呼気を感じて、頭に血が上《のぼ》った。

雄大は真面目だし、人を傷つけるような嘘をつくような人ではない。

だとしたら、彼は本気で自分との結婚を望んでいるという事だろうか？

『もしそんな幸運に恵まれたら、全力でアピールして結婚に持ち込むのだが——』

雨が降り出した時、そんなふうに考えた事を思い出し、頬が熱く焼ける。

雄大の申し出を、このまま受け入れたとしたら？

いや、彼と自分では社会的な立場が違いすぎる！

仮に本当の婚約者になったとしても、周りが許さないだろう。

それに、彼が向けてくれる想いは恋愛に慣れていないがゆえの一時的な気の迷いかもしれない。

あるいは、今のシチュエーションが作り出した、まぼろしだ。

愛菜は、思いついた事をそっくりそのまま雄大に伝えた。

それを聞いた彼が、ゆっくりと——しかし、断固とした様子で首を横に振った。

「確かに、僕は恋愛に不慣れです。だけど、自分の気持ちが本物かそうでないかわからないほどボンクラじゃありません。愛菜さんと過ごした時間はまだ多くないけど、あなたをもっと深く知りたいし、本気の恋愛をして結婚したいと思ってます」

これほど真摯《しんし》にストレートな想いを伝えられた事など、未だかつてなかった。

だけど、こんな夢のような話が起こるはずがない。

それに、これが現実であっても、きっと手にした途端泡となって消えてしまうのでは――

愛菜の逡巡《しゅんじゅん》を焦《じ》れったく思ったのか、雄大が抱き寄せる腕を軽く揺すった。

「愛菜さん、僕はあなたが好きです。父たちの依頼は、出会いのきっかけではあるけど、今僕が言っている事は僕自身の意思であり本当の気持ちです。愛菜さん……僕の事、どう思ってますか？」

雄大の視線は、一瞬たりとも愛菜の目から離れない。

愛菜は瞬《まばた》きを忘れて彼と見つめ合い、口を開いた。

「わ……私も、雄大くんの事が好きよ。でも、ちょっとびっくりしすぎて、頭の中がパニックになってる。だって、そうでしょ？　勤務先の御曹司から告白されるとか……しかも、二つ年下の上に超絶かっこよくて――ん、んっ……」

話している途中で背中をさらに引き寄せられ、そのままキスをされた。驚いた唇の隙間に、雄大の熱い舌が忍び込んでくる。

それを受け入れた途端、二人の舌が絡み合って離れなくなった。抱き寄せられた背中が反り返り、二人してソファの座面に倒れ込んだ。

ぎこちないキスが、かえって胸をときめかせる。

キスをするたびに、そうするのが自然に思えてきて、それが深くなるごとに、もっともっとしたくなってしまう。

（私、どうかしちゃったのかも……）

愛菜はこれまで、男性に対しては常に自分というものを守り続けてきた。勝手に優位に立とうとされれば直《ただ》ちにそれを拒《こば》み、なし崩しで関係を持つような事態にはぜったいにならなかった。

それなのに今、抱きしめられ、キスをされても抵抗するどころか、自分から雄大の背中に腕を回し舌を絡めている。

この状態は、いったい――

分析しようにも、キスが甘すぎて頭が働かない。

わかっているのは、雄大の言葉に心が震え、気持ちが一気に彼に向かって流れ出しているという事だけだ。

ソファの座面は広く、じゃれ合っても転がり落ちる心配はない。

仰向けに寝そべった愛菜の上に、雄大が覆いかぶさる格好でキスを繰り返す。ワンピースの裾《すそ》がめくれ、開いた両脚の間に彼の膝が入ってくる。生地《きじ》の上からそっと左乳房を揉まれ、思わず小さく声が漏れた。

ほんの少し愛撫《あいぶ》されただけなのに、もうじっとしていられなくなる。我慢できず、脚の開きを大きくし、爪先で雄大のふくらはぎを掻いた。ぴったりと重なり合う唇が唾液にまみれ、いやが上にも性的な欲求を掻き立てられる。

こんなの、いつもの自分らしくない。

これほど誰かを欲するなんてはじめてだった。

「なんでかな……。雄大くんといると、無防備になっちゃう」

「そうですか？　僕も愛菜さんの前では無防備だからじゃないかな？」

上から見下ろしてくる雄大の目に、欲望の炎が宿っている。常に紳士的だった彼が、いったいどうした事だろう？

今の雄大は、まるで獲物を屠《ほふ》ろうとする獰猛《どうもう》な獅子のようだ。

あからさまな性欲をぶつけられているのに、まったく嫌な感じがしない。むしろ気持ちが高揚するし、彼からそんなふうに見られている事にものすごく興奮する。

「愛菜さん……服、脱ぎませんか？」

ロマンチックとは言い難い誘い文句に、愛菜はこっくりと頷いて自分から雄大にキスをする。

「灯《あか》り……消してくれる？」

囁《ささや》くと同時に唇を重ねられ、二人の息が交じり合う。

テーブルの上にあったリモコンを操作し、雄大が部屋の灯《あか》りを消した。それを合図に、二人は着ているものを次々に脱ぎ捨てていく。

先に脱ぎ終えた雄大が、裸になった愛菜を抱き寄せて唇を重ねてくる。彼は返事をする代わりに愛菜の背中と膝裏を腕に抱え、ベッドルームに向かって歩いていく。

二人してベッドの上に倒れ込み、愛菜は仰向けになって彼と抱き合ったまま繰り返しキスを重ねた。

だんだんと脳が痺《しび》れてきて、舌を絡め合わせるのに夢中になる。

回を重ねるごとにキスが上手くなっているような気がする——

雄大がふと唇を離し、愛菜の目をじっと見つめてきた。そして、真剣な面持ちで愛菜に囁《ささや》きかけてくる。

「愛菜さんの身体、よく見てもいいかな？」

「身体を？」

「愛菜さんを大事にして、大切に扱うために、あなたの身体をよく知っておきたいんだ。ビジネスシーンでも、まずは相手をよく知る事が大事だよね？　僕は独りよがりな快楽や満足を得るよりも、愛菜さんを気持ちよくして、快感をともに分かち合いたいと思う」

これまで、そんな事を言ってくる男性など一人もいなかった。

愛菜は軽く感動して、無意識に頷いて雄大の唇を軽く噛んだ。

「そんなふうに言ってくれて、すごく嬉しい。でも、プロポーションはさほどよくないから、あんまりジロジロ見るのはやめてね」

拒絶されるとでも思っていたのだろうか？

愛菜が許可すると、雄大が嬉しそうに唇を重ねてくる。

「ありがとう、愛菜さん」

唇が離れるのと前後して、彼の手が愛菜の身体の線をなぞり始めた。

愛菜は平均的な体型をしているけれど、やや腰骨が張っており太ももがちょっと太い。胸の形はいいが少し小ぶりだ。日々、自宅でのストレッチを欠かさないから余計な脂肪はないが、不満を言えば切りがなかった。

けれど、今はそれを気にする余裕がないほど気持ちが高ぶっている。

雄大の顔が愛菜の右の首筋に下り、そこに彼の視線と息遣いを感じた。自然と息が乱れ、触れられてもいないのに身体のあちこちが熱くなり始める。

ゾクッとするような甘い戦慄《せんりつ》が背中を通り抜け、全身の肌が軽く粟立《あわだ》つ。

「あっ……」

愛菜の唇から微かな声が漏れた。顔を上げた雄大と目が合い、また唇を触れ合わせる。

「……煽情的《せんじょうてき》な声ですね」

「そ、それは、雄大くんのせいだから」

まさか、自分がそんな台詞《せりふ》を口にするなんて――

そう思うなり全身が火照《ほて》り、未だかつてないほど脚の間が熱くなっていく。

雄大の唇がさらに下を目指し、彼の顔が愛菜の左乳房の前に来た。

見られているという意識が乳嘴《にゅうし》を硬くして、今にも雄大の鼻先にくっつかんばかりに尖っている。

まだ始まったばかりなのに、秘裂が蜜をたたえ溢れんばかりになっているのがわかった。

喘《あえ》ぎながら身体を少しだけ横に傾けると、ふいに乳嘴《にゅうし》をチュッと吸われ、身体に熱い電流が走る。

「ああんっ……！」

つい大きな声が出て、あわてて唇を固く閉じる。

それでも込み上げる快楽は抑えきれず、愛菜は息を荒くしながら微かに身を捩《よじ》った。

「ちょっと、待って急がないで……」

服の上から乳房を揉まれただけでも、あれほど感じたのだ。このまま続けられたら、感じすぎてどうにかなってしまいそうだ。

「……これでも、かなりスピードを抑えているつもりなんだけどな……。だけど、そんなふうに余裕がない顔を見せられると、断れなくなる」

雄大が囁《ささや》き、キスをすると同時に軽く下唇を噛んでくる。

急ぐなと言っておきながら、早々にそれを覆《くつがえ》したくなってしまう。そうとわかったのか、彼が微笑んで、ゆったりと目を細めた。

「愛菜さん……キス、してもいいかな？」

訊《たず》ねられて頷くと、すぐに雄大の唇が愛菜の首筋に触れる。

「愛菜さん……。愛菜さんは、僕にどうしてほしい？」

「えっ……わ、私？　私は……」

こんな時、どういう顔をすればいいのか――

今まで、どうしてほしいかなどと聞かれた事がないし、自分の欲望を口にするなんて恥ずかしくてできない。

愛菜が躊躇《ちゅうちょ》していると、雄大が待ちきれないといった顔で乳房をそっと掌《てのひら》で包み込んだ。

そして、緩く揉みながら左の乳房をちゅうちゅうと吸い、舌で乳暈《にゅううん》から乳嘴《にゅうし》までをねっとりと舐《な》め上げる。

こんな事をされたのは、はじめてだ。

込み上げる快感に耐えかねてビクビクと身を震わせると、乳嘴《にゅうし》を舌で転がされ、口蓋《こうがい》に押し付けられた。

「あぁあんっ！　あっ……あ――」

胸への愛撫《あいぶ》が、これほど気持ちいいものだなんて、はじめて知った。

愛菜は頬を赤く染め上げ、感じるままに声を上げる。

多少のぎこちなさはあるけれど、気持ちがこもっているのがわかるからか、何かされるたびに湧き起こる快楽で息をするのもやっとだ。

「――あっ、あ、あ……」

愛菜の反応を見ながら、雄大は乳房への愛撫《あいぶ》を続ける。

今まで経験したセックスは、いつも男性本位だったし、前戯は、ほぼ皆無だった。

『気持ちよくして、快感をともに分かち合いたい』

そう言った彼の言葉が、口先だけではない事が肌を通してひしひしと伝わってくる。

雄大の唇が右の乳房に移り、先端を同じように愛撫《あいぶ》する様子を見つめながら、愛菜は身体中の血が熱く沸くのを感じた。

（どうしよう……気持ちよすぎるっ……！）

雄大の唇が乳房を離れ、下腹をさまよったあと、さらに下を目指す。お腹に何度もキスをされている間に、彼の掌《てのひら》が恥骨の上の柔毛に触れた。

指先がゆっくりと下りていき、花芽の先の少し前で止まる。

愛菜は雄大がそうするのを見つめながら、我慢できずに唇を開けて大きく息を吸って喘《あえ》いだ。

深呼吸で仰《の》け反《ぞ》ったタイミングで両膝を彼の腕にすくわれ、大きく脚を開いた格好にさせられる。

ものすごく、恥ずかしい。

その反面、もっと彼に見てほしいという淫《みだ》らな気持ちでいっぱいになる。そろそろと近づいてきた彼の舌が、花芽の先をぺろりと舐《な》めた。舌は花芽の頂《いただき》をねぶるように舐《な》め回したあと、秘裂の割れた形状に沿うように舐《な》め下ろされる。

「や、あぁんっ！　あ……」

その瞬間、身体から力が抜け、愛菜は身を仰《の》け反《ぞ》らせながら雄大の髪に指を絡みつかせた。

テクニックなどないし、意図的に感じさせようとしているわけでもない。

それなのに、どうしてこうも震えるほど気持ちがいいのだろう？

愛菜が快楽に浸《ひた》っていると、身を起こした雄大が背中に腕を回し抱き寄せてきた。

「少しだけ、待っててくれるかな？」

そう言って避妊具に手を伸ばす腕の筋肉が、見惚れるほど素敵だ。

愛菜がたまらずに雄大の背中に手を回すと、しばらくして硬く勃起した屹立《きつりつ》が身体の中に滑り込むように入ってきた。

今までのセックスのような抵抗感が、まるでない。挿入されたものを嬉々として受け入れ、悦《よろこ》びにそこがギュッと窄《すぼ》まるのを感じた。

「んっ……」

雄大が辛そうな呻《うめ》き声を漏らし、固く目を閉じる。

どうしたのかと思いきや、彼は深く息を吐き、うっすらと目を開けて至福の表情を浮かべた。

そして、愛菜の唇にキスをしながら、ほんの少し腰を前に進めて挿入を深くする。

「愛菜さん……」

「うん」

名前を呼ばれただけで、雄大が感じている快楽の深さが伝わってくる。

愛菜は自分からも彼にキスをして、腰に脚を絡みつかせた。見つめ合い、唇を何度となく重ね合わせながら、ゆっくりとしたセックスをする。

たったそれだけの事が、これほど心と身体を同時に揺さぶるものだなんて、今の今まで知らなかった。

身体の奥から湧き起こる多幸感に、目の奥が熱くなり涙で前が見えなくなる。こめかみを濡らす涙を指先で受け止めると、雄大が唇を合わせたまま、にっこりと微笑んだ。

「愛菜さん、愛してる……。あなたこそ、僕が待ち望んでいた運命の人だ」

口移しで愛を語りかけられ、今一度強く抱きしめられる。

想いの深さを物語るように、愛菜の中のものが硬く強張《こわば》って反り返った。

「ひぁっ……」

まるで体内に、この上なく甘美な極上の果実を孕《はら》んだみたいだ。

身体の内側から歓喜が溢れ出し、身体ばかりか心まで悦《よろこ》んで感動に打ち震える。

「雄大くんっ……」

爪先立ちになって愛菜は雄大の背中にしがみつき、挿入がより深くなるようベッドから腰を浮かせた。コリコリとした硬い括《くび》れが蜜壁を抉《えぐ》り、強すぎる快楽に身体が硬直する。

「そこ……気持ち……いい……」

愛菜が掠れた声を上げると、雄大のものがグッと硬さを増した。中を押し広げられる感覚に酔いしれていると、雄大が抱き寄せてくる腕に力を込めた。

「愛菜さん、すごくエッチな顔してる……。感じてるのが、よくわかるよ」

雄大の声は澄んでいて、どこまでも甘い。

雄大が、ゆるゆると腰を動かしながら、どんどん呼吸を荒くする。眉間《みけん》に刻まれた縦皺《たてじわ》が、彼が感じている快楽の深さを表しているみたいだ。

「ぁ……もっと、ゆっくり……。すぐに、イッちゃう……まだ、ダメッ……」

雄大の動きが遅くなり、それからすぐに愛菜の中でピタリと動きを止めた。顔を見れば、お互いにあと少しで達しそうになっているのがわかる。

どちらともなく唇を重ね、舌を絡め合う。

ふたりとも動いていないのに、ものすごく気持ちがいい。

まだ上《のぼ》り詰めたくないと思えば思うほど、小さな愉悦《ゆえつ》が繰り返し込み上げてくる。

キスを重ねているだけでも、身体がわなわなと震え出した。

これ以上我慢できそうにない――

愛菜は雄大と唇を合わせながら、爪先でシーツをきつく掴んだ。

「……もう、動いていいかな？　それとも、まだ我慢したほうがいい？」

息を弾ませながらそう訊《たず》ねる顔に、うっすらと汗が浮かんでいる。

焦《じ》れたような雄大の表情を見ると、自分と同じように快感を味わい、行為の再開を求めているのがわかった。

「動いて。もっともっと、私を感じさせて。強引でもいいから――」

今までに言った事がないような台詞《せりふ》が、自然と口をついて出た。

彼は頷くなり腰の動きを速め、少しずつ深さを増しながら奥を繰り返し突き上げてくる。

「ふ……」

聞こえてくる雄大の声が、徐々に低くなっていく。

身体にのしかかってくる彼の重さが、たまらなく心地いい。

徐々に速く深くなっていく突き上げに、蜜窟の奥がギュッと窄《すぼ》まるのがわかった。

「あぁんっ！　雄大く……あ、ああ……あああっ！」

「愛菜さんっ……」

聞こえてきた雄大の声が、愛菜の耳の中に溶け入っていく。

目を閉じているのに、視界が真昼のように一瞬パッと明るくなる。どんどん大きくなりながら体内に渦巻いていた愉悦《ゆえつ》の塊《かたまり》が、パンと弾けたみたいだった。雄大のものが愛菜の中で爆《は》ぜ、何度も繰り返し吐精するのを感じる。

この上なく気持ちよくて、悪いところなどひとつもない。

こんなセックスなら、何度だって経験したい。

愛菜は、うっとりとそんなふうに思いながら、雄大の唇にきつく噛みつくのだった。


雄大と夜をともにしてすぐの週明け、愛菜はいつもどおりに出社して、いつにもましててきぱきと仕事をこなした。

率先して雑用を引き受け、誰よりも早く電話を取る——なぜなら、ちょっとでも暇になると目の前に雄大の顔がチラついて仕方がないからだ。

幸いな事に、彼は午前中から新田グループの本社に出向いており、一日中不在だった。

愛菜は、その日やるべき仕事をすべてやり終え、足早に職場をあとにして帰途につく。

（私、なんて事しちゃったんだろう……）

ひと言で言えば、その場の雰囲気に流された。

なおかつ、雄大の抗《あらが》いがたい魅力に自制心が崩壊したからだ。

愛菜は乗り込んだ電車に揺られながら、ぼんやりと雄大の顔を思い浮かべる。

あの夜、雄大とセックスをして、まさにめくるめくひと時を満喫した。

かつてないほど熱烈に行為に没頭し、我を忘れて彼を欲して自分史上最高に乱れまくった。

結婚願望の強い愛菜だが、性欲については割と淡白なほうだ。

だからこそ、婚活で出会った男性と軽はずみに深い関係になったりしなかったし、一方的に性欲を向けてくる相手からも、いち早く逃げ出す事ができていたのだ。

それなのに、雄大に抱きしめられた途端、箍《たが》が外れたように彼と深く交じり合う事に没頭してしまった。

気がつけば、ともに精も根も尽き果ててベッドに横たわり、そのまま朝を迎えた。

それだけならまだしも、起き抜けに雄大からキスをされ『シていい?』と言われて『うん』と頷いてしまい——

今思い返しても、顔が焼けるほど恥ずかしい。

(なんであんなに夢中になっちゃったんだろう……)

それは言わずもがなで、彼を愛してしまったからだ。

『愛菜さん、愛してる……。あなたこそ、僕が待ち望んでいた運命の人だ』

雄大の告白を思い出し、愛菜はにわかに赤くなり、頬を熱くする。

彼は愛菜が知る男性の中で、飛びぬけて優秀なビジネスパーソンだ。仕事に関しては学ぶ事だらけだし、年下ではあるけれど心から尊敬できる。

思いがけずお見合いをする事になり、気づけば互いに心から想い合うようになっていた。

愛菜にとっても、きっと雄大は運命の人だ。

雄大を心から愛している。

彼でなければならないし、雄大だからこそ、ここまで深く愛したのだと思う。

（出会って間もないとか年齢とか、ぜんぜん関係なかったな）

雄大に出会うまでは、意識しないまでも、いろいろとこだわりがあった。けれど、彼との恋愛はそれらをすべて蹴散らし、互いを想う気持ちこそが大事なのだとわからせてくれた。

だが、雄大は「新田グループ」の将来を担う、唯一無二の人だ。

そんじょそこらにいる男性とはわけが違うし、卓越した能力を持っているがゆえに、今後背負っていく責務は膨大なものになるだろう。

パートナーを選ぶにも彼の一存では決められないだろうし、周りが二人の仲を認めてくれるとは到底思えない。

互いに深く愛し合っている事は間違いないが、立ちはだかる壁はとてつもなく大きかった。

（まずは会長に報告しないと……。するなら早いほうがいいよね？）

最寄り駅に到着すると、愛菜は早足にマンションへ帰り、すぐにシャワーを浴びて全身を綺麗に洗い流した。

濡れた髪を乾かし、洗い立てのパジャマに着替えたあと、幸三に渡されたスマートフォンを持ってテーブルの前に正座する。

最悪、すぐにでも別れろと言われるかもしれない。

罵倒《ばとう》されるのを覚悟しながら、意を決してホットラインの番号に電話をする。

『待っていたよ、賀上さん。雄大から聞いたよ。息子と正式に付き合う事になったそうだね』

受電するなりそう言われて、全身から血の気が引く。

まさか、雄大が先に報告をしていたとは――

幸三からの連絡がなかったから、てっきり父子の間では何も話していないと思い込んでいた。

愛菜は、やにわにうろたえてスマートフォンを握りしめながら深々と頭を下げた。

「申し訳ございません！　よもや、こんな展開になるとは思わずにおりましたが――」

『うん？　どうして謝るのかね？　息子からは、賀上さんと結婚したいと聞いているよ。私としても喜んでいるし、すぐにでも結婚の準備に取り掛かりたいくらいだ』

スマートフォンから、幸三の機嫌のよさそうな笑い声が聞こえてくる。

思っていたのと違う反応をされ、愛菜は面食らって声を上ずらせた。

「……で、ですが、副社長のパートナーが私というのは問題があるのでは……」

『どこに問題があるのかね？　当人同士がよければ、なんの問題もないだろう？　あぁ、もしかして、賀上さんのご両親が反対しているとか？』

「いいえ、そんな事は万が一にもありません！」

この件に関しては、まだひと言も両親には話していないが、これほどの良縁を反対するなんて、どう考えてもありえない。

そんな事よりも、愛菜は幸三が二人の交際を全面的に認めてくれた事実に心底驚いていた。

『それならよかった。とにかく、よくぞ息子の気持ちを変えてくれたね。本当によかった。これからも引き続きよろしく頼むよ』

「は、はい。承知しました」

『それから、健一郎には今の話を内緒にしておいてくれないか。まだ親しく話をする段階とでも言っておいてくれたらいい。もし、いろいろと聞かれたら上手く誤魔化して適当にあしらっておいてくれ。むろん、これについては息子も承知している』

来客でもあったのか、幸三はまたの報告を待っていると言って先に電話を切った。

『むろん、お見合いをするからには正式な婚約者候補として扱わせてもらう』

今回の件を依頼された時、幸三がそう明言したのを思い出す。

だがそれは、あくまでも建前であって、実際にそうなるわけではない――そう、思っていたのに、まさか本気だったとは思いもしなかった。

愛菜はスマートフォンを耳に当てたまま、呆然と床にへたり込んだ。

愛菜は床に仰向けになって寝転がり、深い安堵のため息をつく。

幸せな結婚がしたい。

ただそれだけを願い婚活を続けてきて、天からの贈り物のような良縁を得た。

雄大との結婚が叶うと思うと、目に映る何もかもが色鮮やかに輝き始める。

(よかった……！　本当に、よかった……)

ずっとピリピリしていた神経が緩み、身体中に将来に向けての希望や活力がみなぎってくる。

自然と涙が溢れ出し、込み上げる嬉しさに頬を緩ませながら掌《てのひら》で頬を拭った。

願わくば、このままスムーズに雄大と結ばれて、彼と歩む人生をスタートさせたい。

そのための努力なら、なんだってする覚悟だ。

心にそう固く誓い、深呼吸をする。

すると、ようやく少しずつ冷静になって、いろいろと考えられるようになってきた。

(社長には内緒にしてくれっておっしゃったけど、やっぱりお二人の関係は、あまりよくないのかも)

最初に役員会議室へ呼び出された時、健一郎は幸三がいない時を見計らって愛菜に話し掛けてきた。表面上は、幸三と良好な関係であるように見えているが、本当はそうではないのかもしれない。

(少なくとも、会長は社長を信じてないって事だよね。社長は、会長と一心同体って言ってたけど)

しばらくの間、天井《てんじょう》を見つめながら雄大と会長、そして社長の顔を思い浮かべる。

これまで仕事や婚活を通じて大勢の人と関わってきたが、好感度が高いのはどう考えても社長より会長であり、健一郎はどこか胡散《うさん》臭い感じがする。

もしかすると、裏で何か企《たくら》んでいるのかもしれない。そして、会長はそれに気づいて彼を警戒しているとか？

(もしそうなら、私も十分に気をつけないと)

いずれにせよ、健一郎への報告には細心の注意を払ったほうがいいだろう。

雄大と歩む未来は、きっと素晴らしいものになるに違いない。せっかく心から愛せる人に出会ったのだ。ぜったいに、何があっても二人の関係を守り抜いてみせる。

そう強く思うほどに愛菜は雄大を深く愛しているし、この想いは一生消える事はないと確信していた。

十一月も中旬になり、世間で言うところのボーナス商戦の時期が近づいてきた。

お金の使い道は様々だが、そのうちの何割かを貯蓄に回す予定の人は多いだろう。さらに余裕があれば、投資をするという選択肢もある。

昨今ではマスメディアを通して資産運用の重要性が世に広まりつつあり、テクノロジーの進化によって昔よりも手軽に証券会社に口座を持つ人が多くなった。

新田証券は国内で大手と言われる証券会社のひとつであり、歴史も古く新田グループとの連携が強みだ。

昔は対面型のみだった証券会社も、今はネット型が主流になり顧客の幅も大きく広がっている。

「そんな事言って、実は自分がファンなんだろ？　その、なんとかっていうアイドル」

「なんとかじゃなくて、岩原一馬《いわはらかずま》です！　彼はバラエティ番組とか舞台にも活躍の場を広げていますし、二十代の男女の好感度が非常に高いです。彼を広告のイメージモデルに起用して、口座開設から株や投資信託の取引まで、すべてスマホで完結できるって事を全面的にアピールしたいと思っています」

マーケティング部内の定期ミーティングで、愛菜は若年層新規顧客の獲得案について熱弁を振るっていた。広告のイメージキャラクターに好感度の高い男性俳優を起用し、同じ世代の人たちに向けてスマホひとつで資産運用ができる便利さを広く知ってもらいたい。

そこに茶々を入れるのは、雑賀《さいが》という男性主任だ。

「スマホ、スマホって、うるせーなぁ。これだからゆとりは――」

「はい？　まだそういう言い回しする人、いるんですね。どれだけ時代遅れなんですか。雑賀さんこそ、未だに脳内バブル崩壊してます？　今時、若者だけじゃなくて雑賀さん世代だってスマホ、スマホ言っていますよ。証券会社に勤めていて、それくらい知らないわけじゃないですよね？」

「ああ？　バブルだと？　俺はギリギリミレニアル世代だよ！」

「まあまあ……」

ヒートアップする二人の間に馬場が入り、ミーティングは引き続き行われる。雑賀とはいつも会議で言い合いになる事が多いが、決して仲が悪いわけではなく仕事上でのいい喧嘩仲間といった感じだ。

「じゃあ、とりあえず賀上のアイデアはいったん保留という事で。ね、部長」

雑賀が言い、席を立とうとする。確かに予定されていたミーティングのタイムリミットは過ぎているが、俳優たちのスケジュールを考えると、なるべく早く決めなければ来春の新卒者向けの広告制作に間に合わなくなってしまう。

「ちょっと、雑賀さん！」

愛菜が腰を浮かせた時、全面ガラス張りのミーティングルームのドアを誰かがトントンとノックしてきた。

部屋にいる者がいっせいにドアを振り返り、一様に驚いた表情を浮かべる。

「副社長、どうも、お疲れさまです」

馬場が真っ先に反応して、雄大に声を掛ける。

愛菜も皆に交じって彼に挨拶《あいさつ》をして、あえて視線を逸らしたまま手元の資料をじっと見つめた。

「会議の様子、見ていました。賀上さん、岩原一馬ですが、彼のスケジュールは大丈夫なんですか？」

雄大に話し掛けられ、愛菜はハッとして顔を上げた。

ミーティングルームにはカメラが設置されており、役員クラスに限っての事だが、進行中の会議は執務室のパソコンから同時視聴できるようになっている。

まさか雄大が見ているとは思っていなかったし、いきなりの登場で心臓が喉元までせり上がってきたみたいにドキドキする。

「はいっ、所属事務所に問い合わせをしたところ、今のところ海外長期ロケなどの予定は入っていません。ですが、人気俳優ですので早めのスケジューリングが必要です」

愛菜が立ち上がって答えると、雄大が鷹揚《おうよう》に頷く。

「そうですか。スピード感が大事な案件なので、とりあえず僕がいったん預かります。賀上さん、午前中は執務室にいますから、今のアイデアをまとめた資料と議事録を僕のところまで持ってきてくれますか？」

「わかりました」

雄大が退室し、愛菜たちもそれぞれにミーティングルームを出て自席に戻った。それからすぐに急ぎミーティングの議事録を作成し、馬場に確認してもらってから雄大に内線電話をかける。

『では、今すぐに見せてもらえますか？』

雄大にそう言われ、エレベーターに乗り込んで上階を目指す。

ほかに人はおらず、愛菜は文字盤の前に立って大きく息を吐いた。

（あ～びっくりした……。もうっ！　心臓に悪いっ……）

幸三の了解のもと、愛菜は雄大と結婚を前提とした正真正銘、本気の付き合いをスタートさせた。

公《おおやけ》にはしていないものの、雄大とは日々メッセージのやり取りをしているし、その都度愛の言葉を囁《ささや》かれている。

だが、驚きの展開であるせいか、まだ少し現実味がない。

今後付き合っていくうちに徐々に慣れてくるだろうし、プライベートならそれでいい。しかし、仕事中に突然顔を合わせると、必要以上にドキッとしてしまう。

公私は分けているし、線引きもきちんとしているつもりだ。

けれど、雄大を見るとどうしても意識してしまうし、さっきも平静を装うのに必死だった。

役員フロアに到着し、雄大の執務室の前に立ってドアをノックする。すぐに返事があって、声を掛けて中に入った。

彼はちょうど電話が終わったところだったようで、受話器を置くと愛菜を見て口元に笑みを浮かべた。執務机の前で足を止めかしこまる。

「副社長、お待たせいたしました。こちらが先ほどの会議資料と議事録です」

「ありがとう。岩原一馬の件ですが、僕の一存で先に会長にお伺いを立てさせてもらいました。実は、彼は会長と極親しい人のご子息なんです。そんな事もあって、会長はとても乗り気なので、さっそく話を進めてもらえますか。雑賀主任には僕から伝えておきます」

雄大が資料をめくり、目を通しながらそう話した。

「本当ですか？　ありがとうございます！」

まさか、会長と岩原一馬にそんな繋がりがあるとは思わなかったが、せっかくの縁を利用しない手はない。

思わぬ協力を得られて、愛菜は頭の中でガッツポーズをする。

「カメラを通してミーティングをずっと見ていましたが、賀上さんのアイデアは今回もアグレッシブでとてもいいと思います。ふむ……絵コンテまで描いたんですね。よくできているし、実に挑戦的でインパクトがある。準備ができ次第、役員会議でプレゼンをお願いできますか？」

「私が、役員会議でプレゼンを？　は……はい、ぜひやらせてください！」

愛菜は、日頃から自身のスキルアップのために必要な本を読んだり外部のセミナーに参加したりしている。

上を目指すビジネスパーソンにとって、練り上げた企画をわかりやすく伝え、決裁権を持つ上司を納得させるスキルは必須だ。

入社当初から上昇志向が強かった愛菜だが、はじめはいくら頑張っても、まったく評価を得られなかった。しかし、何度却下されてもへこたれず、歯を食いしばって少しずつスキルを磨き続けてきた。

そんな努力があっての今であり、こうしてまたとないチャンスをもらえる事になったのだ。

「では、よろしくお願いします。……ところで、愛菜さん。今度の土日、空《あ》いていますか？」

「はい？」

いきなり下の名前を呼ばれ、驚いて口が開いたままになった。まっすぐにこちらを見る顔が、痺《しび》れるほどかっこいい。

そのせいか、一瞬スーツ姿の彼にベッドで抱き合っていた時の雄大が重なりそうになった。それをどうにか振り切って眉間《みけん》に皺《しわ》を寄せる。

「副社長、仕事中に関係のない話はおやめください。不謹慎ですし、どこで誰が聞き耳を立てているかわかりませんよ」

愛菜は声を潜《ひそ》め、部屋中を見回したあとドアを振り返った。

「大丈夫、ここにはカメラもないし、録音されている心配もないですから。それに、スケジュールの関係で早く返事を聞きたかったんですが、なかなか返信が来なかったもので。それに、内線をかけるよりは、ここで言うほうが安全でしょう？」

「え？　返事って……。あっ、そうだ、スマホ……！」

愛菜は、ゆっくりとお風呂を楽しむ時、スマートフォンで音楽を聴きながらお湯に浸《つ》かる。

昨夜もそうしており、その後もずっと枕元で音楽を流し続けていた。

そのせいで、朝起きた時スマートフォンの充電が切れてしまっていた。すぐに気がついて充電器に繋げたはいいが、うっかりそのままスマートフォンを家に置き忘れて出社してしまったのだ。

「すみません。実は――」

愛菜が経緯を話すと、雄大は笑って謝罪を受け入れてくれた。

「いえ、僕が夜遅くに連絡をしたのもいけなかったんです。やっと週末に時間が取れたのに、早く連絡をしないと愛菜さんのスケジュールが埋まってしまうかもしれないと焦ってしまって」

また、そういう胸がキュンとする事を言う……。

心の中で呟き、うっかり口元が緩みそうになるのを全力で阻止する。

「お返事ができず申し訳ありません。今度の土日は、空《あ》いています」

「よかった！　あれからもう一週間以上経つし、電話やメッセージのやり取りだけじゃ、どうにも物足りなくて。やっぱり、こうして実際に会って話すのは格別だな」

雄大が席を立ち、愛菜に向かって歩いてくる。愛菜の目を見ていた彼の視線が、いつの間にか唇に移っていた。

そのままどんどん近づいてくるから、愛菜は後ずさって二人の距離を保とうとする。それを見た雄大が、僅《わず》かに唇を尖らせた。

「なんで逃げるかな？」

「だ、だって、ここは会社よ。必要以上に近づくのは、よくないでしょ」

話しながら、さらにうしろに進もうとしたが踵《かかと》が何かにぶつかり、そのまま尻もちをつきそうになる。どうにか倒れずに済んだのは、雄大が咄嗟《とっさ》に伸ばした愛菜の手を掴んでくれたおかげだ。

「ありがとう。助かったわ」

「どういたしまして」

うしろを振り返ると、ぶつかったのはリクライニングチェアの脚だった。

「それ、仮眠を取る時に使う椅子なんだけど、使い心地がすごくいいんだ。よかったら、座ってみる？」

掌《てのひら》で示されたそれは、イタリア製で背もたれが折り畳み式になっている。

いかにも座り心地がよさそうで、ぜひとも座ってみたい。

しかし、今は仕事中であり、うっかり雄大の誘いに乗れば、公私混同は必須だ。

愛菜は微笑みながら、断固として首を横に振った。

「いいえ、遠慮いたします」

「つれないな」

「仮に、突然誰かが入ってきたとして、説明がつかないような状態になるのはマズいでしょ？」

愛菜が譲らないとわかったのか、雄大がわざとのように口をへの字にする。

そんな顔をするなんて、ずるい。

愛菜は咄嗟《とっさ》に横を向き、彼に背を向けた。

仕事に関しては年の差などいっさい感じさせない雄大だが、ふとした時に少年のような表情を見せる時がある。

愛菜はそのたびに心を鷲掴《わしづか》みにされ、それに見入ってしまう。

けれど、今はダメだ。

振り返りたいのを我慢していると、雄大が背後からひょいと顔を覗かせてニッと笑った。

「さすが、僕が心から惚れた人だ。だけど、そんなふうにツンツンされると、今すぐにでも……っと、これ以上言うと本当に怒られるな」

雄大が一歩下がり、壁の時計を見て時刻を確認した。

軽口を交わしているが、彼のスケジュールは分刻みだし、雄大自身きちんとそれをわかっている。

「デートコースは、今回も僕が考えていいかな？」

「ええ、もちろん」

「よかった。では、また追って連絡します」

雄大が軽く会釈《えしゃく》し、愛菜も同じようにして執務室をあとにする。

マーケティング部に戻る前に、いったん洗面所に立ち寄って一呼吸置く。

鏡を見ると、案の定頬が赤くなっている。

(仕事中に、なんて顔してるのよ)

雄大の前ではできるだけ冷静な態度を取っていたが、下を向きながらここに駆け込むまでの間に、感情が顔に出まくっている。

『愛菜さん、すごくエッチな顔してる……。感じてるのが、よくわかるよ』

ふいにあの夜、雄大に囁《ささや》かれた言葉を思い出してしまい、一人でアタフタする。

今はデートの事ではなく、自分のアイデアをブラッシュアップして今後の事前準備をすべき時だ。

愛菜は両手で頬をパンと叩くと、頭を仕事モードに切り替えて大股で自席へと戻るのだった。


約束したデートの前日、愛菜は自宅のバスタブにお湯を張り、じっくりと風呂に入る準備を整えた。

全身を入念に洗ったあと、湯船に浸《つ》かりながらスキンケアをする。

明日は、待ちに待った雄大とのデートだ。

せっかく彼に会うのだから、自分をできる限りピカピカに磨き上げておきたかった。

（ふふっ、まるではじめて恋をした女の子みたい。私、いつの間にこんな感じになったんだっけ？）

初恋を経験した時でさえ、ここまでときめいていなかったし、セルフケアも今ほど入念ではなかったように思う。

そういえば、つい最近智花とランチをしていた時、『最近、ちょっと雰囲気が変わったね』と言われた。特に気に留めずに聞き流していたが、同じ部署の人にも服装の色やデザインが柔らかくなっていい感じだと褒《ほ》められた事を思い出す。

かつての愛菜は、会社では自分の本来の好みを封印し、常に戦闘態勢だった。女だからと馬鹿にされないためには、それが正しいやり方だと思い込んでいたのだ。

それなのに、思わぬ縁で雄大と付き合っていくうちに、いつの間にか本来の自分らしく振る舞うようになっていた。

改めて自分を見ると、心なしか顔つきも変わってきているような気がする。

それもこれも、きっと雄大に本気の恋をしたからだろう。

出会いからして特異だし、気持ちを確かめ合って結ばれるまでの期間も、驚くほど短い。

けれど、雄大はそうなってもおかしくないほど最高に魅力的な男性だし、ビジネスパーソンとしても尊敬できる。しかも、あれほどスマートで紳士的なのに恋愛に不慣れというちぐはぐな感じがとてもキュートだ。

（いわゆる、ギャップ萌えってやつだよね）

そうしたものがあるとは知っていたが、実体験したのははじめてだった。

しかも、前にも増して彼を好きになるスピードが加速している。

これぞ、恋であり、愛だ。

雄大を想うたびに脳が活性化し、身体中に幸せ細胞が増殖する。

そう思うほど、愛菜の日常は変化していた。

先行きに不安がまったくないとは言えないが、彼とこのまま幸せな結婚ができたら、どんなにいいだろう。

（あぁ……私、本当に雄大が好きなんだなぁ）

愛菜は心の底からそう思い、立ち上《のぼ》る湯気を胸いっぱいに吸い込んだ。

そうして迎えた雄大とのデートの日。

愛菜は、いつもより入念にメイクをし、髪を整えた。

服装選びにも時間をかけ、あれこれと悩んだ末に、雄大が褒《ほ》めてくれたパステル調の淡い色合いの洋服を選び出す。

今日着るのは、ふわふわとしたアイボリーのセーターに、ロング丈の薄いピンク色のプリーツスカート。それに合わせるパンプスは、セーターと同色にしてみた。

迷った挙句、髪は緩く編んで背中に垂らす事にする。

（ノーネクタイでも大丈夫なところって言ってたけど、屋内デートって、どこに行くのかな？）

事前に雄大に聞かされていたデートのスケジュールでは、屋内の予定だと言われている。

どんなところに行くのか想像を巡《めぐ》らせながら準備を進め、鏡の前に立って最終チェックに取り掛かった。

約束した時刻は、午後二時。

前回のデートコースを任せた時は自信なさそうにしていた雄大だが、今回は自分からデートコースを考えてもいいかと聞いてきた。

女性関係に不慣れだったのは、もう過去の話。もとが素晴らしいビジネスパーソンだからか、一度経験すれば次はさらりとやってのけるし、応用力も抜群だ。

そして、何より勉強熱心だった。

前にもそう思ったが、雄大なら放っておいても時が来れば自然とふさわしい女性と出会い、結婚していたのではないだろうか。

(私がいなくても……それか、相手が私じゃなくても、雄大ならきっといい恋愛をして幸せな結婚をしてたんじゃないかな)

ふと、そんな事を考えて、胸にモヤモヤが広がる。

しかし、きっかけはどうであれ、雄大と出会ったのは自分であり、彼の恋人は愛菜だ。

余計な事を考えて今の幸せを手放したくない。

このまま雄大の隣にいたいと思うなら、それにふさわしい女性になれるよう最大限に努力すべきだ。

準備を整えて約束の時間が来るのを待っていると、雄大が時間どおりにマンションの近くまで迎えに来てくれた。

車から降りて出迎えてくれた彼は、ライトグレーのパーカーに黒いブルゾンを合わせ、ボトムスはオフホワイトのジーンズと同色のスニーカー姿だ。

シンプルでさりげないスタイルだが、とても似合っている。

早々に心臓が暴れ出し、愛菜は緩みそうになる表情を引き締めながら、彼の前に立った。

「迎えに来てくれて、ありがとう。あれ、今日の服……」

雄大が着ているのは、先日一緒に買った洋服ではないようだ。

愛菜が彼の服装に視線を走らせているのを見て、雄大がちょっと照れくさそうに笑った。

「実は、あのあと自分でも雑誌やファッションサイトを見て、実際に何軒か店を回って買ってみたんだ。せっかくのデートだし、自力で準備したくて。……どうかな？」

前回のデートで一緒に店を回った時、愛菜は彼に試着をしてもらいながら、あれこれとデートコーデのアドバイスをした。

今日の彼のファッションは雄大に似合っているし、アドバイスをしっかり活かしてくれた事がよくわかる。

「とても素敵だわ」

予想できた事だが、雄大は基本的にセンスが抜群なのだと思う。

カジュアルな雰囲気がとてもいい。それに、愛菜の服装ともマッチしている。

「愛菜さんも、すごく素敵だし、可愛いよ」

そう言う彼の声が、いつもより低く男性的だ。

投げかけてくる視線にはセクシーな色が浮かんでいるし、さらりと受け流せないほど気持ちがこもった言い方だった。

「あ、ありがとう。可愛いなんて言われるの、子供の時以来かも」

「ほんとに？　こんなに可愛いのに？」

「ちょっ……」

グッと顔を近づけられ、褒《ほ》められた事とあいまって頬が熱くなる。

愛菜のあわてぶりを見て、雄大が愉快そうに笑った。

「じゃ、行こうか」

雄大が助手席のドアを開け、愛菜に座るよう促《うなが》してきた。

顔を合わせてまだ数分しか経っていないのに、もうこんなにドキドキさせられている。

(何、今の……破壊力がすごすぎるんだけど……！)

照れた笑顔を見せたと思ったら、ふいに大人の男の魅力を見せつけられる。

女性の扱いを教えている立場だった愛菜だが、今では彼の底知れぬ魅力に翻弄《ほんろう》されてばかりだ。

「今日は少し肌寒いから、よかったら使って」

運転席に着いた雄大が、そう言いながら愛菜にひざ掛けを手渡してきた。

受け取ったひざ掛けは、いかにも上質な品で、温かいのに羽のように軽い。

愛菜は礼を言って、それを脚の上に広げた。

「ありがとう」

さりげない優しさと細かな心配りに感心していると、今度は愛菜に代わってシートベルトを締めてくれる。

またしても急に距離を縮められ、心臓が跳ね上がる。

ベルトを締め終えて姿勢を戻そうとする雄大が、ふと動きを止めて愛菜と視線を合わせてきた。

キスをされるかも――

そう思うのと同時に、二人の唇が柔らかく触れ合った。

このまま甘いひと時が始まると思いきや、キスはすぐに終わり、雄大が何事もなかったように運転席に腰を据えてハンドルを握る。

（え……もう終わり？）

何も言わずにキスをして、そのまま知らん顔をするなんて……

キス自体は予想できていたとはいえ、かなり驚いたし唇にはまだ柔らかな余韻が残っている。

愛菜が戸惑ったままでいると、雄大が微笑みながら助手席のほうに身を乗り出してきた。

そして、問いかけるような目で愛菜の顔をじっと見つめてくる。

「今、いきなりキスをしたけど、よかったかな？」

「え……今さら？」

車が停まっているのは、人通りも少なく通行の邪魔にならない場所だ。今も周囲に人はおらず、誰かに見られる心配はない。

「愛菜さんの顔を見たら、急にキスしたくなって……。でも、先に聞いてからするべきだったかな、と。それとも、断らずにいきなりキスするほうが恋人っぽい？」

訊《たず》ねられて、愛菜は唸《うな》りながらしばし考え込む。

「いきなりのほうが恋人同士って感じかな」

「なるほど。ちなみに、愛菜さんは、どっちのキスが好み？」

「わ、私？　えっと……恋人なら、いきなりのほうがいいかなって――ん、んっ……」

言い終える前にキスで唇を塞がれ、息ができなくなる。

唇の隙間に、雄大の舌が割って入る。

愛菜は誘われるままに唇を薄く開き、柔らかな舌を受け入れて恍惚《こうこつ》となった。

けれど、いつ人が通りかかるかもしれないし、ここでこれ以上イチャつくのは憚《はばか》られる。

そうこうする間に唇が離れ、二人は人に見られてもいいギリギリの近さで見つめ合った。

「僕も、いきなりのほうが好みかな。する側でも、される側でも」

愛菜を見つめながら、雄大が唇の内側をゆっくりとなぞった。彼は意識していないようだが、その仕草が官能的すぎて、うっかり声が出そうになる。

何事もなかったように車が走り出し、大通りに出る。適当に会話すべきなのだろうが、胸のドキドキのせいで、それどころではない。

よくよく考えてみれば、ベッドインもした恋人同士なのだから、キスぐらいどうという事はないではないか。そう思うものの、心拍数は上がるばかりだ。

街中だし、道が少し混んでいるからスピードはゆっくりだ。

愛菜は助手席のシートに、ゆったりと背中を預けた。そして、雄大のハンドルさばきを眺めながら、クスッと笑い声を漏らす。

「雄大くんって、恋愛に慣れていなくても、問題ないかも。この調子なら、もう指南役としての私の出番はなさそうね」

「指南役としてはともかく、これからもいろいろと教えてもらわないと……。愛菜さんは僕にとって最高にして最愛の恋人だし、二人でいれば自然と経験値が増えるだろうな。僕としてはそれが楽しみで仕方ないよ」

「ふふっ、私も楽しみだわ」

今の自分たちは結婚を前提とした本気の付き合いをしている。

二人でともに歩む未来を思い、愛菜は前を見ながら表情を輝かせた。

車は進み、信号のない横断歩道に差し掛かった。

雄大が車を止め、道端に立ち止まっている母と娘らしき二人に、渡るよう促《うなが》した。

母子は微笑む雄大の顔に見惚れながら、軽く頭を下げて道の反対側に渡っていく。

外見は申し分ない上に、優しくてスマートで紳士的。

裕福な御曹司というスペックがなくても、彼は十分すぎるほど魅力的だ。

「さっきの言葉、雄大くんにそっくりそのままお返しするわ」

愛菜が言うと、雄大が助手席を振り返って首を傾げる。

「さっきのって？」

「ほら、言ったでしょ。最高にして最愛の恋人って――」

言いながら、少々照れて視線を親子連れに移した。横断歩道を渡り終えた二人が、こちらに向かってにこやかに頭を下げる。

雄大が母子に向かって会釈《えしゃく》し、愛菜もそれに倣《なら》った。

女の子が手を振りながら、車を見送ってくれている。

その仕草が、とても可愛らしい。ふと、二人の子供の事を考え、さすがに浮かれすぎだと自分を戒《いまし》めた。

「今さらだけど、雄大くんってモテたでしょ。さっきの親子連れ、二人とも横断歩道を渡っている最中も、雄大君に目が釘付けだったもの」

運転をする雄大を見ると、彼の口元に笑みが浮かんだ。そのまま見ていると、カーブを曲がるタイミングで、チラリと視線を投げかけられた。

「僕は、知ってのとおり恋愛に疎《うと》かったから、そんな自覚はなかったな」

「そうなの？　でも、やけに女性から話し掛けられるなぁとか、やたらと誘われるなぁって思ったりしなかった？」

「それはあったけど、深く意味を考える事はなかったから」

今でこそ愛菜との恋愛を楽しんでいる雄大だが、聞かされる話から判断するに、かつての彼は想いを寄せてくる女性にとっては、かなりの朴念仁《ぼくねんじん》だったのではないだろうか。

モテているのにそうと気づかず、直接的なアプローチをしても色よい結果を得られない。

わざとではないにしろ、雄大は期せずして恋愛に関しては堅実で慎《つつ》しみ深い態度を取り続けてきたわけだ。

愛菜がそんなふうな事を言うと、雄大が軽く頷く。

「そうかもしれないけど、そもそも恋愛に至るほど魅力的だと思える女性に出会わなかったからじゃないかな。勉強や仕事で恋愛どころじゃなかったのもあるけど、それが一番の理由だと思うな」

車は何度か道を曲がり、周囲の景色が閑静な住宅街に移り変わっていく。しばらくして坂道に差し掛かり、車の速度がゆっくりになった。

道沿いに立つ家はどれも立派で、家というよりは邸宅と言った感じのものばかりだ。

「ねえ、いったいどこに行こうとしてるの？」

「もうじき着くよ」

「もうじきって……。ここ、高級住宅街よね？　え……もしかして——」

「行くのは僕の自宅だよ。いろいろと考えたんだけど、誰にも邪魔されずに二人きりで過ごすには、自宅デートが一番だと思ってね。愛菜さんの事をもっとよく知りたいし、僕の事も知ってもらいたいから。もう婚約者同士なんだし、問題はないよね？」

確かにそうだし、互いの事をもっとよく知ろうとするなら、自宅デートは悪くないチョイスだ。

「うん、いいと思うわ。雄大くんの自宅デート楽しみ」

婚活をしてきた中で、これほどスピーディな進行ははじめてだし、相手の家を訪ねるのはこれがはじめてだ。

知らぬ間に笑みが浮かび、運転席を見る。

「雄大くんって、まっすぐに気持ちを伝えてくれるし、すごく真剣に相手の事を考えてくれているのがわかるの。それって、すごく嬉しい事だし、だからこそ自分もそれに応えようって気持ちになるのよね。仕事上の関係を築く時も、こんな感じなの？」

「そうだね。だけど、今ほど真剣に取り組む事は、なかったように思うな」

「それって、どういう意味？」

「仕事なら失敗しても、努力次第で取り返す事ができる。だけど、愛菜さんは僕にとって唯一無二の存在だし、ぜったいに逃がすわけにはいかない。失敗なんてできないし、愛菜さんとの事は僕の人生において最も重要で大切な案件だからね」

そう話す雄大の横顔には、至極真面目な表情が浮かんでいる。

彼の自分に対する想いの深さを知り、愛菜は嬉しさで胸がいっぱいになった。

「さあ、着いたよ」

「え？　着いたって……」

愛菜が窓の外を見ると、白い外壁が少し先の曲がり角まで続いている。リモコンで開いたゲートを通り抜け、車が駐車場に入る。ぜんぶで五台停められるスペースがあるそこには、二台の外車が停められていた。

「ここは、もとは両親と住んでいた実家なんだ。父は今、別の場所に住んでいて、ここに住んでいるのは僕一人だから、遠慮はいらないよ」

雄大がイギリス留学に向かったのちは夫婦二人で暮らしていたこの家に、妻が帰ってくる事はなかった。

幸三は妻の思い出が詰まったこの家にいるのは辛いと言い、近くに所有していた土地に新たな家を建て、そちらで一人暮らしをしているらしい。

運転席から降りた雄大が、助手席のドアを開けて、愛菜に手を差し伸べる。

愛菜は彼の手を借りて車を降り、エスコートされながら駐車場の出口に向かう。

「そうだったのね。……奥にあるクラシックカー、あれは雄大くんの車？」

「あれは父の車だよ。自分のところにも駐車場があるんだけど、ここのほうが慣れているし停めやすいとかで」

幸三の家は、ここから歩いて十五分程度の距離にあるようで、たまに散歩がてら雄大の顔を見に来るらしい。

時折、雄大も幸三の散歩に付き合うらしく、父子が並んで歩く姿を想像して、愛菜はにっこりと微笑んで眉尻を下げた。

「会長と仲がいいのね」

「長い間離れて暮らしていたけど、たった二人の家族だからね。たまにだけど、お互いの家を訪ねて一緒にご飯を食べたりしてるよ」

会社での幸三は、大企業の会長らしい風格があり、気軽に近づけない威厳がある。けれど、雄大の話をする時の彼は、どこまでも息子思いのよき父親の顔をしていた。一緒には住んでいないが、雄大の話からすると、親子関係は愛菜が思っていた以上に良好のようだ。

駐車場を出て玄関に向かい、綺麗に管理された庭を横目に二階建ての家の中に入る。

広々としたリビングルームに通され、勧められたソファに腰掛けた愛菜は、見上げた天井《てんじょう》の高さに目を瞠《みは》った。

室内は外観同様モダンで洋風な造りで、リビングの奥には二階に続く階段がある。フローリングの床と白い壁には汚れひとつ見当たらず、部屋を照らす照明はデザイン性の高いバブルランプだ。

「すごい……。こんな家インテリア雑誌や海外ドラマでしか見た事ないかも。すごく素敵ね」

「ありがとう。ぜんぶ父と母が話し合って決めたものだけど、住み心地はとてもいいんだ。よければ、ルームツアーをしようか？」

誘われて家の中を見て回ると、その広さとシックで質のいい豪華さに改めてびっくりさせられた。キッチンはダイニングルームと繋がっていて開放的だが、個人で使う部屋はしっかりとプライベートが保てるようになっている。

一階だけでも共有部分を除いて五部屋あり、雄大の部屋は二階にあった。そこだけは本やパソコンなど仕事関係のものがあれこれと置かれていて、ほかの部屋に比べると格段に物が多い。

「ここは、書斎として使っている部屋だ。散らかったままでごめん。ハウスクリーニング会社と契約していて、定期的に掃除はしてもらっているんだけど、ここだけはノータッチにしてもらってるから」

豪邸に外商にハウスクリーニング。

知れば知るほど、リッチな御曹司の生活に驚愕《きょうがく》させられる。

「これくらいならぜんぜん気にならないわよ」

部屋の奥にある扉の向こうはベッドルームになっており、天井《てんじょう》まである大きな窓からは広い空が見える。

インテリアはモノトーンで統一されており、まるでラグジュアリーなホテルのスイートルームみたいだ。

「空を見ながら眠れるって、いいわね。憧れちゃうな」

「今日は天気がいいし、月が見えると思うよ。あとでまた来てみようか」

ニコニコと微笑みながらそう言われて、次の部屋に案内される。

(また来てみようかって？　それって、もしかして誘ってるの？)

月が出ているとなると、当然夜だ。

愛菜はにわかに動揺して、ソワソワし始める。

いろいろと考えるうちに、いつの間にか顔が熱くなっている。

愛菜がさりげなく顔を手で扇《あお》いでいると、ふいに雄大がうしろを振り返った。

「暑い？　空調の設定温度を下げようか？」

「いいえ、大丈夫よ」

引き続きルームツアーをしてくれる雄大のあとを歩きながら、愛菜は静かに深呼吸をして気持ちを落ち着かせた。

そんな事を考えているうちにルームツアーが終わり、再びリビングルームに戻る。

「とても素敵な家ね。広くて開放的だから心地よく暮らせそう。会長と奥様がこだわって造ったっていうのも頷けるわ」

愛菜が褒《ほ》めると、雄大が嬉しそうに眉尻を下げた。

「そろそろ三時だね。庭に準備してあるから、おやつにしよう」

「庭で、おやつ？」

頷いた雄大が、にこやかに笑いながら愛菜に右手を差し出してきた。ただ手を繋いだだけ――そう思う一方で、握られた左手に意識が集中する。

一階の東側にあるテラスから、用意されていた真新しいスリッポンを履いて庭に出た。

そこは前面がレンガ造りの花壇になっており、壁際にはビワや楓《かえで》などの庭木が植えられている。

「わぁ、花がいっぱい！　綺麗に咲いてるわね。こんなに広い庭、管理するのも大変そう。ここも専門の人に管理を頼んでるの？」

「庭木はなじみの造園業者に頼んで、定期的にメンテナンスをしてもらってる。花壇は母が庭いじりをするために造ったもので、もうずっと手つかず状態でね」

「そうなの？　でも、今はこんなに綺麗な花が咲いているじゃない」

二畳ほどの広さがある横長の花壇にはリンドウやビオラなどの秋に楽しめる花が咲き乱れている。

「あ、これって、この間行った海辺の公園に咲いていたコスモスよね？　確か――」

「イエローキャンパス！」

二人同時に花の名前を言い、顔を見合わせて笑い声を上げる。あの時彼とともに見た風景は、きっと一生忘れる事はないだろう。

「この花、前からここに咲いてたの？」

「いや……実は、愛菜さんをここに招こうと決めた時から、花壇の手入れを始めてね。せっかく来てもらうのに、花がない花壇なんてつまらないだろう？　だから、造園業者に相談して苗を取り寄せてもらって、僕なりに配置を考えながら植えてみたんだ」

「え……雄大くんが、花壇に花を植えたの？」

「そう。ちょっと雑然とした感じが否めないけどね」

「確かにそうかもしれないけど、私はこの花壇、すごく好きだわ。ナチュラルだし、綺麗に並んでいるよりも花が生き生きして見えるもの」

愛菜がそう言うと、雄大がくしゃっとした笑顔を見せてガッツポーズをする。

「愛菜さんに、そう言ってもらえてよかった。花を選ぶのも結構迷ったんだけど、イエローキャンパスだけは、はじめから植えると決めてたんだ」

「そうなの？」

「だって、イエローキャンパスは僕と愛菜さんの思い出の花だからね」

雄大が言い、愛菜に手を差し伸べてきた。

二人並んで花壇の前にしゃがみ込み、イエローキャンパスを前に、にっこりと微笑み合う。

彼は愛菜のために自ら花壇に新しい土を入れ、花でいっぱいにしてくれた。

雄大の心遣いと優しさを感じて、胸がジィンと熱くなる。

「ありがとう、すごく嬉しい」

愛菜のすぐ隣に片膝をついた雄大が、顔を覗き込んできた。

「僕こそ、すごく嬉しいよ。愛菜さんの喜ぶ顔が見たくて頑張ったし、その甲斐《かい》があった」

雄大が穏やかに頬を緩めた。

そして、愛菜に手を貸しながら立ち上がり、ある場所へ連れていく。そこには、小型のバーベキューグリルが置かれていた。

「おやつって言ってたけど、まさか今からバーベキューをするの？」

「さあ、どうかな？　とりあえず、炭をおこそうか」

雄大がコンロに炭を並べ、真ん中に火のついた着火剤を据える。しばらくすると炭に火が点《つ》き、火力を調整したのちに、どこからか大きなマシュマロ入りの袋を取り出した。

「あ！　マシュマロ」

「この間、また今度、違う場所でリベンジしようって言ったの、忘れてないよね？」

「もちろん。覚えてるわ」

雄大は自分の言った事を、早々に実践しようとしているらしい。

木製の持ち手がついた長い串を渡され、その先にマシュマロを刺して金網越しの炭火で炙《あぶ》る。

二人して串をくるくる回しながら顔を見合わせ、ワクワクしながら食べ頃になるのを待つ。

「わ、焼き色がついてきた。ほら、こんがりきつね色！　もういいかな？」

「中、熱くなってるから、火傷《やけど》しないよう気をつけて。チョコレートと一緒にクラッカーに挟んだりもできるよ」

「うわぁ、それ、ぜったいやる！」

つい、はしゃいだ声を上げてしまい、雄大にちょっと笑われてしまった。しかし、こういったはじめてを経験する時は、誰だって童心に返って心が躍るものだ。

彼はアレンジ用のクラッカーとチョコレートのほかに、イチゴやバナナなどのカットフルーツを用意してくれていた。

熱々のマシュマロを堪能し、雄大が持ってきてくれたグラス入りのシャンパンで乾杯をする。

とてもゆったりとした気分だし、人の家なのにまるで自宅にいるみたいに落ち着く。

いつの間にか空が茜《あかね》色に染まり、愛菜は雄大とともにそれを眺めながら、他愛のない話をして笑い合った。

「雄大くんって、おもてなし上手だね。人との距離を縮めるのが上手いというか、懐《ふところ》にスッと入ってくる感じ。それって一種の才能だし、ビジネスシーンでも大いに役立ちそう」

そういえば、以前彼の事を人たらしだと思った事があった。性格も容姿も申し分ない雄大の事だ。本気を出せば、ほとんどの人は彼に好印象を抱《いだ》き、心を開いてしまうのではないだろうか。

「確かに、人との距離を縮めるのは苦手ではないな」

雄大曰《いわ》く、仕事上必要とあらば、相手にいい印象を抱いてもらおうとして意図的に振る舞う事もあるらしい。

「そうした時、かなりの確率で成功するんじゃないの？」

「まあ、そうだね。もちろん、相手と敵対関係にある場合は相当難しい。だけど、そういう時も誠意をもって相手と対峙すれば、なんらかの活路が見いだせるものだ」

そう話す雄大の声は落ち着いており、彼が醸《かも》し出す雰囲気は一緒にいる人を知らず知らずのうちに取り込んでしまう優しさがある。

「そういうのって、恋愛にも応用できたりして……」

愛菜が独り言のように呟くと、雄大が言葉の意図を図りかねるような顔をして首を傾げた。

これほどまでに魅力的なのだから、そうしようと思えばたいていの女性を落とす事ができるだろう。それをしないのは、ただ単に彼にその気がなかったからだ。

そんな事を考えているうちに、ふと雄大の過去が気になりだす。

『もしわからなかったり気になる事があったりしたら、お互いに遠慮なく聞き合って、話し合う事にしませんか？』

彼と知り合った当初、愛菜は雄大とそんな話をした事を思い出した。聞くのが怖いような気もするが、二人とももうれっきとした大人だ。

気になるなら聞けばいいし、そうでなければいつまでもグズグズと思い悩む事になるかもしれない。

「……前にテレビかなんかで見たんだけど、海外では恋人関係になる前に身体の相性を確かめたり、同時期に複数の人と遊んだりするのは当たり前なんでしょう？」

愛菜はできるだけ自然な感じで、雄大にそんな質問を投げかけた。

それを聞いた彼は、昔を思い出すような表情を浮かべながら、首を縦に振った。

「確かに、イギリスでは皆そんな感じだったな」

「……って事は、雄大くんも女性経験はそれなりに……というか、結構あったんじゃないの？」

「いや、僕はかなり淡泊なほうだったから、回数はさほど……」

「ふぅん……。さほど、ね……」

雄大が話してくれた事には、友人たちは彼が恋愛に興味がないのをよしとせず、なかば無理矢理女性との出会いをセッティングしてくれたらしい。

聞き進めていくうちに、雄大が女性に対して積極的でなかったのは理解できた。けれど、つい頭の中で金髪美女と抱き合う彼の姿を想像してしまい、表情が強張《こわば》る。

(何よ、恋愛に慣れてなくても、やる事はやってたんじゃないの)

過去の話とわかってはいるが、実際に聞かされると、心中穏やかではいられない。

昔の事をとやかく言うつもりはないが、雄大を想う気持ちが強いだけに胸がモヤモヤする。

愛菜は無意識に雄大に背を向けた。それに気づいた雄大が、愛菜の正面に来て顔を覗き込んでくる。

「あれ？　……もしかして愛菜さん、やきもちを焼いてる？」

「は？　べ、別にやきもちなんか……」

「そうかな？　だったら、どうしてそんな怖い顔をしているのかな？」

「し、知らないっ。ほっといて」

愛菜がそっぽを向くと、雄大が素早く移動して、またしても視界に入ってきた。

再度プイと横を向いた顎《あご》を掴まれ、唇にチュッとキスをされる。

してやったりという顔をされて眉間《みけん》に縦皺《たてじわ》を寄せると、そこにも唇を押し当てられた。

どう逃げても追いかけてくるし、抱き寄せてくる腕の力は徐々に強くなってきている。

「ほうっておくなんて、できるはずがないだろう？　愛菜さんは、僕がはじめて本気で愛した人だし、この気持ちは未来永劫《えいごう》変わらないよ」

何度となく甘い言葉を囁《ささや》かれ、唇にキスをされる。

ちょっとした嫉妬心も、雄大との仲をより深めてくれるスパイスでしかなかったという事だろうか。いつの間にか顔に笑みが戻り、胸のモヤモヤも綺麗さっぱり消え失せてしまった。

彼とこうしていられる事が嬉しくて仕方がない。

こんなに楽しいデートがあるなんて、今の今まで知らなかった。

一緒にいる時間が楽しすぎて、ふと上を見ると、いつの間にか空にはぽっかりと三日月が浮かんでいた。

「子供の頃は、十五夜になると親子三人揃って庭でお月見をしたな。みんなでお団子を食べながら、並んで月を眺めて」

雄大が空を見上げながら、愛菜の肩を抱き寄せてくる。

愛菜は彼の腰に手を回し、身体を預けるように雄大にもたれかかった。

「うちもそうだった。雄大くん、月にはウサギがいるって信じてた？」

「信じてた。サンタクロースも信じてたし、絵本に出てくる妖精や喋《しゃべ》る木や動物も、本当にいると信じて疑わなかったな」

彼の母親は、雄大にたくさんの絵本を読み聞かせていたらしい。その中には架空の存在が多く出てくるが、彼はそれらのほとんどが実在すると信じていたようだ。

「雄大くんのお母様は、きっと読み聞かせがお上手だったのね。よければ、お母様の写真を見せてくれる？」

「いいよ」

雄大がボトムスのポケットからスマートフォンを取り出し、母の画像を表示させて愛菜に見せてくれた。

笑顔の女性は、思ったとおりものすごい美人だ。幸三も美男だし、雄大が飛び抜けて眉目秀麗《びもくしゅうれい》なのは両親のおかげである事がわかる。

「とても綺麗だし、凛《りん》とした雰囲気のある方ね」

「もとはバリバリのキャリアウーマンだったからね。結婚後は家事を極めたいと言って、本人の希望で専業主婦になったようだけど」

「きっと、仕事と同じくらいの熱量で家事をやりたいと思われたのね」

雄大が頷き、優しい笑みを浮かべる。

今はかなり変わってきているが、かつて女性は結婚したら仕事を辞めて家庭に入るのが当然だった時期がある。雄大の話では、彼の母は寿《ことぶき》退社をする時に、勤務先からずいぶん引き留められたらしい。

けれど、彼女は何事にも全力で取り組む性格だったようで、結婚後はきっぱり仕事を辞めて妻と母親業に心血を注《そそ》いだという事だ。

「すがすがしいほど潔《いさぎよ》い方ね」

「そうだな。ひとつの事に全力で集中するタイプの人だったからね」

雄大が言い、亡母を懐《なつ》かしむような表情を浮かべる。

「本来母は父以上に厳しい人で、小さい頃はやんちゃしてよく怒られた。飴《あめ》と鞭《むち》を使うのが上手くて、リハビリ中もそれでずいぶん助けられたな。怒ると怖いけど、根は優しくて愛情深い人でね。僕が事故で意識がない時も、枕元でずっと本を読んでくれていたらしいんだ。あ……こういう話って、マザコンだって思われるかな？」

雄大が、そう言って口を一文字に閉じて愛菜を見る。

「ぜんぜん、そんな事ないわ」

愛菜は即座に首を横に振り、にっこりと笑みを浮かべた。

「子を思う母の愛は偉大ね。日本を離れて意識のない雄大くんのそばにずっと寄り添い続ける事は、人並外れた精神力が必要だったはずよ。会う事は叶わないけど、女性としても母親としても素敵だし、憧れる……」

子供のいない愛菜だが、雄大を大切に思う気持ちなら理解できる。それに、彼女の存在がなければ、雄大は今こうしてここにいないかもしれないのだ。

「お母様にお会いして、感謝を伝えたかったわ」

思いを口にすると、自然と涙が零れ、頬を伝った。

自分では力不足かもしれない。けれど、彼女に代わって雄大を大切にして、彼を一生愛し抜こうと心に決める。

「愛菜さん……」

雄大が愛菜の涙を掌《てのひら》で拭い、唇を重ねてきた。

「あなたに出会えて、本当によかった。愛菜さん……愛してる。あなたを、もっともっと愛したくてたまらない――」

雄大が立ち上がり、バーベキューグリルの火を消して愛菜に向き直った。近づいてきた彼の腕に背中と膝裏をすくわれ、お姫様抱っこされて家の中に入る。

キスをされ、唇を合わせたままベッドルームに向かった。二人してベッドに倒れ込み、仰向けになった身体の上に雄大が重くのしかかってくる。

「……ゆ……、ん……」

唇をずらして名前を呼ぼうとするが、すぐに追いついてきた唇がそうさせてくれない。唇の隙間から入ってきた舌で、口の中がいっぱいになる。

雄大の首に腕を回して、彼をじっと見つめる。息をするたびに、胸の先が硬い胸筋で擦れ、声が出そうになった。

身体中の神経が敏感になっているのがわかるし、もういろいろと待ちきれなくなっている。

繰り返しキスをする間に、二人とも着ているものをすべて脱ぎ捨てて全裸になる。

肩で息をする愛菜の背中を、雄大がベッドのヘッドボードに寄りかからせてきた。

喉元に舌を這《は》わされ、鎖骨にキスをされる。デコルテを撫でる手が、少しずつ下にずれていく。

あと少しで、指先が乳嘴《にゅうし》に触れる――

そう思っていたところ右の乳房を掌《てのひら》で覆われ、左乳房にかぶりつかれた。

「あ、あんっ！」

突然の強い刺激に腰が浮き、ヘッドボードに寄りかかっていた体勢が崩れた。なんとか立て直そうとするも、腕に力が入らない。

諦めて身体から力を抜いたところで、雄大が愛菜の背中にいくつかの枕を宛がってくれた。

「今のは、とてもエロティックだね。僕は、愛菜さんの声がすごく好きだ。普段の声も、嬌声《きょうせい》も。この間の『もっともっと』って、また聞かせてほしいな」

「そんな事――」

「言ってないとは言わせないよ。『もっともっと、私を感じさせて。ちょっとくらい強引でもいいから』って」

言われてみたら、確かにそう言った。

当時の事を思い出した様子の愛菜を見て、雄大がにこやかに笑いながら右の乳房に唇を寄せる。舌で乳嘴《にゅうし》をチロチロと舐《な》められ、堪《こら》えきれずに身を捩《よじ》った。

すると腰をそっと引き寄せられ、ベッドの上に仰向けにされる。

雄大の手が両方の乳房を包み込み、先端を指で弄《もてあそ》びながら、ゆるゆると揉みしだいてくる。

「……愛菜さんは、少し強引なアプローチに弱いみたいだね。僕も嫌いじゃないよ。だけど、もしそうされて、イヤだったら遠慮なくそう言ってくれていいから」

雄大がヘッドボードの引き出しから避妊具を取り出し、袋の縁を歯で引きちぎった。

その様子を見ただけで、胸が痛いほどときめく。

雄大がベッドの足元のほうに下がり、愛菜の脚の間に顔を近づける。

優しく甘い声で要求され、頭よりも身体が先に反応して大きく脚を広げた。

我ながら、なんてはしたない格好だと思う。けれど、同時に未だかつて味わった事のない高揚感に包まれ、羞恥心《しゅうち》が快楽に変わっているみたいだ。

雄大が愛菜の脚の間に顔を近づけた。そして、興味深そうに豆粒大の突起を凝視する。

「愛菜さんのここ、まるでピンク色の薔薇《ばら》の蕾《つぼみ》みたいだな……。色も形も、なんて可愛らしいんだ。明るいところで見ると、いっそうよくわかるよ」

「あ、んっ！」

愛菜が見守る中、雄大が花芽の先端をチロリと舌で舐《な》めた。途端に身体中に熱いさざ波が立ち、快感が全身に広がる。腰を引こうにも、右の太ももを腕に抱え込まれており、逃げる事もできない。

花芽の周りを舌でなぞられたあと、そこをぢゅっと吸われた。

突然の強い刺激に、愛菜はあられもなく声を上げて全身を震わせる。

「ゆ……だい……。あ、あっ……あ、あああっ！」

まるで乳飲み子のように繰り返しそこを吸われて、強すぎる刺激に視界が白くぼやけた。

快楽のあまり、出す声がすべて嬌声《きょうせい》になる。

それにしても、なんて淫靡《いんび》な眺めだろう！

目の前の光景に見入りながら、愛菜はうっとりとした顔で息を弾ませた。

雄大が指で花芽の両脇を軽く押さえ、中に潜《ひそ》んでいた花芯を露出させた。

「こんなに腫《は》れて……色も形も本当に綺麗だ。まるごと口に含んで一日中舌で転がしたり舐《な》め回したりしていたいな」

雄大が、そう言いながら上目遣いで愛菜を見た。見上げてくる視線に心臓を射抜かれ、獲物を狙う捕食者のような姿に骨抜きになる。

彼になら、何をされても構わない――

そう思うほどに、愛菜は雄大との時間にどっぷりとはまり込んでいる。

唇を重ねられると同時に、雄大の指が蜜窟の入り口を抉《えぐ》るように撫でさする。入りそうで、入らない。

もどかしさに、いっそう息が弾み、絡めた舌が小刻みに震え出す。

口の中に舌を入れられ、その動きに応えて長いキスをする。雄大の背中に回した指が彼の肌を掻き、爪が食い込む。

キスだけで、イッてしまいそうだ――

そう思った途端、身体が痙攣《けいれん》して本当に軽く達してしまった。

よもや、キスだけでイけるとは思いもよらなかった。

雄大が嬉しそうに眉尻を下げて微笑みを浮かべる。

「今、愛菜さんの身体がビクビクッて跳ねたね。イッたんだね……。愛菜さん、あなたって人は……」

きつく抱きすくめられ、見つめられながら繰り返し啄《ついば》むようなキスをされる。戯《たわむ》れのようなキスが、これほど甘く心をとろけさせるものだなんて知らなかった。

「雄大くん……。キスして……もっと、して……お願い」

愛菜が夢うつつになりながらそうねだると、キスが唇から離れて愛菜の全身を巡《めぐ》り始める。

首筋から肩、腕を通って指先までキスの雨が降り、舌がその道筋をしっとりと濡らしていく。

デコルテから両方の乳房を丹念にねぶり、下腹を起点にして両脚の爪先まで愛《め》でられたあと、キスが花芽に戻ってきた。

秘裂を丁寧に舐《な》め上げたあと、硬く尖らせた先端が蜜窟の中に浅く沈んだ。

徐々に挿入が深くなり、ゆっくりと舌を抜き差しされる。

愛菜は両肘をうしろについて身体を支え、瞬《まばた》きをするのも忘れて雄大の愛撫《あいぶ》に見入った。それに気がついた様子の雄大が、太ももを肩に抱え上げて愛菜の腰の位置を高くする。

蜜窟の中に舌を深々と差し込まれ、先端を中でチロチロと動かされた。

またしてもイキそうになり、愛菜は咄嗟《とっさ》に上体を起こして雄大の愛撫《あいぶ》から逃れた。

「だめ……また、イッちゃうからっ……」

「キスしてって言ったのは、愛菜さんですよ。それに、何度でも好きなだけイけばいい」

雄大が、愛菜の身体を反転させてうつ伏せにさせる。肩と背中の至るところにキスをされ、背後から花芽を捏《こ》ね回されて掠れた声を上げた。

仰《の》け反《ぞ》って持ち上がった腰を両手でさらに引き上げられ、お尻を高く突き上げた格好にされる。

慣れない姿勢に戸惑っていると、蜜口の入り口に硬く滑らかなものを宛がわれた。それがなんなのか理解した途端、ほしくてたまらなくなる。

愛菜はしどけなく開けた唇から舌先を覗かせながら、小さく腰を揺らめかせた。

「いやらしい腰だね」

いきなり左の尻肉にかぶりつかれ、驚いた拍子に両手をついて四つん這《ば》いの姿勢になる。すかさず腰を腕で固定されて、雄大に恥部を晒《さら》したまま動けなくされた。

恥ずかしすぎて、振り向く事もできない。

愛菜は全身を真っ赤に染め上げながら、そこに注《そそ》がれる雄大の視線を甘受する。

「ここからの眺め、最高だな。僕だけが知っている、愛菜さんの景色だ……」

「……は……ずかしいから、もう……見ないで……」

そんなふうに懇願しながらも、花芽はますます硬く腫《は》れ上がり、新たな蜜が滲《にじ》み出す。ひっきりなしにそこがヒクつき、じっとしてくれない。

手と膝で身体を支えたまま浅い息を繰り返していると、秘裂から尾てい骨に至るまでを、舌でゆっくりと舐《な》め上げられた。

「そろそろ愛菜さんの事、呼び捨てで呼んでいいかな？　僕の事も、呼び捨てにしていいし、むしろそうしてほしいな」

彼に乞《こ》われて、愛菜は頷きながら喘《あえ》いだ。

そうしたほうが、もっと彼とひとつになれる気がする。

「雄大……ぁ……あっ……」

「いいよ……。すごく、いい――」

「ぁ……やぁんっ……！　……あ、あっ！」

雄大が愛菜の身体から視線を外さずに、執拗《しつよう》に愛撫《あいぶ》を続ける。

そんな仕打ちが、愛菜をいっそう燃え上がらせて、しどけない声を上げさせた。

「い、意地悪っ……あ、ん！」

「でも、気持ちいいんだろう？　顔を見れば、わかるよ。もう、愛菜の身体の中で、僕が知らないところはないね。あぁ……ここに小さなホクロがある。知ってた？」

雄大が、愛菜の尾てい骨のすぐ下を指で撫でた。そんなところにホクロがあるなんて、知らなかった。

愛菜が首を横に振ると、腰を持つ雄大の指先が肌に軽く食い込む。

「嬉しいな。このホクロは、僕だけが知っている愛菜のチャームポイントだ。ほかにもありそうだから、僕が時間をかけてぜんぶ暴いてあげるよ」

背後で雄大が身体を起こす気配がして、その直後、太く硬いものが秘裂の間に分け入ってきた。

一瞬で蜜にまみれたそれで、花芽から尾てい骨の上までを丁寧に撫でられ、唇から物欲しそうな吐息が漏れる。

ぬらぬらと秘裂を泳ぐ屹立《きつりつ》の先が、蜜窟の入り口でピタリと止まる。

もう、これ以上焦《じ》らされたら、子供のように泣き出してしまいそうだ。

待ちきれずに背中をしならせて腰を突き出すと、それに応えるように雄大のものが身体の奥深くまで一気に入ってきた。

「あああっ！　あっ……あ――」

快楽が全身を駆け巡《めぐ》り、目の前で光のつぶてが弾けた。彼を待ちわびていた中がきゅうきゅうと収縮し、奥が繰り返し痙攣《けいれん》する。

緩やかだった腰の抽送《ちゅうそう》が少しずつ速くなっていくにつれて、挿入も深くなっていく。

バックスタイルで腰を打ち付ける音が、たまらなく淫靡《いんび》だ。

愛菜はこれまで正常位しか経験がなかった。何より、雄大を知るまではこんな姿勢でのセックスなどしたいとも思わなかった。

それなのに、いつの間にか動物のような格好での繋がりを嬉々として受け入れ、脳みそがとろけるほどの愉悦《ゆえつ》を感じている。

もっと、もっと、乱れたい。

愛菜は背中を思い切り仰《の》け反《ぞ》らせて、より深い挿入を求めて腰の位置を高くする。

切っ先が蜜壁を掻き、そこを押し上げるように攻め立ててきた。

「ひぁ……っ……！　そ……こっ……あぁあああっ！」

脳天が痺《しび》れるほどの快楽を感じて、肘が折れ上体が崩れた。それでも雄大は抽送《ちゅうそう》をやめず、執拗《しつよう》に奥を穿ち続けている。

「ふむ……また、見つけたよ。愛菜のチャームポイント……。でも、ここだけじゃないみたいだな。ほかもぜんぶ探り当てて、愛菜をギリギリまで感じさせてあげたい――」

言いながら同じところをズンズンと突かれ、愛菜は我にもなく声を上げて激しく身をくねらせる。

「ぁああんっ！　イ……ッちゃうっ……。雄……ぁっ、あ――」

固く目を閉じて込み上げる愉悦《ゆえつ》に呑まれそうになった時、ふいに屹立《きつりつ》を引き抜かれ、うつ伏せになった身体を抱き寄せられて再び仰向けにされた。

達する寸前だったのに、急にやめるなんて、ひどい。

愛菜は、焦《じ》れて真っ赤になった顔で雄大を睨《にら》んだ。

しかし、雄大も愛菜以上にギリギリだと言わんばかりの表情で、愛菜を見つめ返してくる。

そして、愛菜の中に再び屹立《きつりつ》を深々と埋め込んできた。

ほしくてたまらなかったものを与えられて、愛菜は目を潤《うる》ませて悦《よろこ》びの声を上げる。

「あぁんっ……あ、あっ……あぁっ！」

愛菜の声に応えるように、雄大が容赦なく腰を打ち付けてくる。

愛菜は雄大の腰に掌《てのひら》を添えて、指先にグッと力を込めた。

「もっと、挿入の深さを変えたり、不規則な動きをしたりしてみようか。角度を変えるのもいいし、キスをして見つめ合いながら攻めるのもいいね」

雄大が囁《ささや》き、愛菜の腰を右手で抱えるようにして持ち上げて、今まで切っ先が当たっていなかった内壁を激しく突き上げてきた。

「あぁっ……！　ああああんっ！　あっ……」

雄大の動きに翻弄《ほんろう》され、愛菜は感じるままに身体をくねらせて嬌声《きょうせい》を上げた。

「すご……ぃ……。気持ち……ぃ……。あ……ああっ！」

これほど丁寧に中を突かれたのは、はじめてだ。

愛菜は感じている顔を相手に見られるのが、あまり好きじゃなかった。けれど、今は見られる事に快感を覚えている。

見つめ合いながらのセックスが、これほど心と身体を沸き立たせるなんて知らなかった。

与えられる刺激に反応して、内奥《ないおう》が激しく蠢《うごめ》いている。

「もっと、して……。もっと、もっと……」

なりふり構わず口にした言葉をきっかけに、抽送《ちゅうそう》が激しくなる。

途端に快楽のボルテージがマックスになり、身体がどこかに吹き飛ばされてしまうような感覚に陥《おちい》った。

わけもわからず必死で手を伸ばし、雄大の背中に全力でしがみつく。

「あああっ……！　雄大っ……あああ……！」

「愛菜っ……、っく……！」

名前を呼ぶ声を頼りに互いの唇を探り当て、貪《むさぼ》るようなキスをする。

達しても、なおほしくてたまらない——

繰り返し精を放つ屹立《きつりつ》を抱きしめるように、内奥《ないおう》がキュンキュンと窄《すぼ》まる。

愛菜は無我夢中で雄大とキスを交わし、彼の背中に指を食い込ませた。

「愛菜っ……」

何度となく名前を呼ぶ彼の声を聞きながら、愛菜は絶頂の余韻に身も心も包み込まれた。

指が雄大の背中を離れ、ベッドの上にずり落ちる。

もう精も根も尽き果てた。

愛菜は最後の力を振り絞って彼の唇に軽く噛みつき、そのまま深い眠りの中に吸い込まれていくのだった。


役員会議でプレゼンテーションをすると決まってから、愛菜は自宅にも仕事を持ち帰り、準備を進めていた。

これまでコツコツとスキルを磨き続けてきた努力を、発揮するチャンスが来たのだ。

やるからには、ぜったいに成功させたいし、なんとしてでもアイデアを採用してもらいたい。

マーケティング部のミーティングでは、何度もプレゼンテーションを経験していたし、度胸はついている。けれど、今度の相手は役員たちであり、勝手もまるで違う。

リハーサルがてら洗面台の鏡に映る自分に向かってプレゼンテーションをしてみたり、家にあるぬいぐるみ類をベッドに並べ、それらに向かって本番さながらに熱弁を振るったりしてみた。

しかし、いくらやっても、どこかしら不満が残る。

やればやるほど自信がなくなり、どんどん気持ちが焦ってきた。

「こんなの私らしくないじゃない」

本番を二日後に控えた日曜日、愛菜は壁際に置いた姿見に映る自分相手にプレゼンテーションの予行練習をした。熱弁を振るい終えるなり床にへたり込み、長いため息をつく。

必要な資料は、きちんと作り込んでいる。

当日緊張しないようリハーサルも重ねているし、声の出し方や視線の置き場にも注意を払っていた。

伊達《だて》にスキルアップのために必要な情報を仕入れ、セミナーに参加してきたわけではない。

それなのに、どうしてこうも気が張り続けているのか……

いつになく思い悩んでいると、ベッドの上に置いていたスマートフォンに着信があった。

画面を見て、思わず「あっ」と声を上げる。

「雄大？　私よ。どうかした？」

『今、何してる？』

「明後日《あさって》のプレゼンのリハーサルをしてたわ」

『やっぱり。って事は、今、自宅にいるんだね？　だったら、これから差し入れを持っていこうと思うんだけど』

雄大とは、先週彼の自宅でデートしたばかりだ。

日々、プレゼンテーションの件で頭を悩ませながらも、彼と過ごした熱い時間の事は、気を抜けばすぐに頭の中に蘇《よみがえ》ってくる。

「い、今から？」

『そう、今から。どうせ、昼御飯もそっちのけで練習をしているんじゃないかと思って、僕の行きつけのメキシコ料理店でランチをテイクアウトしてきたんだ』

言われてみて気がついたが、いつの間にか午後零時を少し過ぎている。

『タコスとサラダとタコライス。それとメキシコのクラフトビール。作り立てだからまだ料理は温かいし、ビールも冷えてるよ』

「何それ……すっごく美味しそう……」

うっかり呟いた声が聞こえたのか、雄大が電話の向こうで朗《ほが》らかな笑い声を上げた。

『そうだろう？　味はお墨付きだよ』

お腹も減っているし、どうせなら雄大にプレゼンテーションを見てもらって、率直な感想を聞かせてもらいたい。

それに、声を聞いただけで彼に会いたいという気持ちが抑えきれなくなっている。

「わかった。じゃあ、待ってるね」

『了解。じゃあ、十分後に』

通話が途切れ、愛菜は手の中にある画面が暗くなったスマートフォンを見つめた。

「えっ、十分後⁉　ちょっと待って！　私、メイクしてない！　部屋だって散らかったままなのに！」

別にゴミ屋敷並みに荒れているわけではないが、お客を歓迎できるほど整理整頓されているわけではない。

愛菜はスマートフォンをベッドに放り投げるなり洗面台に向かい、髪を梳《と》かしながらひとまとめにしてバレッタで留めた。

「とりあえず、メイク！」

大急ぎで化粧ポーチを取り出し、ファンデーションとアイライナーで必要最低限のメイクをする。

床に置いたままだったノートやペンをひとまとめにして、空《あ》いている収納ボックスの中に放り込んだ。

シンクに置きっぱなしにしていたマグカップを洗い、小物類がごちゃごちゃと置いてある壁際の棚に大判のマルチカバーをかける。

「これで、ちょっとはすっきりしたかな？　って、あれがあったんだ――」

ベッドを振り返り、枕元を占拠している大きなウサギのぬいぐるみを見る。全長百センチのそれは、淡い虹色の毛をしており、大学生の頃にアルバイトをして貯めたお金で買った大のお気に入りだ。

「どこに隠す？　クローゼットはもうパンパンだし、ベランダだとカラスに突かれるかもしれないし」

もうじき十分が経とうとしており、これ以上迷っている暇はない。

愛菜は仕方なくウサギのぬいぐるみを持ってバスルームに向かった。部屋の風呂は洗面台と一緒になっており、浴槽の手前にはシャワーカーテンがかかっている。

ウサギのぬいぐるみを浴槽の中に入れると、カーテンを引いて中を見えなくした。

（これで、よし！）

片付けを終えて今一度洗面台の鏡の前に立ち、目元にアイシャドウを薄く塗る。ルージュはどうしようかと迷ったが、このあとランチを食べる事を考えて塗らないでおく。

インターフォンが鳴り、髪を掌《てのひら》で撫でつけながら玄関に急いだ。

「いらっしゃい」

「お邪魔します」

若干息を弾ませながら雄大を出迎え、部屋に招き入れる。彼をリビングに通す途中、床に転がっているペンを見つけて、行儀が悪いと思いながらも爪先で押して収納ボックスの陰に隠した。

床に置いたクッションを掌《てのひら》で示し、白い丸テーブルを挟んで雄大と向かい合わせになって腰を下ろす。

彼はぐるりと部屋を見回すと、優しい顔で愛菜に微笑みかけてきた。

「今さらだけど、突然やってきてごめん。急に予定がキャンセルになって、せっかく時間が空《あ》いたから、愛菜にどうしても会いたくなったんだ」

この週末には、もともと雄大に別の用事があり、彼とは会えないはずだった。けれど、急遽《きゅうきょ》それがなくなり、それからすぐに愛菜の顔を思い浮かべながらランチを買いに走ったようだ。

「ううん、むしろ大歓迎だし、雄大が電話で言ったとおり、お昼になっているのにも気づかないままプレゼンの練習をしてたの。朝はカフェオレだけだったから、お腹ペコペコ。だから、すごくタイムリーだったわ」

「そう言ってもらえると、買ってきた甲斐《かい》があるよ」

雄大からショッピングバッグを受け取り、テイクアウトしてきたものをテーブルの上に並べる。

「狭くてごめんね。ここ、雄大の家の玄関先くらいしかないんじゃないかな……なんて言われても困っちゃうよね。ふふっ」

リッチな御曹司を迎え入れるには、ここはあまりにも狭すぎる。しかし、雄大はまったく気にしていない様子だ。

「一人で暮らすには、ちょうどいい広さだ。逆に、うちは一人暮らしには広すぎる。寮で暮らしていた時は、広さはなかったけど個室だったんだ。でも、日本から持ち込んだ荷物が多すぎて、片付けても散らかって見えるのが悩みだったな。ここは、すっきりと片付いていて、住み心地もよさそうだ」

「そ、そう？」

実は、隠しているだけで本当は物が多いのだが、それは内緒だ。

用意したグラスにビールを注《つ》ぎ、乾杯をしてひと口飲む。

「これ、なんだかすごくフルーティね。とっても美味しい」

「苦みが少ないし、アルコール度も高くないからランチにぴったりだろう？」

タコスは三種類あり、アボカドやトマトがたっぷり入ったもののほかに、魚介や牛肉を使ったスパイシーな具が挟まれているものもあった。

「いただきます」と言って、それぞれ違う種類のタコスにかぶりつく。

愛菜はどうにか零さずに食べているが、雄大は齧《かじ》っている反対側から具やソースが垂れそうになっている。

「おっと――」

雄大がテーブルの上に載せていた店のロゴマーク入りのナプキンを掴み、口元をグイと拭った。

御曹司なのに、意外とワイルドだ。それでいて、所作は美しく、育ちの良さが表れている。

そんな事を思いながら、彼の顔に見惚れた。

人と関わる上で、ちょっとした仕草や考え方の癖のようなものは、案外重要だ。ましてや恋人ともなると、それが破局の原因になる事すらある。

愛菜は食べ方がだらしない人は受け付けない質《たち》だが、その点、雄大は非の打ち所がない。

そんな事を思いながらタコライスを頬張り、ピリ辛のドレッシングのかかったサラダを食べながらビールを飲む。

あっという間にすべて平らげて二人同時に「ごちそうさま」を言った。

「メキシコ料理って前にも食べた事があるけど、それとは比べ物にならないくらい美味しかったわ。またすぐに食べたくなっちゃいそう」

にこやかに笑う愛菜を見て、雄大が相好《そうごう》を崩した。

「なら今度、一緒にお店に行こう。……ごめん、手が汚れたから、洗面所を借りていいかな？」

「ええ、そこのドアを開けたところよ」

機嫌よく答えて、愛菜はテーブルの上を片付け始めた。

そこでふと、浴槽に隠したウサギのぬいぐるみを思い出し、手を止めて洗面所のほうに顔を向ける。

(ちょっと待って！　私、ちゃんとシャワーカーテン引いたよね？)

シャワーカーテンは十分な長さがあるが、少々横幅が短めだった。

もしかすると、見えてしまうかも――

そう思って立ち上がりかけた時「え？」という雄大の声が聞こえてきた。

「ゆ、雄大？」

愛菜は持っていた紙ナプキンをショッピングバッグの中に押し込み、あわてて洗面所に急いだ。

開けたままのドアの中を見ると、雄大が浴槽を向いてじっとしている。

彼の背中越しに浴槽を見ると、案の定シャワーカーテンから淡い虹色のウサギの耳が見えてしまっていた。

「こ、これは……えっと……」

見られた！

いい年をした女が、パステル調でやたらと大きいウサギのぬいぐるみを持っている――

ただでさえドン引きされそうなのに、それを浴槽に隠しているのがバレてしまった。

ファッションに関してはパステル調が好きだと話したが、さすがにこれはどうだろう？

せめて、シックな色合いだったら、まだよかったか？

どうであれ、もう誤魔化しようがない。

愛菜は気まずさマックスで、手を洗う雄大にタオルを差し出した。

「ありがとう」

雄大が受け取ったタオルで丁寧に手を拭き、浴槽の中のウサギのぬいぐるみに向き直った。

シャワーカーテンが開き、虹色のふわふわが雄大に抱っこされる。

愛菜は一足先にリビングルームに戻り、がっくりと項垂《うなだ》れた。

紳士な彼の事だから、笑ったりしないだろうとは思うものの、大人の女性としてのマイナスポイントを稼いでしまったのは明らかだ。

覚悟を決めて顔を上げると、雄大がウサギのぬいぐるみを腕の中で弾ませているのが見えた。

「これ、見た目よりずっと軽いね。ふわふわで手触り抜群だな。なんて名前？」

「ピョン左衛門《ざえもん》――あわわっ……！」

さりげなく訊《たず》ねられて、つい馬鹿正直に答えてしまった。

咄嗟《とっさ》の事とはいえ、恥の上塗りをしてしまうなんて……

せめて、もっと可愛らしい名前をつけておけばよかったのだが、一目見るなりこの子はピョン左衛門だと思ってしまったのだ。

愛菜が恥じ入るのをよそに、雄大はニコニコと笑いながらピョン左衛門の頭を撫でている。

「ピョン左衛門か。いい名前だな」

「そ、そう？　だけど、おかしいよね。アラサーにもなって大きなぬいぐるみとか。しかも、この子は女の子だし――」

言わなくてもいい事を口にしてしまい、あわてて手で口を押さえた。穴があったら入りたい。今はもう何か言えば言うほど、墓穴を掘ってしまいそうだ。

「いや、ちっともおかしくないよ」

「ほんとに？　実はこれ、私が大学を卒業して上京する時に、一緒に連れてきた子なの。新しい場所で右も左もわからない私を、おかえりって待っててくれた大事な宝物で――」

話す愛菜の顔を、ピョン左衛門を持った雄大が、じっと見つめてくる。

サラッと言い訳をして流すつもりだったのに、またしても余計な事まで話してしまった。

きっとそれは、愛菜を見る彼の目が優しいからだ。

「よくわかるよ。僕もイギリスに行く時、両親に買ってもらったテディベアを連れていったからね。それを心の支えにしていたし、今も大事にしてるよ」

「テディベア？」

「買ってもらったのは小学校に入る前だったから、さすがにこんなに大きくはないけど、茶色くて可愛いんだ。今度見せてあげるよ」

「うん……ありがとう」

思いがけず雄大との共通点を見つけて嬉しくなり、気持ちが一気に楽になる。

愛菜は壁際の棚に近づき、かけてある大判のマルチカバーを取り払った。

「すっきりと片付いていると言ってくれたけど、実はこの部屋、いつもは物が多くてごちゃごちゃしてるの。クローゼットの中も、結構いっぱい入ってるわ。それに、見てのとおり、パステル調の色合いのものばっかりでしょ」

「本当だ。パステル調好きは、ファッションだけじゃなかったんだな」

雄大が微笑んで、目を丸くする。

「仕事では舐《な》められないように強い女性をイメージした服装を心掛けている分、プライベートは自分の好きにしようと思って。だから、だいたいこんな感じ。着る服もそうだし、持ち物も柔らかい色合いのものばっかり」

「そうだったんだね。でも、どっちも僕が大好きな愛菜だし、いいと思うよ」

雄大が愛菜の腰を抱き寄せ、額にキスをしてきた。それが鼻筋を経て、唇に辿《たど》り着く。

ひとしきりキスをしたあと、愛菜は頬を染めながら雄大と見つめ合った。

「そう言ってくれて、すごく嬉しい。雄大って、懐《ふところ》が広いのね」

さすが「新田グループ」の御曹司――

と言いかけて、今は仕事を思い出すような事は言うまいと口を噤《つぐ》む。

「食後のコーヒーを淹《い》れるね。お砂糖とミルクはどうする？」

「僕はブラックで」

「わかった。じゃあ、ちょっと座って待っててね」

愛菜は、雄大からピョン左衛門を受け取り、ベッドの上に座らせた。そのあと、キッチンに向かってコーヒーをドリップする。すると、彼が背中にぴったりとくっついてきた。

「えっ……どうしたの？　もしかして、寂しくなっちゃった？」

冗談でそう聞いたつもりだった。けれど、雄大がこっくりと頷いて愛菜のこめかみに頬を擦り寄せてくる。

「うん、愛菜と離れていたくなくて。愛菜を知れば知るほど、もっと知りたくなる。だから、これからもいろいろと話して、お互いに知り合っていたいな。どんな話でもいいし、どんな愛菜でも受け止めるから」

甘い囁《ささや》きが愛菜の耳を染め、真摯《しんし》な気持ちが胸を打った。

言葉を通して、雄大の真心がまっすぐに伝わってくる。

愛菜がほんの少しうしろを振り返ろうとした時、雄大が愛菜の耳をそっと食《は》んだ。思わず声が出て、そのまま腰が砕けそうになる。

「ちょっ……コーヒーが零れちゃうわ」

「大丈夫、僕が代わりにやるよ。愛菜は、じっとしてて」

そう話す声が、やけに嬉しそうだ。

もしかして、こっそり感動していたのが伝わったのかも?

言われたとおり動かずにいると、雄大が愛菜の背後に立ったままドリップを終えたコーヒーをカップに注《つ》ぎ始めた。

恋愛慣れしていないはずなのに、彼は時折天性の才能を発揮するから困る。そんな時の愛菜は、雄大に翻弄《ほんろう》され放題だ。

手慣れた感じで動く手と指先は多少ゴツゴツしており、太い血管が浮き上がっている。

とても男性的だし、見ているとつい熱く睦み合った時の事を思い出してしまう。

背中に雄大の温もりを感じているうちに、いつの間にか息が上がり脈も速くなっている。

それが彼にバレやしないかと思っていたところ、タイミングよく彼が愛菜の背中から離れた。

「さあ、できた」

雄大がトレイにカップを載せ、リビングルームに戻っていく。

愛菜は彼のあとを追い、テーブルを挟んで雄大の前に座った。そして、ドキドキを落ち着かせようと、ふうふうと息を吹きかけながらコーヒーを飲む。

「うん、美味しい。やっぱり来てよかった。愛菜と一緒だと、何を食べても飲んでも格別に美味しい気がする」

そう言って目を細めながらコーヒーを飲む雄大は、呆れるほど理想的な恋人だ。

愛菜が見つめているのに気づいた雄大が、微笑みながら僅《わず》かに首を傾げた。

「どうかした？」

「ううん。ただ、恋愛には小手先のテクニックなんて本当は必要ないんだなって。お互いの想いを素直に伝え合うだけでいいんだって思って……。もちろん、相手にもよるんだろうけど」

「……ちなみに、元カレと付き合っている時も、そう思った？」

「いいえ、まったく思わなかったわ。逆にメディアで見聞きした小手先のテクニックを使ってばかりだったし、それがいいのか悪いのかもわからないまま付き合いが終わったって感じだったわ」

「例えばどんなテクニックを使ったのかな？」

雄大が、若干前のめりになって訊《たず》ねてくる。

愛菜は首を捻《ひね》りながら、もうかなり薄れている記憶を呼び起こした。

「そうね……聞き上手に徹したり、猫を被って相手が好きそうな女性を演じたり。連絡が来た時、わざと返事のタイミングをずらしたりして、駆け引きをしてみたり。今思えば、何やってんのって感じのものばっかりね」

「へえ……」

雄大が頷きながら、若干むっつりとした顔をする。

もしかして、彼もさっきの自分と同じように嫉妬してくれているのだろうか？

（さすがに、それはないか）

愛菜は分不相応な自惚《うぬぼ》れを一蹴《いっしゅう》すると、もうひと口コーヒーを飲んだ。

「前も言ったけど、どの人とも短期間の付き合いだったし、そもそもここに入った男性は雄大がはじめてよ。上京して以来ずっとここに住んでるけど、今まで一度も男性を部屋に入れた事はなかったし、来たいって言われてもぜんぶ断ってたから」

部屋の中を見られたくなかったとか、掃除が面倒だったとか、理由はいろいろある。

けれど、一番の理由は、自分のテリトリーに他人を入れたくなかったからだ。

付き合っていたのだから、それなりに本気だったし、好きだった。

けれど、結局は誰に対しても、自分の家に招き入れるほどには心を開いていなかったという事だろう。

そう思い至り、愛菜は一人納得して深く頷く。

ふと雄大を見ると、正面から視線がぶつかってしまった。どうやら彼は、愛菜からずっと目を離さずにいたみたいだ。

「つまり、僕がここに来た最初で最後の男になるって事だね」

「そういう事になるわね」

愛菜がそう言って笑うと、雄大が嬉しそうに破顔する。彼は腰を上げて愛菜のすぐ隣に座ると、身体をぴったりと寄り添わせて唇にキスをしてきた。

「愛菜……愛してるよ。愛菜のぜんぶは、すべて僕のものだ。もう、ぜったいに誰にも触れさせないし、全力で愛し抜いて、愛菜を僕でいっぱいにしてみせるよ」

「雄大……ん、んん……」

いつになく熱っぽいキスが続き、背中を強く抱き寄せられる。

まさかとは思うが、雄大はさっきした元カレの話のせいで、やきもちを焼いているのでは……

そう思えるほどに、彼の唇は執拗《しつよう》にキスを求めてくる。

やきもちを焼くのは、てっきり自分だけだと思っていたが、そうじゃなかったのかもしれない。

愛菜はにわかに嬉しくなり、雄大の腰に腕を回した。

「私も愛してるわ」

胸に迫る想いを込めて囁《ささや》き、キスをしながら彼と見つめ合った。

これほどまでに愛し合える人と巡《めぐ》り合えた喜びで、身体ばかりか心までポカポカと温かくなった。

「それぞれにいろいろあったけど、こうして一緒にいてキスをしてる。きっと、僕たちはお互いに会うのをずっと待ってたんだと思うな」

「そうね……私も、そう思うわ」

「じゃあ、もういっそここで一緒に住もうか？　それとも、ピョン左衛門ともども、うちに引っ越してくる？」

「え？　ちょっと待って！　そう言ってくれるのは嬉しいけど、さすがに展開が早すぎない？　まだお互いに知らない部分もあるし、一緒に住むならそれなりに心構えも必要だし」

愛菜があわてると、雄大が声を出して笑った。

「そんなに構えなくてもいいのに。言っただろう？　僕はどんな愛菜でも受け入れるって」

「確かにそう言ってくれたけど……。私、あんまり掃除が得意じゃないし、雄大からすればちょっとガサツに見えるかもだし……」

「それもこれも、ひっくるめて受け入れるって話だよ。愛菜は外では強く見せているし、実際に強い。だけど、本当はすごく可愛いし、繊細な面もある。これからは一人で我慢しなくていいし、無理に強い自分を演じなくていい。愛菜には僕がいるし、愛菜の事は僕が全力で守るから安心していいよ」

「ありがとう、雄大」

今まで、こんなふうに言ってくれる男性は一人としていなかった。

頑張って肩肘を張って生きてきた愛菜にとって、雄大の言葉は救いであり癒《いや》しだ。

これほど素敵な男性は、世界中のどこを探したって見つからない。

愛菜は心から嬉しくなり、にっこりと笑いながら喜びを噛みしめた。

「私、雄大がいてくれたら、今よりもっと頑張れる気がする。明後日《あさって》のプレゼンも、きっと成功させてみせる！　――と言いたいところだけど、まだ若干不安が残ってるのよね……」

プレゼンの相手は役員たちであり、今までにないシチュエーションだ。緊張するし、資料をチェックすればするほど、これでいいのかどうか迷いが出てくる。

愛菜が困った顔をすると、雄大も同じように眉尻を下げて思案顔になった。

「準備はできてるんだろう？」

「もちろん。だけど、なんだか不安が拭いきれないというか……。役員相手だから必要以上に緊張してるのかも。何度もリハーサルをしてみてるんだけど、やればやるほどしっくりこなくなって」

「なるほど。ちょっと、資料を見せてもらってもいいかな？」

雄大に頼まれて、愛菜はプレゼンテーションで使う資料を渡した。彼はそれを丁寧に見たあと、副社長の顔をして愛菜をまっすぐに見つめてきた。

「とてもいい資料だと思うよ。これに沿ってプレゼンをすれば、きちんと認めてもらえるはずだ。いつもの愛菜らしく、堂々と発表すればきっと皆を納得させられる。よければ、今からリハーサルをしてみようか？」

「いいの？」

「もちろん。資料は完璧だし、あとはプレゼンを成功させるのみだ。そのための協力なら惜しまないよ」

「ありがとう」

雄大の申し出を受けて、愛菜は彼の前で本番さながらにプレゼンテーションをした。

いくつか細かなアドバイスをもらい、適宜修正してやり直す。回を重ねていくうちに普段部署内でやっている時と同じくらい気持ちの余裕が出てきた。

「いいね。今の調子でやれば、本番も上手くいくよ」

雄大が愛菜に満面の笑みを向けてくる。

その顔を見た途端、愛菜は大きく息を吐いて表情を緩めた。

「ありがとう……！　なんだかわからないけど自信が持てた。それに、ずっと感じていた不安がなくなったみたい！」

愛菜はベッドに腰掛けていた雄大に駆け寄り、思わず抱きついた。

「ぜんぶ、愛菜の努力の賜物《たまもの》だ。愛菜なら、きっと――いや、ぜったいにやり遂《と》げられる。僕が保証するよ」

ギュッと抱きしめられ、いっそう嬉しさが込み上げてくる。自然と笑い声が漏れ、それが雄大にも伝染する。

背中を優しく擦ってもらったあと、彼と顔を合わせて見つめ合った。

どちらともなく唇を寄せ合い、繰り返しキスをする。

ひとしきりキスを交わしたあと、ふと窓の外を見ると、雄大の肩越しに空に浮かぶ月が目に入った。

「いつの間にか夜になってたのね。月……すごく綺麗」

愛菜が呟くと、雄大がうしろを振り返って窓の外を見た。

「本当だ。まだ少し丸さが足りないけど、とても明るくて綺麗だな」

二人並んで窓際に立ち、一緒に月を見上げた。

「都心に住んでいると、こんなふうにゆっくり空を見上げる事ってないかも。でも、雄大といると、こうして月を見たりする機会が増えそう」

「そうだな。これから一緒に、いろいろな形の月を見ていこう。今すぐにじゃなくても、愛菜と結婚して、同じ屋根の下に住んで、毎日のように月を見上げながら一緒に年を重ねていきたい」

二人の未来についての言葉に、心から喜んでにっこりする。

微笑んだ唇を、雄大のキスがそっと塞いだ。

これから先も、彼とこんなひと時を共有していきたい。

愛菜はそう願いながら、雄大にキスを返すのだった。


十二月になり、街は年末商戦の影響で賑《にぎ》やかな雰囲気に包まれている。

消費者の購買意欲が高まる時期はいくつかあるが、クリスマスを控えた今の時期は人々の財布の紐《ひも》も緩みがちだ。

愛菜もその一人で、土曜日である今日は智花を誘って雄大へのクリスマスプレゼントを買うために街をうろついている。彼女にはもう五年付き合っている恋人がおり、何を買えばいいか迷う愛菜にいろいろとアドバイスをしてくれた。

「智花のおかげで、いい買い物ができたわ。ほんと、ありがとう」

「どういたしまして。愛菜がようやく掴んだ良縁だもの。頑張って結婚まで持ち込まないとね」

智花は愛菜の結婚願望の強さを知っており、これまでも何度か恋愛相談に乗ってもらっていた。

しかし、今回ばかりは交際相手の詳細を明かすわけにはいかず、聞かれても曖昧《あいまい》な返事しかできずにいる。

「それにしても、よかったわ〜。愛菜も無事婚活卒業だね。で、クリスマスは彼と一緒に過ごせそうなの？」

「残念ながら、仕事で会えそうにないの」

年末ではあるけれど、雄大はクリスマス前から忙しく、イブは海外出張に出かける予定が入っていると聞かされていた。

「そうなの？　ねえ、一応聞くけど、二股かけられてるって事はないよね？」

愛菜が過去、二股をかけられていた事を知っている智花が、声を潜《ひそ》めてそう訊《たず》ねてきた。

「それは、ない。忙しくてそんな暇ないだろうし、誠実な人だから。クリスマスに会えないのは寂しいけど、そこは信用してるし我慢するわ」

「そっか。愛菜がそこまで信用してる相手なら大丈夫ね。でも、男性に関しては厳しい目を持つ愛菜が誠実って言うんだから、もしかしてかなりの堅物？」

「堅物って感じじゃないんだけど、すごく真面目？　揺るがないし、どんな私でも受け入れるって言ってくれて——痛っ！」

ふいにバンと背中を叩かれ、体当たりをされた。

智花の腕に身体を引き寄せられ、グラグラと揺さぶられる。

「もう、ノロケちゃって〜。ねえ、ぜったいにそのうち会わせてよ？　楽しみにしてるからね！」

智花と別れ、電車に乗って一人帰途につく。

彼女には申し訳ないが、会わせるのはまだちょっと先になりそうだ。

雄大は前と変わらずいつ二人の仲を公《おおやけ》にしてもいいと言っているが、仕事や会社との兼ね合いもある。

折しも、雄大は先月から出張続きだ。それというのも、新田証券は来年度中にニューヨーク支局を設立予定で、彼はその責任者として日々多忙を極めていた。

そんな中でも雄大は愛菜にメッセージアプリでメッセージをくれており、愛菜も時間を置かず返事をするようにしていた。

一時は、あれほどタイミングを計りかねて迷っていたのに、それが嘘のようにこまめに連絡をくれる。

おかげで、会えなくても雄大が今どこで何をしているかは常に把握できているし、なんの心配もしていない。

（こんなふうに安心して付き合っていられるって、幸せな事だな）

二人は紛れもなく恋人同士であり、将来を誓い合った仲だ。

ただ、彼がハイスペックすぎるがゆえに、まだ実家の両親には言い出せずにいた。

ここ数年の間に、愛菜の田舎《いなか》の同級生たちが相次いで結婚している。そのせいか、両親は愛菜に恋人の有無や結婚の予定などを、やたらと聞いてくるようになっていた。

(そろそろ前振りくらいはしてもいいかな。そうでないと、またあれこれ言われそうだし)

そんな週明けの月曜日、突然新田健一郎社長から呼び出しがあった。

愛菜は即座に応じ席を立ったが、歩き出すなり顔が強張《こわば》り、それを見た馬場からどうかしたのかと心配されてしまった。

「いえ、なんでもありません。では、いってきます」

用件は、当然雄大への恋愛指南の進捗状況だろう。

健一郎には、定期的に報告をしていたが、会長に言われたとおり、当たり障りのない内容だけを伝えていた。

その結果、健一郎は遅々《ちち》として進まない二人の関係にイライラを募《つの》らせている様子だ。

『ずいぶん悠長なやり方をしているようだね。いつまでも仲良く話をするだけの関係に留まっているなんて、君らしくないじゃないか』

はじめは電話口でそんなふうに言われるだけだったが、いつまで経っても二人の関係が進展しないのに業《ごう》を煮やしたのだろう。健一郎は、愛菜の発案した岩原一馬を起用した新プロモーション企画に待ったをかけるという暴挙に出た。

『君の名前で進めている岩原一馬を起用した広告の件、僕のところで握り潰してもいいんだよ』

新しい広告案に関しては、先週役員会議のプレゼンテーションが終わったのちに無事可決されていた。

役員の反応も上々で、あとは社長の決裁を待つのみとなっている。

会長である幸三と岩原の父親は古くからの親友同士であり、そのおかげもあって企画はとんとん拍子に進められた。すでに内々に岩原一馬のスケジュールも押さえ、広告代理店や制作会社との打ち合わせも進行している。

しかし、最終的な判断を下すのは社長であり、彼の判断次第ではこれまでの努力が水の泡になってしまう。

(社長でありながら、会社の利益よりも私的な事を優先させるなんて、ありえないでしょ。どうしてそこまでするわけ？　そうまでして、何をしようとしてるの？)

雄大との付き合いを打診された当初から、会長と社長の間には目的のズレや温度差を感じていた。

いったい、何を目論《もくろ》んでいるのやら……

もし、雄大や幸三を脅《おびや》かすような計画を練っているなら、ぜったいに阻止すべきだ。

しかし、相手は社長であり、自分だけで対処するのはかなり難しい。

不安に思うなら、早めに雄大や幸三に相談を持ち掛けたほうがいいのではないだろうか？

だが、なんの確信もないまま、忙しい二人に時間を取ってもらうのは気が引ける。

相談するにしても、まずは社長の真意を探るのが先決だ。

そんな決意を胸に、愛菜は社長室に向かい、健一郎と対峙した。

「指南役の件、いったいどうなっているんだ？　社内一のビッチだと聞いて君を指名したのに、これじゃあ意味がないじゃないか」

はあ⁉

社長という地位を笠に着て、いきなりのセクハラ発言。

思わず声が出そうになるのをグッと抑え、愛菜は社長室の執務机の前でかしこまった。

「副社長は、とても紳士的な方なので――」

「そこをなんとかするのが君の役割だろう？　ビッチならビッチらしく、とっととたらし込めばいいものを。やれやれ……君はもっと機転の利く頭のいい女性だと思っていたが、私の見込み違いだったかな？」

ひどい言われようだし、本来なら一発アウトの暴言だ。

できる事なら、今すぐにデスクの上にある飲みかけのコーヒーを頭からぶっかけてやりたい。

しかし、愛菜は健一郎の真意を探るべく、あえてビッチの扱いを受け入れて下手《したて》に出た。

「ご期待に沿えず、申し訳ございません。これまで以上に頑張らせていただきますので、具体的にどうすればいいのかご指示願えますか？」

恭《うやうや》しく頭を下げたあと、顔を上げてにっこりと微笑む。

「私、一日でも早く良縁に恵まれてセレブ婚をしたいんです」

そう言うと、健一郎がにんまりと笑いながら頷く。そして、おもむろに手招きをして愛菜を自分の近くに呼び寄せた。

それに応じて椅子に座る健一郎の数歩手前まで進んで立ち止まる。すると、彼は椅子を回転させて愛菜に向き直り、身を乗り出すようにして囁《ささや》きかけてきた。

「副社長をベッドに引きずり込んで、セックスに溺《おぼ》れさせろ。そのためなら、何をしても構わない。君の持ってるテクニックを総動員して、副社長を骨抜きにするんだ」

そう話す健一郎の目が、愛菜の身体を這《は》い回る。

今にも手を伸ばしてきそうで、さりげなく身を引いて改めて口元に笑みを浮かべた。

「つまり、色仕掛けで副社長を落とせ、と？」

「そうだ。雄大は頭が固すぎるし、仕事一辺倒で融通《ゆうずう》が利かない。若造のくせに目上の者を立てようともしないし、副社長としての立場をわきまえず私にあれこれと意見してくる。だから、あれに色恋を教えて、デートなり旅行なり頻繁《ひんぱん》に連れ出して、仕事から離れさせろ」

話すうちに健一郎の顔が、どんどん険しくなる。

彼は愛菜の顔と身体に無遠慮な視線を投げかけたまま、厳しい表情を浮かべた。

「君のやるべき事は、雄大を誘惑して仕事をできなくさせる事だ。あれの頭の中を女とセックスの事でいっぱいにして、それ以外の事はいっさい考えられないようにしてもらいたい」

なるほど、これでわかった。

健一郎は自分にとって邪魔で目障りな雄大を排除しようとしている。

女にうつつを抜かし、仕事を疎《おろそ》かにさせる。そうして何かしら失敗でもしてくれれば排除もしやすいし、それこそが彼の狙いなのだろう。

「その辺りは、上手く頼むよ」

健一郎の骨ばった指が伸びてきて、愛菜の手の甲を繰り返し擦ってくる。

愛菜は、気持ち悪さを我慢しながら、にこやかに微笑んで相槌《あいづち》を打った。

「わかりました。つまり、副社長に出世の道から外れていただく——という事でよろしいですね？」

「ふん、君もはっきり言うね。そのとおりだよ」

健一郎の手が腰に回ろうとする前に、愛菜はさりげなく一歩うしろに下がった。

くだらない出世欲と自己顕示欲のために、真面目に努力を続けている者を蹴落とそうとするなんて、言語道断だ。

雄大は並大抵ではない努力をし、会社のために尽力している。

それなのに、姑息《こそく》な手を使って彼を排除しようとするなんて——

愛菜は健一郎に対して、腸《はらわた》が煮えくり返るほどの怒りを覚えた。しかし、その感情を全力で押し殺しながら、今一度健一郎に向かって頭を下げる。

「承知いたしました。社長のご期待に沿えるよう、いっそう努力いたします」

「ああ、いい報告を待っているよ。報酬については、大いに期待していてくれ」

健一郎の執務室を辞して、急ぎ足で非常階段を駆け下り二十二階の化粧室に駆け込んだ。

我ながら、よく我慢した。

鏡を見るなり精一杯の作り笑顔が消え、一気に目が吊り上がる。

（なんて人なの！　社長が、あんなろくでもない男だったなんて！）

愛菜は怒りに任せて石鹸液で手をゴシゴシと洗い、奥歯をグッと噛みしめた。

健一郎は、社長という立場を利用して優秀な後継者である雄大を蹴落とそうとしている。

それがはっきりとわかった今、すみやかに幸三に報告して、判断を仰ぐ必要があった。

そして、なんとしてでも健一郎の悪だくみを阻止し、雄大を守り抜く。

愛菜はそう決心すると、今後自分が取るべき行動を模索しながら自席へ戻るのだった。


『今度の週末、デートしないか？』

雄大からそんなメッセージをもらったのは、健一郎から呼び出された次の日の事だ。

愛菜は早々に承諾のメッセージを送り返し、以後は指折り数えてデートの日が来るのを待ち望んだ。雄大と自宅でプレゼンテーションの練習をしてから、もう一週間以上経つ。

忙しい彼とは連日電話やメッセージアプリで連絡を取り合っているが、あれきり一度も顔を合わせていない。彼の忙しさは理解していても、会いたさは募《つの》るばかりだったし、デートの誘いは小躍りするほど嬉しかった。

けれど、健一郎の件はまだ解決していない。

あれからすぐ幸三に連絡をし、社長について報告を済ませた。雄大にも情報は共有しており、二人が話し合った結果、今しばらくの間は様子見をする事になっている。

幸三曰《いわ》く、「新田証券」の社長に関しては、前々からいずれ雄大が引き継ぐだろうと言われていた。

それは健一郎も承知しており、交代後の彼は、同等の関連会社の社長職に就く予定になっていたのだという。

ただ、雄大が優秀すぎるがゆえに、役員たちの間で、社長交代の時期を予定より早めてはどうかという声が上がっていたようだ。

おそらく、それがきっかけとなり、雄大の出世を妨害するという愚かしい行動を取らせるに至ったのだと思われる。

理由はどうであれ、健一郎の取った行動は許されるものではない。だが、健一郎が協力者として愛菜を選んだのが運の尽き。彼の目論見《もくろみ》はすでに会長の知るところとなり、現在は彼の悪事をすべて暴くべく水面下で調査中であるらしい。

愛菜の役割は、健一郎に策略が上手くいっていると思わせるような報告をして、彼を油断させる事だ。

といっても、実際に雄大との仲は良好であり、それを健一郎が気に入るような文言に変えて言えばよかった。

(一日でも早く解決するといいんだけど)

気持ちは焦るが、自分は与えられた役割をこなすだけだ。そう考えて、とりあえず今は雄大とのデートに集中する。

彼と会えると思うだけで気持ちが華やぎ、当日のメイクやファッションの事が気になりだす。

あれこれと考えていると、雄大から追加メッセージが送られてきた。

『せっかくだから、温泉旅館で一泊するのはどうかな?』

追加でもらったメッセージには、雄大が自分で考えたデートプランが書かれていた。

行き先は、京都。

交通手段は車で、片道およそ六時間のドライブ＆宿泊デートだ。

恋する気持ちは、日々の糧《かて》になる――

誰かに聞いたそんな言葉が、今ようやく腑《ふ》に落ちた感じだ。

かねてから進めていた岩原一馬を起用しての広告制作は、健一郎との密談を機に社長の承認が下り、今年中に撮影を終える予定で進んでいる。

馬場をはじめとするマーケティング部の人たちからは、いつにもまして精力的に仕事に取り組む姿勢を評価され、智花からは「絶好調だね」と言われた。

確かにそうかもしれない。

何をやるにしてもいつも以上に前向きになれているし、雄大と会えると思うだけで頑張る気力が湧いてくる感じだ。

そうして迎えたデート当日。

天気予報を見ると、京都方面は午後一時的に雪が降るらしい。

愛菜はオフホワイトのニットワンピースに黒のショートブーツを合わせ、洋服と同色のコートを羽織って、自宅近くの駐車スペースに向かった。

そこで待ってくれていた雄大は、黒のセーターにダークグレーのボトムスというコーディネートだ。全体的にゆったりとしたシルエットで、愛菜の服装と絶妙にマッチしている。それも、かねてからそうしようと言っていたとおり、事前にデート時のファッションのすり合わせをしたおかげだ。もっとも、話し合うのは大まかなイメージのみで、実際に何を着るかはそれぞれのチョイスに任せる事にしている。

彼は愛菜を見るなりにこやかに手を振り、助手席のドアを開けてくれた。

「今日は髪を下ろしてきたんだね。いつもより、シックな感じで一段と素敵だな」

さりげなく伸びてきた手に髪の毛をそっと撫でられ、嬉しさに頬が緩む。

「ありがとう。雄大もすごくかっこいいわ。もともとセンスがいいし、ファッションについてはもう完全にお役御免ね」

「本当に？　よかった」

雄大が、嬉しそうに微笑みを浮かべる。褒《ほ》められて素直に喜ぶ彼の顔が、今日は特別魅力的に見えた。

「会いたかったよ、愛菜。会いたくて仕方なくて、夢に見たり、禁断症状に悩まされたりしていたくらいだ」

「禁断症状って――あ……ん……。ちょっ……ダメ……。こんなところで――」

運転席から身を乗り出した雄大が、愛菜のシートベルトを締めるついでに唇を合わせてきた。

幸い近くには誰もいないが、車の中とはいえここは公共の場だ。そう思うものの、首はキスにちょうどいい角度に傾いており、目はうっとりとして閉じそうになっている。

会いたかったのは、自分だけじゃなかった。

それが彼の表情や仕草から、ひしひしと伝わってくる。それが嬉しくて、口元が綻《ほころ》ぶ。

「誰も見てないから大丈夫だよ。口紅の色、色っぽいね。ジューシーな果物みたいで、かぶりつきたくなる」

唇の隙間から入ってくる彼の舌を、どうしても拒《こば》みきれない。それでもなんとか雄大の胸を掌《てのひら》で押すと、微かなリップ音とともに唇が離れ、鼻の頭にチュッとキスをされた。

「せっかく丁寧に塗ってきたのに」

愛菜がわざと唇を尖らせると、またそこにキスをされた。誰も見ていないからいいものの、まるで交際をスタートさせたばかりのカップルのようなイチャつきぶりだ。

「ごめん。だけど、キスせずにはいられなくて……。許してくれるよね？」

間近でそう言われて、わざと考え込むふりをする。

けれど、そんなふうに甘く訊《たず》ねられては、もう降参せざるを得ない。

愛菜は頷き、彼のほうに身を乗り出して、自分から雄大にキスをした。その直後、通りの向こうから複数の子供たちのはしゃぐ声が聞こえてくる。

二人は即座にキスを終わらせると、何事もなかったようにそれぞれの席で居住まいを正した。うっかりキスに夢中になり、子供たちに見咎《みとが》められるところだった。それからすぐに車が走り出し、一路冬の京都に向かっていく。

「雄大って、運転が上手いのね。私なんか、ほぼペーパードライバーだから、もう高速を走る自信ないわ」

「運転は慣れだから。よければ今度、手取り足取り教えてあげるよ」

「そうね。そのうち、お願いしようかな」

雄大とは、こんな些細《ささい》な会話すら楽しくて仕方がない。こんな感覚を味わうのも彼とがはじめてだ。

雄大を介して知った、たくさんのはじめてを思うと、自分がこれまでにしてきた恋愛が、すべて薄っぺらな偽物のような気がしてきた。そのせいなのか、元カレたちに関する記憶は、ますます遠のいて消えていくばかりになっている。

振り返ってみれば、自分は結婚という目的を重視するあまり、その過程の恋愛に対して本気で向き合えていなかったのではないか。

結婚以前に、まずは心から想える相手を探すべきだったのに、ただ闇雲《やみくも》に婚活に励《はげ》み自分の気持ちをないがしろにしていたのではないだろうか？

そんな事では、両親のように幸せな家庭を築けるはずがない。その事にようやく気づいたのは、雄大に出会い、愛し合う喜びを知ったからだ。

彼と想い合える幸せは言葉に尽くせないほどだし、二人して人生を歩む未来は希望に満ち溢れている。

「どうかした？　何か考え事でもしているのか？」

愛菜が黙り込んでいるのを見て、雄大がハンドルを握りながら声を掛けてきた。

そんな小さな気遣いすら嬉しくて、愛菜は心からの笑みを浮かべて運転席に向き直った。

「うん。雄大とこうしていられて、すごく幸せだなって。ちょっと照れくさい事を言うけど、私が婚活を頑張ってきたのは、雄大に出会うためだったんだろうな、って考えてた」

愛菜がそう語ると、雄大が嬉しそうに相好《そうごう》を崩した。

「その考えには、全面的に賛同するよ。僕たちは普通じゃない出会い方をして、今こうして愛し合ってる。ベタだけど、これは運命であり奇跡だ。この愛は、ぜったいに手放しちゃいけないし、愛菜と僕は、この先もずっと一緒だよ」

「私も、そう思ってるわ」

走行中の車の中でなければ、とっくに彼に抱きついているところだ。

それをぐっと我慢して、雄大が近くのパーキングエリアに車を停めるのを待って、彼に手を伸ばした。

同時に雄大が愛菜の手を取り、ギュッと強く握りしめてくる。

見つめ合う目が、それぞれに相手の唇に移っていく。

二人とも抱き合ってキスをしたいと思っているのがわかり、同時に噴き出し、笑いながら指を絡め合った。

「愛菜、もう離れて暮らす意味なんてないんじゃないか？　前にも言った事があるけど、いっその事、結婚前に同居をスタートさせるっていうのはどうかな？　それとも、さっさと婚姻届けを出してしまおうか？」

矢継《やつ》ぎ早《ばや》にそう言われて、愛菜は面食らいながらも、喜びを隠せない。

本当なら、今すぐにでもそうしたいところだ。けれど、やはり健一郎の件が解決しない事には気持ちよく新しいスタートを切れない。

それは雄大も同じらしく、話し合ってすべての問題がなくなるまでの間、我慢しようという事になった。

愛菜としては、彼が自分との結婚を望んでくれているという事実だけで幸せだし、雄大も同様であるらしくニコニコと機嫌がいい。

その後、京都に到着するまでの間に、いくつかのパーキングエリアに立ち寄って休憩をしたり食事を取ったりした。

雄大と話しながらのドライブは楽しく、話題にも事欠かない。

高速を降りて京都府内の国道に入ったのは、午後二時前だった。高速を出た辺りからチラチラと雪が降り始める。

宿は緑豊かな里山の中にあるらしく、辺りの景色を楽しみながら引き続き車を走らせた。

「着いたよ」

雄大に優しく声を掛けられ、自分が知らない間に眠っていた事に気づいた。

「ご、ごめんなさい。私ったら、いったい、いつから……」

「高速を降りてからだから、一時間も経ってないかな」

「一時間近くも……。雄大が運転してくれているのに、ほんと、ごめん！」

「大丈夫。それまで、ずっと話し相手になってくれていたし、僕としては運転の合間に、うつらうつらし始めてから寝入るまでの愛菜を見られて、十分楽しかったよ。外、寒いから気をつけて」

ドアを開けると、キンキンに冷えた外気に肩がキュッと縮こまった。近くには大きな寺院があって観光客もいるが、街中から離れているせいか、とても静かだ。

今はもう雪はやんでおり、ところどころ薄雲に覆われているものの、空は青く澄んでいる。

駐車場を出て、石階段を上《のぼ》った先にある建物を見て目を瞠《みは》った。

「わっ……すごく立派な旅館ね。こんなところに泊まるなんて、なんだか気後れしちゃう」

建物は重厚な瓦《かわら》屋根の二階建てで、門前から続く緑豊かな庭にはうっすらと雪が降り積もっている。

「ここのオーナーとは昔から懇意にさせてもらっているんだ。料理長の腕は一流だし、スタッフの接客も申し分ないけど、意外とアットホームで、いつ来てもゆっくりできるから安心して」

雄大とともに館内に入ると、オーナー夫妻が揃って出迎えてくれた。

挨拶《あいさつ》を交わしたあと、彼が愛菜を婚約者として紹介する。

夫妻から笑顔で祝福され、愛菜は大いに照れてはにかんだ笑みを浮かべた。

こんなふうに社外の人に紹介され、お祝いの言葉をかけられた事が、思いのほか嬉しい。

部屋に向かう間も、ついニヤニヤしていると、雄大に見咎《みとが》められてからかうような視線を投げかけられる。

愛菜が鼻の頭に皺《しわ》を寄せると、彼がとろけるような表情で笑みを浮かべた。

用意された部屋に入り、その広さと豪華さに開いた口が塞がらなくなる。

「わぁ……素敵な部屋！　こんなの、はじめて……。あっ、見て。庭と山の景色がすっごく綺麗！」

愛菜は部屋の窓辺に駆け寄り、外を眺めながら雄大に手招きをした。

居間と寝室に分かれた和室二部屋の窓は大きく、専用の庭の向こうには周囲を囲む山々が見える。空は少しずつ茜《あかね》色に染まりつつあり、雪景色とのコントラストがとても綺麗だ。

「夕焼けの時刻に間に合うように来られてよかった。前にここに来た時、部屋で夕日が沈むのを見たんだ。それがすごく綺麗だったから、どうしても愛菜に見せたくて」

背後から近づいてきた雄大が、愛菜の隣に立って肩を抱き寄せてきた。

「そうなの？」

雄大の顔を見上げながらそう言うと、彼は返事の代わりに唇を合わせてきた。

「やっと本格的にキスができた。ここに来るまでの間に、何度愛菜を抱き寄せてキスしたいと思った事か……」

キスの合間に話す雄大が、嬉しそうに微笑みを浮かべる。愛菜にもそれが伝染して、二人はいつしかクスクス笑い声を漏らしながら、繰り返し唇を重ねた。

「雄大……ここに連れてきてくれて、ありがとう。雄大が綺麗だと思ったものを私にも見せてくれて、本当に嬉しい――ん、んっ……」

話す間も、じっと愛菜の唇を見ていた雄大が、我慢できないといったふうに再度キスを仕掛けてくる。

これほど強く求められているのを感じて、愛菜は素直にキスに応じて雄大の腰に手を回した。

ひとしきりキスを楽しんだあと、愛菜は雄大に緩く抱き寄せられたまま彼と見つめ合った。

「とても静かね。まるで、この世の中にいるのが私たち二人だけみたい」

「夕食のあとで一緒にお風呂に入ろう。今夜は、思い切り愛し合うつもりでいるから」

雄大が何かしら企《たくら》んでいるように微笑み、軽く頬にキスをしてくる。付き合いたてのカップルのようなじゃれ合いをして、また唇を合わせた。

「実は私も、今日はそうしたいと思っていたの」

「気が合うね。この世には僕たち以上のベストカップルはいないんじゃないかな」

雄大が愛菜の背中と腰を強く引き寄せ、二人の身体をぴったりと密着させる。下腹のあたりに彼の強張《こわば》りを感じて、頬が火照《ほて》り目が勝手に潤《うる》んできた。見つめ合ううちに唇が重なり、当たり前のように互いに舌を絡め合う。

寝室は畳敷きだが、用意されている寝具はキングサイズの和室用ベッドだ。

今夜、そこで雄大と愛し合う――

そう思うと、気持ちが高揚してドキドキが止まらなくなってくる。

「あと三十分で夕食の時間か……。このまま愛菜を押し倒したいけど、時間内に終わらせる自信がないな」

オーナー夫妻の話では、夕食は宿自慢のコース料理で、時間ぴったりにスタートできるよう調整しているらしい。

そのため、夕食の時間をずらすなどもってのほかだ。

「今夜は泊まりだし、あとでゆっくり……ね？」

「そうだな。だけど、おあずけを食らった分、自制がきかなくなるのだけは確かだ。それでも、いいかな？」

「構わないわ。むしろ、望むところ……なぁんて――ん、っ……」

愛菜の言葉に触発されたのか、抱き寄せてくる雄大の腕の力が強くなり、背中に回っていた手がヒップラインをなぞり始める。

「ゆ……ん、んっ……」

スカート越しに双臀《そうでん》を緩く掴まれ、愛菜は彼の肩に縋《すが》りつくような格好で爪先立った。指先が少しずつスカートの生地《きじ》を手繰り寄せ、直《じか》に肌をいじられる。

ショーツのクロッチ部分をそっと擦られて、爪先立った姿勢を保っていられなくなった。

「雄大……これ以上は、ダメ。せっかく美味しい料理をいただくのに、気もそぞろになっちゃいそう」

見下ろしてくる雄大の目にそう訴えかけ、キスに濡れた唇をキュッと噛みしめる。

「気もそぞろ、か。確かに、僕もそうなりそうだな。名残《なごり》惜しいけど、この続きはあとにしようか」

それからほどなくして、夕食の時間になる。館内にある食事処に向かい、畳敷きの部屋の一番奥にある縁側付きのテーブルに案内してもらう。

三方に広がる庭の雪景色を眺めながら、京野菜をふんだんに使った懐石《かいせき》料理に舌鼓《したつづみ》を打つ。ほかにも宿泊客がいるが、席が離れておりそれぞれの会話が気になる事はない。

さすが、雄大が贔屓《ひいき》にしている旅館だ。運ばれてくる料理はすべて手が込んでおり、味も申し分ない。

「京野菜って、こんなに美味しかったのね。なんだか胃袋に沁《し》みる……。景色もいいし、これぞ日本の旅館って感じで本当に素敵」

食べながら料理や施設を絶賛していると、雄大が笑顔で愛菜の猪口《ちょこ》に日本酒を注《つ》いでくれた。

「喜んでもらえて、嬉しいよ」

「私、冬の京都に来るのってはじめてなの。雄大と出会ってから、はじめてをたくさん経験させてもらってる気がする」

「僕のほうこそ、愛菜とのいろいろなはじめてを楽しませてもらってるよ」

「ふふっ……それなら、よかった。私、これから先も、ずっと雄大と一緒に、いろいろなはじめてを経験していきたいな……。あ、見て。また雪が降り出した」

デザートのフルーツを頬張りながら、愛菜はゆっくりと庭を眺めた。食事処の周りにはいくつもの篝火《かがりび》が据えられており、炎に照らされた牡丹《ぼたん》雪がふわふわと舞い踊っているのが見える。

「綺麗だな。あとで温泉に入りながら雪見酒でもしようか」

「いいわね」

雄大の提案に、愛菜はにっこりと微笑みながら賛成する。

きっと、雄大と見たここの雪景色は一生忘れないだろう。

食事を終えて部屋に戻るとテーブルに雪見酒用の盆が置かれていた。

「至れり尽くせりね」

「せっかくだから、露天風呂に入ろうか？」

「ええ、そうしましょう」

愛菜が髪の毛をアップスタイルにしている間に、雄大がそれを持って部屋の左手にある露天風呂に向かう。

雄大が寒さに驚いて声を上げるのを耳にしながら、愛菜は洋服を脱いでバスタオル一枚の格好になった。

「寒いから覚悟してきて。でも、お湯に浸《つ》かると、ちょうどいいよ」

部屋は適温に保たれているが、外は真冬の寒さが待ち受けていた。

雄大に手招きをされ、ガラス戸を開けて露天風呂のある外に出た。寒さに身をすくめながら風呂に近づき、彼にそっぽを向いてもらっている間に大急ぎでバスタオルを取り、掛け湯をする。

「あぁ～、気持ちいい！」

湯船に入ると、雄大がすぐそばに寄り添ってくる。彼は愛菜のうなじに左掌《てのひら》を添えて、右手で額に掛かる髪の毛をうしろに撫でつけてくれた。

「髪を上げた愛菜は、ことさら色っぽいな」

囁《ささや》くようにそう言うと、雄大が愛菜の背後に移動して、うしろからゆったりと身体を抱き寄せてきた。湯の中で肌が触れ合い、愛菜の腰に置いた彼の手が下腹をそっとくすぐる。

「きゃっ……く、くすぐったい！　ちょっと、もう……あ……ん、あんっ……」

別の手が愛菜の乳房をやわやわと揉み込み、指で乳嘴《にゅうし》を摘まむように転がす。刺激を受けて仰《の》け反《ぞ》った身体を逞《たくま》しい胸板で支えられ、首筋にやんわりと噛みつかれる。

「待っ……今、入ったばかりなのに……もう、こんな……ダメっ……」

「さっき、おあずけを食らった時、自制がきかなくなるのだけは確かだと言ったはずだけどな。それに、愛菜はそれで構わない。むしろ、望むところだって僕を挑発したよね？」

「ちょ……うはっ、だなんて……ぁあんっ！　あ……」

湯の中で乳房が揺れ、それに合わせるように雄大が乳嘴《にゅうし》を愛撫《あいぶ》する。擦られたそこがピンと尖り、唇から甘い声が立て続けに零れた。

これほど甘美でエロティックな攻め方をされては、もう抗《あらが》いようがない。

愛菜が雄大に身体を預けてぐったりすると、雄大がようやく愛撫《あいぶ》の手を止めて耳元に囁《ささや》きかけてきた。

「仕方ないな。じゃあ、愛菜からキスをしてくれたらやめてあげようかな。だけど、そんなにエッチな声を出されると、止められるかどうか……」

そう話す間に、雄大の手が再び愛菜の身体を撫で回し、乳嘴《にゅうし》をいじり始める。

もはや、やめてほしくないと思いながら、愛菜はうしろを振り返り、彼の首に抱きついて唇にキスをした。

しっとりと濡れた唇と舌が、すぐに融け合って口の中で絡み合う。目の前に見える雄大の目が細くなり、口元が綻《ほころ》んでキスに応えてくる。

「ん……っ……」

彼の太ももの上に横座りになっていた腰を持ち上げられ、脚を大きく開かされた。そのまま雄大と向かい合わせになり、彼の脚を跨《また》ぐ形で向かい合う。

すでに硬く猛《たけ》っていた屹立《きつりつ》に花芽の先が当たり、身体がビクリと跳ね上がった。

「ぁあんっ！　雄大……あ……」

湯の中で浮かび上がった愛菜の腰を引き戻すと、雄大が風呂の縁に置いていた猪口《ちょこ》を傾けて日本酒を口に含んだ。

それを口移しに飲まされ、そのまま互いに舌を絡め合う。

日本酒と唾液でぬるついた唇を貪《むさぼ》り合い、それを何度も繰り返しているうちに、自然と腰が動きだす。

愛菜は雄大のものに秘裂を添わせ、それを愛《め》でるように腰を前後に動かした。愛撫《あいぶ》をやめるどころか、二人とも行為が止められなくなっている。

「は……ぁ……んっ……。あ……きもち……い……」

我慢しきれずに漏れた声が、我ながら淫靡《いんび》だ。雄大もそう感じたのか、声を出したあと、屹立《きつりつ》がビクリと跳ねて花芽を擦り上げる。

「あぁっ……！　ゆ……雄大っ……」

「愛菜……今のは、さすがにエロすぎ。もう、このまま挿《い》れていいかな？」

雄大が眉間《みけん》に縦皺《たてじわ》を寄せて、欲望を抑え込んでいるような表情を浮かべる。

その顔に嗜虐心《しぎゃくしん》をくすぐられて、愛菜は彼の閉じた唇の隙間にそっと舌先を這《は》わせた。

「まだダメ……。だって、結婚前だし、避妊具なしのセックスは夫婦になるまで禁止よ。そうでしょ？」

さっき執拗《しつよう》に愛撫《あいぶ》された仕返しだとばかりに、愛菜は湯の中で腰を揺らめかせて繰り返し屹立《きつりつ》の側面に秘裂を擦りつけた。

雄大が呻《うめ》きながら唇を合わせてくる。またキスが始まり、今度は彼のほうが屹立《きつりつ》の側面で秘裂を刺激してきた。

「や……あんっ……。雄大の、エッチっ……、あっ……あ――」

「僕がこれほどエッチになったのは、愛菜のせいだろう？　まさか、違うなんて言わないよね？」

「あぁんっ！　もうっ……そんなふうにいじらないで……あっ、あ……」

雄大の左手が愛菜の尻肉を掴み、右手の指が花芽を押し潰すように愛撫《あいぶ》してくる。

「仕掛けてきたのは愛菜だろう？　このままだとのぼせそうだし、約束どおり、ベッドで思う存分愛し合わないか？」

雄大が言い、承諾を促《うなが》すように唇を重ねてくる。

お互い、待ちに待った時間に、愛菜は首を縦に振った。

「そうする。だってもう、待ちきれない」

返事をするなり身体を横抱きにされ、雄大とともに露天風呂をあとにする。奥の部屋に行く間にバスタオルで身体をくるまれ、そのままベッドの上に仰向けに寝かされた。愛菜の足元で膝立ちになっている雄大が、肩に掛けていたバスタオルをベッドの外に放る。

広い肩幅に逞《たくま》しい胸板。引き締まった腹筋を突き破る勢いで勃起した男性器が、部屋の薄灯《あか》りに照らされて朱鷺《とき》色に染まっている。

それに視線が釘付けになり、気がつけば愛菜はベッドから上体を起こして彼の前で正座していた。

「雄大……。私にも、させて」

雄大が、少しの間愛菜の言葉の意味を図りかねるような表情を浮かべた。けれど、愛菜が身を乗り出して彼の盛り上がった胸筋に唇を寄せると、ようやく察した様子でゆっくりと腰を落とした。

「いいよ。愛菜の好きにしたらいい」

彼の手に顎《あご》をすくわれて唇にキスをされる。水音が立つ淫《みだ》らなキスが、よりいっそう性欲を掻き立ててくる。

「い……言っておくけど、こんなふうにするの雄大がはじめてだから。……上手くできなくても大目に見てね」

「また、いじらしい事を……。愛菜が僕にする事は、ぜんぶ喜んで受け止めるに決まってるだろう?」

雄大が微笑み、唇の縁を舐《な》めながら仰向けになって横たわった。

唇を重ねながら見つめ合ったあと、キスを彼の喉元に移動させる。

年上の余裕を見せたいところだが、何分はじめてだし唇と舌の意思に任せる事にした。そうでなくても、気持ちはもうギリギリまで昂《たかぶ》っている。

雄大の喉ぼとけが、ゆっくりと上下する様《さま》を見つめながら彼の首筋に音を立ててキスをし、掌《てのひら》で盛り上がった胸筋を撫で回す。

胸の筋肉の硬さを唇で確かめながら肌に舌を這《は》わせ、雄大にされたように乳嘴《にゅうし》にそっと吸い付く。

彼の身体がピクリと反応して、みぞおちに触れる屹立《きつりつ》が硬さを増すのを感じた。

頭のてっぺんがカッと熱くなり、息が上がる。それを抑えながらもう片方の乳嘴《にゅうし》に唇を移し、軽く甘噛みした。

頭上から雄大の低い呻《うめ》き声が聞こえてきて、彼が反応するたびにいっそう気持ちが高揚する。

綺麗に割れた腹筋をキスでなぞりながら下を目指すと、屹立《きつりつ》の先が愛菜の喉に触れた。

それを感じた途端、愛菜は矢も楯《たて》もたまらずに、舌で極太の血管が浮き上がっている側面をねっとりと舐《な》め上げる。

反り返った屹立《きつりつ》の先端を口に含むと、それまで僅《わず》かに残っていた理性や羞恥心《しゅうちしん》が吹き飛んだ。

愛菜は自分がそうしたいと思うままに雄大のものを舌と唇で愛《め》で、唾液に濡れた丸い先端を呑み込むようにして喉の奥に招き入れる。

かつて付き合った人は数人いたが、これほど強い情欲を抱《いだ》いた事はなかった。

「愛菜っ……」

掠れた声で名前を呼ばれると同時に、雄大の指が愛菜の髪の毛に絡んでくる。髪を掻き回す指の動きで、彼が感じてくれているのがわかった。

左手を茎幹に添えて軽く唇を上下させると、グッと容量を増したそれが口の中をいっぱいにした。

雄大のものを、このまま呑み込んでしまいたいほど愛おしく感じる。

そこから一度唇を離して、再度舌で舐《な》め下ろそうとするとふいに雄大が上体を起こしながら愛菜の顎《あご》を掌《てのひら》ですくい上げてきた。

「あ……いやあっ……」

不満げな声を出す愛菜に、雄大がキスをしてくる。

口淫の余韻が残る唇と舌を食《は》まれて、愛菜は全身の力を抜いて彼の腕に身を預けた。

雄大が愛菜の乳嘴《にゅうし》を指先で摘まみ、愛撫《あいぶ》しながらそこにかぶりつく。彼の口の中で柔らかな乳暈《にゅううん》がぷっくりと膨らむのがわかった。舌で舐《な》め回される感じが、淫《みだ》らすぎる。

愛菜は身を仰《の》け反《ぞ》らせて、押し寄せてくる快楽の波に身を委《ゆだ》ねた。乳嘴《にゅうし》が、ちゅぷんと音を立てて雄大の口から離れ、彼の舌がすぐにそれに追いついてくる。

目の前でコロコロと転がされ、愛菜の呼吸が一段と速くなった。転がしては、また強く吸い付かれ、互いに無我夢中で与え与えられる愉悦《ゆえつ》に没頭する。

「雄大……あっ……あぁんっ！」

我ながら、恥ずかしいほど甘ったるい声が出た時、雄大のキスが乳房を離れ、みぞおちに移った。

それからすぐに、彼の空《あ》いているほうの手が愛菜の閉じた太ももにかかり、左右にそっと押し広げようとする。

雄大の視線は愛菜の腰の位置にあり、そのまま脚を広げたら恥ずかしい部分が丸見えになってしまう。

咄嗟《とっさ》に膝を閉じようとするのに、彼の手がそうさせてくれない。

雄大にそこを愛撫《あいぶ》されるのは、はじめてではないけれど、今の彼は怖いくらいセクシーで蠱惑的《こわくてき》だった。

「愛菜を、もっと愛したいんだ。膝を、少し上に持ち上げてくれないかな？」

ねだるような目で見つめられて、愛菜は無抵抗のまま陥落する。

頷いて膝から力を抜くと、雄大が愛菜の両脚にキスをした。膝が少しずつ開いていくのと合わせて、彼の唇が太ももから脚の付け根に移動していく。

あらわになった花芽と秘裂が、雄大の視線を感じてひくひくと痙攣《けいれん》する。そこは、まだ触れられてもいないのにたっぷりとした蜜を垂らして、彼の愛撫《あいぶ》を待ち受けているみたいだ。

「愛菜のここ……本当に綺麗だ」

雄大が囁《ささや》くように呟き、花芽の先にそっと唇を寄せた。

まるでそこを尊《とうと》ぶような彼のキスに心身ともに濡れそぼり、愛菜は喘《あえ》ぎながら掠れた声を上げる。

雄大の中指が蜜窟の入り口を撫で、ほんの少しだけ中に沈んだ。

たった数ミリの指の挿入が、よりいっそう色欲を増長させる。

愛菜は自らもう片方の脚を広げて、ぬらぬらとぬめっている秘裂を雄大の目に晒《さら》した。中を掻く指が二本に増え、より深いところをトントンと刺激してくる。

「ぁんっ！　雄大……あっ……ああぁっ！」

中を愛《め》でる彼の指が、うねうねとうねりながら少しずつ奥を目指す。そうかと思えば、小刻みに前後運動を繰り返し、セックスへの期待をいやが上にも高めてくる。

まだ前戯にすぎないのに、どうしてこうも気持ちがいいのだろう？

もしかすると、雄大はいろいろと自主的に学んでいるのかもしれない。

そう思うほどに、彼の愛撫《あいぶ》は的確に愛菜が気持ちいいと感じる場所を探り当て、そこを執拗《しつよう》に捏《こ》ね回してくる。

「やぁ……んっ！　そ……こ……ダメッ……あっ、あぁっ！」

雄大が愛菜を見つめながら、指での愛撫《あいぶ》に緩急をつけてきた。

我慢できずに身をくねらせ、腰を浮かせた。その拍子に、蜜窟が雄大の指をきつく咥《くわ》え込み、きゅうきゅうと締め付ける。

雄大の舌が愛菜の花芽を強く吸い上げた。

目の前で火花が散り、愛菜は身を捩《よじ》りながら雄大を見た。花芽を愛撫《あいぶ》する彼と目が合うと、これ見よがしに秘裂を舐《な》め上げられる。

愛菜はこれ以上ないと言っていいほど淫奔《いんぽん》な光景に視線を奪われ、彼を見つめながらさらに大きく脚を開いた。

とてつもなく恥ずかしいのに、雄大にならば自分のすべてを見られても構わないとさえ思う。

どうせなら、思い切り乱れて、ぐちゃぐちゃになって融け合ってしまうようなセックスがしたい。

そんなふうな考えが頭に浮かび、愛菜はそれをそのまま口に出した。

「雄大、もっとして。頭の中が真っ白になるくらいいやらしいセックスがしたいの。……私と一生忘れられないような夜を過ごして」

言い終わるなり雄大が愛菜の顔を見て、とろけるほど優しい眼差しを投げかけてきた。

「仰せのままに」

雄大がおもむろに膝立ちになり、愛菜をベッドの上に仰向けに寝そべらせた。そして、舌先を唇の端に這《は》わせながら、愛菜の視線を避妊具の小袋に誘導する。

その仕草が、なんともセクシーかつ優雅だ。

彼は愛菜が見ている目の前でそそり立つ自分のものに避妊具をつけ、ゆったりと上から覆いかぶさってきた。

「愛菜、愛してるよ」

雄大が呟き、愛菜の両方の足首を掴んで大きく脚を開きながら上に押し上げた。

愛菜を愛おしそうに見つめ、ゆっくりと――しかし、深々と蜜窟の中に屹立《きつりつ》を突き立てた。

「あああっ……！」

一気に根元まで挿入され、身体中が満たされた想いでいっぱいになる。

呼吸が浅くなり、途切れ途切れに息を吸う唇に雄大のキスが降りてきた。

先端が最奥《さいおう》に到達し、すぐにギリギリまで引き抜かれる。それからまた突き戻されて、屹立《きつりつ》の根元が濡れた秘裂に密着した。

緩急をつけた挿入に、愛菜は我を忘れて声を上げて身をくねらせて悶《もだ》えた。途中、快楽に何度か意識を途切れさせながら、雄大に手を差し伸べる。

彼の腕に抱き寄せられ、愛菜は彼と見つめ合い、唇を重ねながら愉悦《ゆえつ》に浸《ひた》り込んだ。

肩を固定され、強く突き上げられても身動きできなくされた。強く突かれるたびに、自分では触れられない深い部分を屹立《きつりつ》の先端で愛《め》でられる。

「雄大……ゆう……だ……い……、あっ……あああんっ！」

間近で見つめ合いながら繰り返しキスをし、思う存分腰を振られて、奥がトロトロになった。

だけれど、もっともっと、雄大がほしい。

愛菜は劣情に囚《とら》われて、彼の身体を掻き抱《いだ》いた。

もはや、セックスの事以外は何も考えられなくなり、吐き出す息がすべて甘く熱い吐息になる。

中を掻き回す腰の動きがゆっくりになり、忙《せわ》しなかったキスが、唇をぴったりと重ね合うキスに変わる。

「愛菜……」

長く続くキスの合間に名前を呼ばれ、それだけで内奥《ないおう》がキュンと窄《すぼ》まった。

繋がったまま静かに見つめ合い、唇を重ね合わせて、深く交じり合っている事を実感する。

「雄大……わ……たし、雄大と、ずっとずっと一緒にいたい。離れたくないし、もう離れられない。あなたがいなきゃ、きっと生きていけないわ。だから、お願い……私を離さないで」

心の奥底からの願いが言葉になり、自然と口をついて出た。

愛菜を包み込む雄大の腕の力がいつになく強くなり、痛いほどきつく抱きしめられる。

「約束する。ぜったいに、離さないよ」

再び愛菜を攻め立てる腰の抽送《ちゅうそう》が速くなり、幾度となく屹立《きつりつ》を蜜窟の奥に刻み込まれた。

愛菜は、たちまち上《のぼ》り詰めて、雄大の腕の中で身を震わせる。

「ゆ……、ぁ……」

雄大のものを咥《くわ》え込む愛菜の中が、快楽に咽《むせ》ぶように熱く戦慄《わなな》く。締め付けたそれがいっそう硬くなって、奥を押し上げながら力強く脈打つ。

本当は、直《じか》にすべてを受け止めたい。

二人を隔てるものをぜんぶ取り払って、本当の意味で雄大とひとつになれる日が、一日でも早く来てほしい――

ギリギリまで昂《たかぶ》った愛欲にまみれ、至高の瞬間を迎えたあともなお、心と身体が雄大を求めている。けれど、未だかつて味わった事がないくらい強いオーガズムを感じたせいか、身体にまるで力が入らない。

精も根も尽き果てた愛菜を、雄大が抱きかかえるようにして、ベッドのヘッドボードにもたれかかる彼の胸に寄りかからせてくれた。

きっと、知らないうちにウトウトしてしまったのだと思う。

ふと気がついたら、愛菜は雄大の肩を枕にして、ベッドに横になっていた。天井《てんじょう》の照明は消され、部屋を照らすのは和紙でできた縦長のフロアランプだ。

「あ……ごめん。私、寝ちゃってたよね？」

「少しだけね。何か飲む？　リクエストがあれば、なんでも好きなものを持ってきてあげるよ」

優しく問いかけられ、額にキスをされる。

雄大といる時はキスが日常的なものになっているけれど、何度されても胸がキュンとときめく。

「ありがとう。じゃあ、お水をお願いしてもいい？」

「了解」

雄大がベッドを抜け出し、備え付けの浴衣《ゆかた》を軽く羽織りながら居間に向かった。

ランプの灯《あか》りを受ける彼の背中が、淡いはちみつ色に染まっている。

そのうしろ姿が愛おしすぎて、愛菜は小さな声で「愛してる」と囁《ささや》きかけた。

今は何時だろう？

時刻を確認しようにも寝室には時計がなく、スマートフォンも居間に置いたままだ。少なくとも、一時間くらいは眠っていたような気がする。きっと雄大は、その間ずっと肩を貸してくれていたに違いない。それに、いつの間に着せてくれたのか、愛菜も浴衣《ゆかた》を羽織っている。

「お待たせ」

優しい声とともに、雄大が寝室に戻ってきた。

愛菜は起き上がってベッドの上に座り、礼を言って彼が手渡してくれたミネラルウォーターの入ったコップに口をつける。冷えた水が、まだ甘い熱が残っている身体を程よく冷やしてくれる。

「美味しい……」

ただのミネラルウォーターなのに、なぜか格別に美味しく感じる。それも、きっと雄大のおかげだ。愛菜が唇の縁から零れさせた水を指先で拭こうとすると、そばに腰掛けた雄大がすばやく顔を近づけて、キスで舐《な》め取ってくれた。

そのまま長いキスが始まり、愛菜は早くも胸の先に甘い熱を感じる。唇が離れ、目をじっと見つめられた。

はちみつ色に染まる雄大の顔は、いつにもまして綺麗に見える。

「愛菜、渡したいものがあるんだけど、手を出してくれるかな?」

「渡したいもの?」

「プレゼントだよ。もう日付が変わったしね」

「日付?」

雄大がうしろ手に隠し持っていた箱を愛菜の掌《てのひら》の上に載せた。

掌《てのひら》に載せられた箱は正方形で、ラッピングが施《ほどこ》されている。

愛菜がキョトンとした顔で雄大を見ると、彼は小首を傾げながら目を合わせてきた。

「まさか、忘れてないよね? 愛菜、誕生日おめでとう」

「えっ……あ、ありがとう。私の誕生日、知っててくれたのね」

誕生日がデートの日取りと被っているのは承知していた。だが、まさか祝ってもらえるとは思ってもみなかった。

「一応、新田証券の副社長だからね。愛菜の人事データはもう頭の中に入ってるよ」

雄大が微笑みながら、自分のこめかみをトンと突いた。開けるよう促《うなが》され、包装紙を解いた愛菜は、あっと声を上げる。

「えっ……これって――」

手の中の箱には、見覚えのあるロゴマークがついている。それは、愛菜が長年ほしいと思っていた時計メーカーのものだ。中身を確かめてみると、愛菜が以前購入を予定していると話した、雄大の時計と同じコレクションの女性用腕時計が入っていた。

「これ、私がほしかった時計……。でも、どうして？」

「愛菜の誕生日に何かプレゼントを用意したくて、これを選んだんだ。本当は、これに決める前に、結構あれこれと迷ったんだけど、せっかくなら、間違いなく愛菜がほしがっているものを買うのが一番いいと思って」

「そうだけど、いくらなんでも高すぎるわ。それに――」

「わかってる。この時計は、愛菜が自分へのご褒美《ほうび》として買う予定だったものだし、そのためにコツコツ貯金していた事も聞いた。だけど、出会って最初の愛菜の誕生日だから、愛菜が一番ほしがっているものを僕からプレゼントしたくなったんだ」

愛菜は、大きく目を見開いて手の中の時計と雄大の顔を交互に見た。

驚いて口を半開きにしたままでいる愛菜を見て、雄大が両方の眉尻を下げて叱られる寸前の少年のような表情を浮かべた。その顔を見れば、彼がいかに真剣に考え、迷いに迷いながらプレゼント選びをしてくれたのかがわかる。

「確かに安価ではないけれど、それだけ本気の気持ちがこもっているんだ。だから、できたら婚約の証《あかし》として受け取ってくれないかな？　ああ……もちろん、婚約指輪はこれとは別にちゃんと用意するよ」

「こ、婚約指輪!?」

「実は、時計の裏側に愛菜の名前と誕生日の日付を刻印してもらったんだ。受け取ってくれないと、この時計は行き場を失くしてしまう。それじゃ、あまりにも可哀想だろう？　だから、どうしても受け取ってほしいんだ。……ダメかな？」

どうにか受け取ってもらおうと焦っているのか、雄大が愛菜の目を見つめながら訴えかけてくる。

時計を手に取って裏を見ると、彼が言ったとおりの文字が刻まれていた。

確かにこれは、いつか自分へのご褒美《ほうび》として買おうとしていたものだ。けれど、彼の深い愛と気遣いが、この上なく嬉しい。

憧れの時計は、たった今愛する人からの記念すべき誕生日プレゼント第一号になった。

愛菜は、にっこりと微笑んで手の中の時計をそっと握りしめた。

「ダメじゃない。ありがとう、雄大。一生の宝物にするわ」

雄大が嬉しそうに頷き、愛菜の左手首に腕時計を着けてくれた。

「すごい、ぴったりだわ」

「当たり前だろう？　僕が愛菜の手首のサイズを知らないとでも思った？」

雄大が愛菜の両方の手首を掴み、そのままベッドに押し倒してきた。仰向けになった愛菜に覆いかぶさると、雄大が静かに唇を重ねてくる。見つめてくる瞳は限りなく優しくて、力強い。

「僕こそ、受け取ってくれて、ありがとう。愛菜……愛菜は僕の一生の宝物だ。愛してる。僕と生涯をともにしてくれるかな？」

「……はい。よろしくお願いします」

返事をするなり、またキスが始まり、互いに舌を絡め合う。

「これは、正式なプロポーズだよ。それは、ちゃんとわかってるよね？」

雄大が、いたずらっぽく笑いながら念押ししてくる。

愛菜は喜びで目に涙を滲《にじ》ませながら、大きく頷いて彼の背中に腕を回した。

「ちゃんとわかってる。ありがとう、雄大。愛してる……すごく、すごく、愛してるわ」

愛菜は雄大の唇にキスをし、彼に強くしがみついた。そして、彼の身体ごとごろりと上下を反転させる。

雄大の腰の上に跨《また》がる格好になり、見つめ合いながら肩にかかる浴衣《ゆかた》を脱いで、ベッドの外に落とす。そうしている間に、雄大が浴衣《ゆかた》の袖《そで》から腕を抜いて、手を愛菜の太ももに添わせてきた。

浴衣《ゆかた》を着ていたとはいえ、二人とも下着は着けていない。

愛菜は雄大の胸板の上で掌《てのひら》を滑らせ、彼の上に上体を伏せて唇を合わせた。

愛菜だって、雄大を愛したいし、彼のぜんぶがほしくてたまらない。さっきは、隙間なく愛を注《そそ》いでくるようなセックスにどっぷりとはまり込み、抜け出せなくなっていた。

今度は、愛菜が雄大に愛を注《そそ》ぐ番だ。

本当はもっとゆっくり始めたいと思うが、もうそんな余裕はなさそうだった。

愛菜は上体を起こし、大きく息を吸い込んだ。

そして、雄大の腹筋を指先でなぞりながら、腰の高さを調整して秘裂に屹立《きつりつ》をぴったりと添わせた。腰をゆるゆると前後に動かすと、濡れたそこがぬちゅぬちゅと卑猥《ひわい》な音を立てる。

「愛菜……」

見つめ合う雄大の目が細くなり、喉ぼとけが上下する。

「僕と愛菜は、近いうちに結婚して夫婦になる。できたら二人の子供がほしいと思ってるけど、愛菜はどう思う？」

「私も雄大との子供がほしいわ」

ベッドサイドのテーブルの上には、避妊具の小箱が載せられている。

雄大が頷き、そこへ伸ばそうとしていた手を止めて、愛菜に微笑みかけてきた。

「じゃあ、もうこれは必要ないって事でいいか？」

「いいわ。……私、なんの隔たりもなく雄大と愛し合いたい」

「愛菜、心から愛してるよ」

「雄大、私も同じ気持ちよ。雄大の事、心の底から愛してるわ」

愛菜は、膝立ちになって蜜窟の縁で屹立《きつりつ》の先端を探り当てた。そして、雄大と視線を合わせたまま、少しずつ腰を落として彼のものを中に招き入れる。

「あぁっ……！　あ……あっ……」

少しずつ挿入を深くしていき、恥骨の裏側を切っ先でゆるゆると捏《こ》ね回す。そこは、前に雄大が暴いてくれた愉悦《ゆえつ》の源《みなもと》であり、自分ではどう頑張っても届かない秘密の場所だ。

動きを激しくすると、雄大が眉間《みけん》に深い縦皺《たてじわ》を刻みながら、低い声で呻《うめ》いた。

「んっ……」

快楽に息を弾ませている雄大が、愛菜の乳房に両手を伸ばしてくる。

それを両掌《てのひら》で受け止めて指を絡めると、愛菜は彼の手を支えにして、いっそう激しく腰を振り始めた。

奥に先端がゴツゴツと当たる感じが、言葉に尽くせないほど気持ちがいい。

愛菜は感じるままに腰を振り、雄大の手に支えられながら最奥《さいおう》に屹立《きつりつ》を突き立てた。

「あ、あっ……ああっ——！」

込み上げる愉悦《ゆえつ》に呑み込まれ、自分だけでは身体を支えられなくなった。

雄大の手に支えられながら彼の胸に突っ伏し、それでもまだ腰をくねらせて嬌声《きょうせい》を上げる。

身体を深く交わらせながら、愛菜は雄大にキスをして、唇をぴったりと重ね合わせた。

全身で彼と繋がっている事を感じて、頭のてっぺんから爪先まで悦《よろこ》びでいっぱいになる。

歓喜で震える蜜窟が、雄大のものを締め付けながらうねるように蠢《うごめ》く。それに反応して強張《こわば》りを増した屹立《きつりつ》が、今にも爆《は》ぜそうに強く反り返った。

もう、少しでも動いたらイッてしまいそう——

そう思った時、雄大が愛菜の腰を強く引き寄せ、切っ先で最奥《さいおう》を突き上げてきた。

「ああんっ！　あんっ！　ああああっ……！」

ギリギリまで追いつめられていた情欲が全身に溢れ出し、愛菜は身を仰《の》け反《ぞ》らせて絶頂を迎えた。

同時に屹立《きつりつ》が愛菜の中に精を解き放ち、それを感じた内奥《ないおう》が収縮を繰り返す。

「雄……」

名前を呼ぼうとするのに、強すぎる愉悦《ゆえつ》のせいで言葉にならない。

これほど強い快楽を感じたのは、それだけ雄大を想っているからだ。

きっと、今夜の事は一生忘れる事はないだろう。

「愛菜……」

雄大の囁《ささや》きが、耳に優しく響く。彼の声に、底知れない愛情を感じる。

愛菜は胸に迫る彼への想いを込め、雄大の左の耳朶《みみたぶ》にそっと噛みつくのだった。


雄大との京都旅行を終えた週の金曜日、愛菜は再び健一郎に呼び出されて社長室に向かっていた。

十二月も中旬になり、決算の時期という事もあって社内の雰囲気も慌ただしさを増してきている。

愛菜自身、新プロモーション企画に関する業務が佳境を迎えており、役員たちもそれぞれに忙しくしていた。

このままの勢いで、年末を迎え冬期休暇に突入するのかもしれない。

そう思っていたところ、健一郎から直接内線がかかってきたのだ。

（今すぐに来るようにだなんて、きっと、お叱りを受けるんだろうな。君には失望した。まさか、年を越すとは思ってなかった——とかなんとか……）

時刻は、午前十一時十分前。

考えるほど足取りが重くなるが、呼ばれたからには行かねばならない。

『ビッチならビッチらしく、とっととたらし込めばいいものを』

前回彼と対峙した時の事を話した際、雄大は激怒し、愛菜に心から謝ってくれた。

『社長とは、そろそろ決着をつけるべきだな。彼には僕が上手く言っておくから、愛菜は知らんぷりをしていていいよ』

そう言われた以後は、愛菜は自分から健一郎に連絡をしないでいた。

一方、健一郎の言動を知った幸三もまた、雄大同様、いい加減腹に据えかねた様子だ。

『そもそも、亡き兄からくれぐれもと頼まれていなければ、健一郎を今の地位に据える事はなかったんだ。これまでは、なんとか周囲がフォローしてやってきたが、それももう限界だな』

大企業には大勢の人間が勤めており、それだけに足並みを揃えるのも一苦労だ。

健一郎は今でこそ亡き父のあとを継いで新田証券の社長の座に就いているが、社長秘書になる前は一介の部長だった。

新田グループには創業者の親族が大勢勤務しており、健一郎の父親も長く新田証券に勤務し、亡くなる十五年前に社長に上《のぼ》り詰めた。

だが、持病の悪化で他界し、そのあとを彼の右腕と言われていた親族以外の人物が代表取締役社長として引き継いだ。

幸三曰《いわ》く、当時健一郎は自分こそ亡き父のあとを継ぐべきだと主張していたらしい。だが、その頃の彼には社長となるだけの能力がなかった。

大きな声では言えないが、今も周りの力添えがあってようやく維持できている地位だ。

血の繋がりは堅固ではあるが、時として断ち切らねばならない時もある。

もとより、健一郎は雄大を貶《おとし》める計画を練り、それを実行に移した男だ。彼のした事は許されるものではないし、健一郎の今後については折を見て幸三が的確な判断を下すだろう。

愛菜としては、今までどおり素知らぬ顔をして、健一郎の意向に沿った行動を取っているふりをするまでだ。

さすがに緊張するが、覚悟を決めてエレベーターに乗り込み、社長室を目指す。ドアの前に立ち、ノックの返事を待って中に入る。

「やあ、待ってたよ。君にはいろいろと骨を折ってもらったようだね。おかげで雄大もずいぶん成長したようだ。まあ、座りなさい」

健一郎が愛菜を見るなり満面の笑みを浮かべ、窓際に置かれている応接セットのソファに座るよう促《うなが》してくる。

いったい、どういうわけだろう？

てっきり苦言を呈《てい》されるとばかり思っていたのに、笑顔で迎えられるなんて、想定外だ。

「はい」

気味が悪いほど上機嫌の健一郎を前に、愛菜はわけもわからないままソファに座った。

雄大は『上手く言っておく』と言っていたが、いったいどんなふうに話をしたのだろう？

とりあえず怒られはしないようだが、上機嫌の理由がわからない。

いつも何かしら裏のある表情をしている彼だが、今日に限っては本当に機嫌がいいらしく終始ニコニコしている。

「聞いたよ。雄大と旅行に行ったそうだね」

「は……はい」

「実に喜ばしい。雄大も変われば変わるものだな。これまで女に時間を費やす事などなかったのに、賀上くんのためならなんでもしてあげたいと言っていたよ。旅行では、かなり濃厚な時を過ごしたようだね。さんざん惚気《のろけ》られて、いかに自分が賀上くんに骨抜きにされたかを延々《えんえん》と教えてくれたよ」

「はぁ……そうですか」

愛菜はできる限り自然に見えるよう、愛想のいい笑みを浮かべた。

「雄大は昔から優秀だったが、そっち方面でも能力を発揮できたようだな。これも、すべて賀上くんのおかげだ。いやぁ、君に依頼して本当によかったよ」

健一郎が満足そうに笑い、用意されていたお茶を愛菜に勧めてきた。

愛菜は礼を言ってお茶をひと口飲み、湯呑茶碗に口をつけている健一郎をそっと窺う。

雄大がよっぽど上手く報告したのか、健一郎は非常に満足している様子だ。

旅行の件を持ち出されるとは思わなかったが、とりあえず叱責《しっせき》するための呼び出しでないのだけはわかった。

健一郎は、ニヤついた顔で愛菜の顔をまじまじと見つめてくる。彼の態度がぶしつけなのは今に始まった事ではないが、今日はいつも以上に視線がねちっこい。

前回健一郎に呼び出されたあと、愛菜は自分なりに彼の事を調べた。それとなく彼と関わりのある社員たちに話し掛け、いろいろと情報を集めてみたが、直接的な言い方はしないものの、やはり健一郎は下の者からあまりよく思われていないようだ。

彼は総じて出世欲が強く、会社の未来よりも自分の将来に重きを置く人物であり、だからこそ有能な後継者である雄大が邪魔になり、今回の件を企《くわだ》てたのだろう。

「雄大も一皮剥《む》けば、やはりオスだ。一度女を知ったら、一気に視野が広がったんだろうな。本当によくやってくれたね。君の仕事ぶりは期待した以上のものだったよ」

健一郎のしたり顔を見て、愛菜は内心で嫌悪しながらも強《し》いて笑みを浮かべ続ける。

およそ社長室でする会話ではないし、全身を這《は》う彼の視線は耐えがたいほど無遠慮だ。

「それは、よかったです。副社長は、そんなにお変わりになりましたか？」

「ああ、それはもう別人のようだ――試しに、会員制のラウンジを紹介してやったら、いたく気に入った様子でね。その日はホステスを口説いてホテルに行ったらしいよ。まあ、あれだけ男前なら、たいていの女は喜んでついていくだろうな」

「さすが副社長ですね」

咄嗟《とっさ》にそう答えたものの、内心穏やかでない。

雄大は一昨日《おととい》から、ニューヨーク支局開設に向けて、現地に出張中だ。

その件は彼から事前に聞かされていたし、雄大とは連日メッセージのやり取りもしている。

健一郎の言う大嘘を信じるつもりなどさらさらないが、やはり気分が悪いし、一刻も早く話を切り上げて社長室を出たい。

持っていた湯呑茶碗を両手で茶托《ちゃたく》に戻そうとした時、健一郎がふいに手を伸ばして愛菜の左手首を掴んできた。

「堅物だった雄大が、連日セックス三昧《ざんまい》だ。いったい、どんなふうに雄大を変えたのか、大いに興味がある。ぜひとも、私とも一度お手合わせ願いたいものだ」

一瞬、言われている意味がわからずに、キョトンとする。しかし、理解すると同時に頭に血が上《のぼ》り、湯呑茶碗に残っているお茶を健一郎の顔にかけそうになった。

「……残念ですが、二股は主義に反しますので」

頬が引きつるのを必死で堪《こら》えながら、愛菜は健一郎の手をやんわりと押し戻した。

口元に笑みを浮かべながら、一ミリでも多く健一郎から離れようとソファの背もたれに身体を押し付ける。

「ふむ……では、雄大との件を終えてからという事にしようか。あの様子からすると、君の役割もまもなく終わりそうだ。おや、いい時計をしているね。見たところ、雄大のものと同じシリーズのようだが……。もしかして、彼からプレゼントされたのかな？」

「ええ、まあ――」

雄大からもらった名前入りの腕時計は、あれからずっと身に着けている。普段は袖《そで》に隠れているが、手首を掴まれた拍子に見えてしまったようだ。

「雄大のやつめ……こんな高価なものを貢ぐほど入れ込むとはな。ますます君に興味が湧いてきたよ」

ニヤニヤと笑う顔が、吐き気を催《もよお》すくらい気持ち悪い。

愛菜は全身に鳥肌を立てながら、健一郎の度重なるセクハラ発言をスルーした。しかし、もう一秒たりとも同じ空間にいたくない。

ちょうど健一郎に内線が入ったのを機にソファから立ち上がり、名残《なごり》惜しそうにする彼を尻目に社長室をあとにする。

廊下を急ぎ足で歩きながら、愛菜は怒り心頭《しんとう》に発《はっ》した。

(なんの用事かと思えば、私に浮気相手になれって？　冗談じゃないわよ！)

頭を冷やすためにエレベーターではなく非常階段に向かい、ドアを開けるなり大きく深呼吸をする。

『その日はホステスを口説いてホテルに行ったらしいよ』

『堅物だった雄大が、連日セックス三昧《ざんまい》だ』

健一郎の言った言葉を思い出し、愛菜は歩き出そうとした足を止めて顔を顰《しか》めた。

あれはきっと、社長を油断させるために雄大がついた嘘に決まっている。そうわかっているが、どうしても胸がざわついてしまう。

雄大の事は、心から信じている。

けれど、彼は今海外におり帰国は来週の半ばの予定だ。そのあとも取引先との食事会や企業パーティなどがあるそうで、しばらくゆっくり顔を合わせる暇などないかもしれない。

それだけに、今は健一郎の言った事を伝えてはいけない。そんな下らない事で、多忙な雄大を煩《わずら》わせるのは避けたかった。

(雄大、早く帰ってきて)

愛菜は波立つ気持ちを抑えながら、雄大からもらった時計をギュッと握りしめる。そして、もう一度深く深呼吸すると、ゆっくり非常階段を下り始めるのだった。


年の瀬も押し迫る金曜の夜。愛菜は急遽《きゅうきょ》会社の大手取引先である某化粧品メーカーのレセプションパーティに出席していた。

場所は都心にあるシティホテルで、招待客は千人にも及ぶ。会場はブッフェスタイルで、各テーブルには様々な料理や飲み物が用意されていた。

愛菜がパーティへの出席を打診されたのは、先週末に行われた部内ミーティングが終わったあとだ。

部長の馬場はもともと出席する予定だったが、なぜか急に愛菜も同行する事になった。馬場に事情を聞いたところ、雄大に頼まれたのだという。

『昨日、ニューヨークにいる副社長から内々に連絡があってね。レセプションパーティに賀上さんも連れていくように言われたんだ』

雄大は、三日前にはニューヨーク出張から戻ってきており、今日のパーティにも参加すると聞かされている。

彼は愛菜のために、エレガントなドレスやバッグなどを一式贈ってくれていた。薄い紫色をしたワンピースドレスは愛菜にぴったりで、サイズや雰囲気的にも申し分ない。

顔を合わせる人たちは皆、愛菜の服装のチョイスを褒《ほ》めてくれた。

一緒に選ばなくても、これほど似合うものを選んでくれる雄大を想うと、心が熱くなる。

彼も参加しているのなら、もしかしたら会場で会えるかもしれない。

そう思って、ソワソワと辺りを見回すが、今のところ雄大の姿は見当たらなかった。

（それにしても、緊張するな）

小規模のパーティなら出席した事はあるが、これほど華やかで大規模なものに出席するのははじめてだ。

パーティには新田証券の新コマーシャルに起用された岩原一馬も来ており、ついさっき馬場とともに挨拶《あいさつ》を済ませた。

岩原とはコマーシャルの撮影に入る前に一度顔合わせをする予定だったし、おそらく雄大が気を利かせて愛菜もパーティに出席させてくれたのだろう。

実際に見る岩原は画面を通して見るよりも遥《はる》かにイケメンだった。芸能人だけあって肌のきめ細かさが段違いで、スタイルも抜群だ。話をしてみると、彼と雄大は親同士が親しい事もあって、幼少期からとても仲がいいらしい。

馬場とともに会場内を移動し、ひとしきり挨拶《あいさつ》や名刺交換を済ませて、立食用のテーブルの置かれた場所に辿《たど》り着く。会場は豪華だし集まっている人たちの中には岩原一馬のほかにも、複数の著名人が交じっていた。

「おっ、副社長だ」

馬場がバルコニーのあるほうを見ながら、そう言った。

愛菜がそちらに視線を向けると、手すりの手前にいる雄大が誰かと談笑していた。

(雄大……、今日は一段とかっこいいな)

愛菜は、久しぶりに見る雄大の横顔を見つめ、嬉しさが顔に出ないよう唇をキュッと結んだ。

「さすが副社長だな。これだけ大勢の中にいても、イケメンぶりが際立ってる。正直、岩原一馬より副社長のほうが男前だよな」

華やかなパーティ会場にいるせいか、馬場はいつもより格段に口数が多い。

「そうですね」

愛菜が小声で同意すると、馬場が何かしら思い立ったように、爪先立ってバルコニーのほうを凝視する。

「おや？　副社長と一緒にいるのは、南雲《なぐも》ホールディングスのご令嬢じゃないか？　うん、やはりそうだ。間違いない」

馬場の言葉に目を凝《こ》らすと、雄大の前に女性が立っているのが見えた。少々距離があるし、ここからだと横顔しか見えないが、かなりの美人だ。

「綺麗な方ですね。お知り合いなんですか？」

「先々月、南雲ホールディングス主催のパーティに出席した事があっただろう？　その時に、同行していた社長に紹介してもらったんだ」

南雲ホールディングスは国内外におよそ七百店舗の飲食店を展開する企業であり、新田証券の取引先でもある。馬場によると、社長の健一郎と南雲ホールディングスの社長は同じ大学出身の先輩と後輩で、かなり親しい間柄であるようだ。

「そういえば、ついこの間、社長秘書の小暮《こぐれ》くんに聞いたんだが、うちの副社長と南雲ホールディングスのご令嬢の婚約話が持ち上がっているらしいよ」

「えっ……。それは、本当ですか？」

愛菜が驚きの表情を浮かべると、馬場が雄大のいるほうをチラリと見る。

「ああ、本当だ。副社長はどうか知らないが、社長がやたらと乗り気らしい。まあ、社長としては、二人をくっつける事で、副社長を自分の下に抱き込みたいっていうのもあるんだろうな」

話をしているうちに、雄大が女性とともにバルコニーから出てパーティルームに入ってきた。二人は仲良く並びながら皿に料理を盛り、親しげに話しながらまたバルコニーに戻っていく。

「まあ、南雲ホールディングスのご令嬢以外にも、副社長のところには、あちこちから見合い話が持ち込まれてるって言うしね」

「そうですか」

追い打ちをかけるような事を言われ、愛菜はようやくそれだけ返事をして持っていたバッグを握りしめた。

しばらくすると、馬場の知り合いの社長が近づいてきて、談笑が始まる。

愛菜は、少しの間話に加わっていたが、頃合いを見計らってそこを離れた。

今は、誰とも話したくないし、頭の中がたった今聞かされた事でいっぱいになっている。

所在なく料理が並んでいるテーブルに向かい、シャンパン入りのグラスだけ持ってテーブルに戻ると、馬場が入れ替わりに料理を物色しに向かう。

さすが一流化粧品メーカーのレセプションパーティだけあって、女性は皆、華やかで綺麗な人ばかりだ。

それとなく雄大を探すが、移動してしまったようで、すぐに見つける事ができない。

(雄大にお見合いの話が……？　そんな事、ぜんぜん知らなかったな)

シャンパングラスに口をつけながら、愛菜は視線を床に落とした。

いったいどういう事だろう？

雄大は、その事を承知しているのか。

そうだとしたら、自分との関係は……

いや、自分と結婚の約束をしながら、彼がほかの女性との見合い話を受けるはずがない。

(でも、もし社長が独断で話を進めているとしたら——)

あれこれと考え、モヤモヤした気分でシャンパンを飲んでいると、ふいに背後から声を掛けられて振り返る。

いきなりで驚いたが、そこに立っているのは雄大だ。

「パーティ、楽しんでいるかな？」

「ゆ……ふ、副社長！　お、お疲れさまです」

びっくりして、声が上ずってしまった。ニューヨーク帰りの彼は、激務のせいか少しフェイスラインが細くなったような気がする。

「あの、今日の服を揃えてくださって、ありがとうございました。皆さん、とても褒《ほ》めてくださって……あっ……わわ――」

ドレスを贈ってくれたのは当然個人的な事だし、公《おおやけ》にしていない。それなのに、少々声が大きすぎた。

愛菜は、あわてて口を噤《つぐ》み、辺りを見回した。幸いにも、ちょうど前面のステージで何かのパフォーマンスが始まったのか、誰かに聞き咎《とが》められた様子はない。

周りがステージに気を取られている間に、雄大は愛菜を会場の人気《ひとけ》の少ない場所に誘った。

二人は並んでステージを見るふりをしながら、言葉を交わす。

「説明もなく急にパーティに出席するように言ったから、驚いただろう？」

「かなり驚きました。いったい何事かと思いましたし」

互いにチラチラと視線を交わし、そのたびに熱く見つめ合う。

しかし、いつ誰に見咎《みとが》められるとも限らない。

愛菜は一歩横にずれ、雄大と距離を広げた。ステージから聞こえる音楽に紛れて、彼のため息が聞こえてくる。

愛菜が雄大を見ると、いかにも不満そうな視線とぶつかった。

「ここだと話しにくいな。少しだけでも外に出られないかな？」

「無理ですよ。今だって、あちこちから注目を浴びていますし」

ここに移動して、しばらくの間は誰にも気づかれていなかった。けれど、徐々に雄大を探していたらしい人たちの視線が集まってきている。

その大半が女性であり、話し掛けられるのは時間の問題だ。

「そうか。仕方ないな……。せっかく久しぶりに会えたのに」

がっかりしたような声を出されて、図らずも頬が熱くなった。目が合い、一瞬視線が熱く絡み合う。

「こんなところで、そういう事を言わないでください」

「どうして？　……あれ？　赤くなってるね？　もっと赤くなるように、今すぐに抱きしめてキスをしようか？　今夜はここに部屋を取っているから、あとで落ち合って存分に愛し合おう」

「副社長っ！」

公共の場で何を言い出すのだ――

甘い言葉に胸を熱くしながらも、愛菜は眉間《みけん》に皺《しわ》を寄せて雄大を睨《にら》んだ。

けれど、彼に気にする様子はまったくなく、顔にはいかにも会えて嬉しそうな表情が浮かんでいる。

それを内心で嬉しく思いながらも、さすがにひと言窘《たしな》めようとした。ちょうどその時、背後から人が近づいてきた気配を感じて口を噤《つぐ》む。

「副社長、ここにいたのか。おや、賀上くんも一緒だったんだね」

誰かと思えば、声を掛けてきたのは健一郎だ。新田証券からの参加者は、彼を含めた四人と聞いていたが、どこに隠れていたのやら今の今まで見かけなかった。

「社長、お疲れさまです」

愛菜が挨拶《あいさつ》をすると、健一郎は鷹揚《おうよう》に頷いて微笑みを浮かべた。彼の手には空《から》になったグラスがある。いつもより顔が赤くなっているところを見ると、すでに酔っぱらっている様子だ。

「馬場くん、悪いが飲み物を持ってきてくれないかな？」

健一郎に言われ、彼の給仕役を務めている様子の馬場が愛菜たちのそばを離れた。三人になるなり、健一郎が雄大に向き直ってにこやかな笑みを浮かべた。

「雄大、さっき南雲ホールディングスのお嬢さんと話していたようだが？」

「ええ、お見掛けしたので、ご挨拶《あいさつ》をと思いまして」

「見合いの話だが、進めてもいいんだろう？　あちらは大いに乗り気だし、彼女ほどいろいろと条件のいい女性は、ほかにいないと思うよ」

健一郎が意味ありげな表情を浮かべ、雄大の腕を掌《てのひら》でポンポンと叩いた。そして、愛菜のほうに身体を傾け、耳打ちをするように顔を近づけてくる。

「賀上くん、これで君の役目も終わりだ。報酬については、近々詳しい事を連絡させてもらうから、楽しみに待っているように」

本人は内緒話のつもりのようだが、酔っているせいか声は雄大の耳にも届いていたみたいだ。

雄大の顔に一瞬激しい怒りの色が浮かび、すぐに消えた。

「社長、その件に関しては、すでにお断りしたはずですが」

「そうだが、もう一度よく考えてみてくれ。彼女は世間知らずだし、ちょっとくらい遊んでも気づかないだろう。それに、さっさと子供を作って育児に専念させておけば、あとは好き放題できるぞ」

健一郎の発言を聞いて、愛菜は咄嗟《とっさ》に拳《こぶし》を握りしめた。

雄大の事もそうだが、彼はいったい女性をなんだと思っているのか。

愛菜が込み上げる怒りで黙り込んでいると、タイミングよく馬場が戻ってきた。

「社長、あちらで中村《なかむら》常務が社長を探していらっしゃいましたよ。なんでも、次回のゴルフコンペの件で相談があるとかで――」

健一郎にグラスを手渡しながら、馬場が会場の反対側を掌《てのひら》で示した。その隙に、雄大がさりげなく愛菜に向き直る。

「部屋の鍵、渡しておくよ。あとで行くから、先に行って待っててくれ」

雄大が、空《から》のグラスと一緒に、部屋のカードキーを愛菜に手渡してきた。

彼の指示に従い、愛菜は頃合いを見て会場をあとにし、部屋に向かった。ホテルの南側にあるそこからは、自社ビルのある地域が一望できる。

しばらく経ったのち、雄大が部屋に入ってきた。まっすぐに近づいてきた彼が、立ち止まる事もなく愛菜の唇にキスをする。

そのまま縦抱きにされ、持ち上げられた状態でベッドまで連れていかれた。

仰向けに横たわった状態でドレスの裾《すそ》をたくし上げられ、硬くなった腰のものが恥骨に当たる。

彼がスラックスのベルトを外している間に、愛菜はショーツから片脚を抜いて両手を前に差し出した。

「雄大、来て——」

屹立《きつりつ》の先が蜜窟の入り口に触れると同時に、それが深々と中に入ってくる。

ほしくてたまらなかったものを与えられ、愛菜は悦《よろこ》びの声を上げながら雄大の背中に縋《すが》りついた。

久しぶりの再会や、健一郎に聞かされた嘘まみれの嫌な話。美人の令嬢や、彼女と一緒にいる雄大を見た時に感じた嫉妬心など——

いろいろなものが頭の中でごちゃごちゃになり、愛菜を情欲の淵《ふち》へと追い立てる。性急で待ったなしのセックスは、あっという間に二人を燃え上がらせた。

「あぁっ……雄大っ……、あああんっ！」

ずぶずぶと奥を突かれ、縦横無尽に中を掻き回されて、閉じた目蓋《まぶた》の裏がぱあっと明るくなる。

子宮口が快楽に震え、吐精を促《うなが》すように切っ先に絡みつくのがわかった。チカチカと光る幾千もの星が見え、上《のぼ》り詰めたまま、さらなる絶頂を味わって嬌声《きょうせい》を上げる。

雄大の全身の筋肉が硬く強張《こわば》り、愛菜の中にたくさんの精を放つ。それでもまだ足りなくて、二人は互いの名を呼びながら貪《むさぼ》るようにキスをし、何度となく熱い交わりを繰り返した。

「雄……大……」

掠れた声で名前を呼び、腕の中でぐったりする愛菜を、雄大がそっと横抱きにする。そのまましばらくの間、セックスの余韻に浸《ひた》りながらキスを繰り返した。

愛する人と身体を重ねる行為が、これほど心の安寧をもたらしてくれるなんて――

「疲れただろう？　用意できているから、一緒に風呂に入ろう」

愛菜が頷くと、雄大が微笑みながら唇を合わせてくる。

思い切り愛されたあとにくる甘い気怠《けだる》さに包まれ、愛菜は彼のなすがままにドレスを脱ぎ、同じく服を脱いだ彼とともに、温かな湯船の中に身を沈めた。

広々としたバスタブの縁に背中を預けると、雄大が愛菜を背中から抱き寄せて自分の膝の上に抱え込んだ。

「……気持ちいい……」

首筋にキスを受けながら呟き、うしろを振り返って雄大と唇を合わせた。

背後から掌《てのひら》で乳房を包み込まれ、先端を軽くいじられる。

「あんっ……」

ついさっきへとへとになるまで愛し合ったばかりだが、雄大とのキスは何度してもし足りないほど甘美だ。

愛菜は身体ごとうしろを向き、彼に跨《また》がる格好で向かい合わせになった。

「パーティ、お疲れさまだったね。人目のあるところでのカードキーの受け渡しは、スリリングで楽しかったよ」

雄大が言い、愛菜の眉間《みけん》にチュッとキスをする。

愛菜は少しだけ頬を膨らませ、彼の唇にキスを返した。

「いきなりカードキーを渡してくるとか、私のほうはドキドキだったんだからね。……でも、確かにスリリングだったし、ちょっと楽しかったかも。それに、こうして会えたおかげで胸のモヤモヤが吹き飛んだし」

「胸のモヤモヤ？」

愛菜は先日、社長室で聞かされた健一郎の発言を雄大に話した。すると、彼はたちまち強く憤《いきどお》り、社長の言葉を否定する。

「僕がホステスを口説いて、セックス三昧《ざんまい》？　僕には愛菜がいるのに、そんな事をするはずがないだろう？　社長のやつ、くだらない大嘘も大概にしてもらいたいものだな」

雄大が言い、愛菜の頬に掌《てのひら》を当てる。

「もしかして、心配した？」

半分からかうような、しかし気遣いのある目で見つめられて、愛菜は眉根を寄せて困ったような表情を浮かべた。

「雄大を信じてたし、社長の言葉は嘘だってわかってた。でも、そんな話を聞かされたら、むかっ腹が立ってしまって……。きっと雄大が社長を欺《あざむ》くためにいろいろと言ったんだってわかってたけど、あんまりな言い方をされたから……それで、胸がモヤモヤしていたの」

愛菜は心情を吐露《とろ》するついでに、健一郎からセクハラ発言をされた事も付け加えた。

雄大はそれを聞いて鬼の形相《ぎょうそう》になり、奥歯を噛みしめながら何かしら英語で悪態をつく。

「社長のやつ……。愛菜、こんな事に愛菜を巻き込んでしまって、本当に申し訳ない。会長とも話し合った結果、準備が整い次第、社長を解任する事が決まった。本人にはまだ伝えてないし、一部の役員しか知らない内々の話だけど、すでにその方向で動いている」

「えっ……解任なの？」

愛菜が少なからず驚いてそう訊《たず》ねると、雄大が浅く頷いて険しい表情を浮かべる。

「調査の結果、彼が総務部の田代部長を使って取引先から多額のキックバックを受け取っていた事がわかったんだ。それ以外にも役員用の福利厚生の独占使用や無断使用、特定の社員に対する人事の不当評価などの不正行為を繰り返している事実も判明した」

雄大の話では、そのほかにも細々《こまごま》とした業務上違反を犯しているらしい。

社長ともあろう者が、そんな愚かな行為をしていたとは——

さらに、それらのせいで迷惑を被《こうむ》っている人たちからの不満や疑問などが、数多く上がっているようだ。

「しかし、社員からの意見書の最終チェックをしているのは田代部長だ。つまり、いくら訴えたところで、社長に不都合なものは、すべて握り潰されていたってわけだ。身内として情けない限りだが、社員に顔向けができないような者をこのまま会社のトップに据えておくわけにはいかない」

社員の要望に耳を傾けるべき社長自身が、諸悪の根源だったとは――

愛菜はほとほと呆れ果て、話を聞きながら言葉を失くした。

さすがに、自社の不利益になるような不正までは行っていなかったようだが、雄大に対する企《くわだ》ての事もあり、これ以上健一郎を会社に残しておく事は不可能だという判断が下されたのだ。

しかつめらしい顔をしていた雄大が、話し終えるなり、ふっと表情を緩めた。彼の視線が愛菜の唇の上をさまよい、キスを誘うように顔を近づけてくる。

「今夜はもう、社長の話は終わりだ。愛菜、いろいろと申し訳なかった。お詫びに、今夜は愛菜の言う事はなんでも聞いてあげるよ」

「ほんとに？」

雄大の言葉に、愛菜は即座に食いついて笑顔になった。

久しぶりに二人だけの夜を迎えたのだ。彼とやりたい事、お願いしたい事はたくさんある。

今だけは、すべてを忘れて雄大と愛し合いたい。

愛菜は彼に、にっこりと微笑みかけ、湯の中で繋いできた彼の手をしっかりと握りしめるのだった。


年末年始の休暇を経て、都心のオフィス街は再び活気を取り戻している。

一月も中旬に差し掛かった金曜日の午後、愛菜は智花とともにフードコートでランチを食べながら年末年始をどう過ごしたかを語り合っていた。

彼女も愛菜と同じ、地方出身者だ。二人とも例年どおり年末に帰省し、家族揃って正月を迎えた。久しぶりに会った両親や親戚たちとのひと時は、とても楽しいものだった。しかし、どちらの地元にも未だ昭和の風習が色濃く残っている。

「うちはお正月に一族が本家に集まるのが当たり前なの。来られるほうも大変だと思うけど、独身アラサー彼氏ナシの私も、そりゃあもうあれこれと言われて針の筵《むしろ》だったわよ」

智花が言い、深いため息をつく。彼女には同い年の恋人がいたが、クリスマス前に破局してしまったらしい。

「心中お察しするわ。うちも似たような感じだったもの。みんな遠慮がないから、結婚出産育児に関するひととおりの事は言われたわよ。あ～あ、日本ってどうして年齢にこだわるの？　いっそ、海外に飛び出しちゃおうかな。なぁんて……」

取引先のレセプションパーティに出席した夜、愛菜は雄大と心ゆくまで官能的な夜を過ごした。しかし、その後彼はかねてからの予定どおり海外出張に出かけ、そのまま冬期休暇に入って今に至るまで雄大には会えていない。

メッセージのやり取りはしているが、彼は連日ニューヨーク支社の設立に向けて忙しくしている。極力仕事の邪魔はしたくない。雄大は気にするなと言ってくれるが、メッセージを送る時は、できるだけ簡潔なものを心掛けている。

「うちの会社、ロンドンに支社があるし、近々ニューヨークにも進出するから、どっちかに転勤願い出すっていう手もありじゃない？」

愛菜に出会いがあって交際をしている事を知っている智花だが、相手が誰であるかは今も明かしていない。

進展は大いにあるのだが、いろいろあって詳細を話すわけにもいかなかった。そのせいか、智花は愛菜の恋愛が停滞していると判断した様子だ。

「そうだ、ニューヨークと言えば、副社長がそこの支社長を兼任する話が出てるみたいね」

「え……そうなの？」

愛菜が驚くと、智花が辺りをチラリと見回して声を潜めた。

「まだ決まったわけじゃないみたいだけど、デキる人だからそれくらいさらりとこなしちゃうかもね。オマケに、ぼちぼち結婚するんじゃないかって。まあ、あれだけハイスペックのイケメンなら、花嫁候補はいくらでもいるでしょうけど」

「そ……そうだね」

雄大は年明けに帰国したものの、以後は新田グループの本社にいる事が多くなり、智花によるとほとんど執務室にはいない状態であるらしい。

双方の結婚の意思を確認したのち、雄大は幸三にその事を報告し、愛菜も実家の両親に結婚を約束した恋人ができた事を報告した。

両親は、相手がどんな人物か知りたがったが、話すなら顔を合わせてのほうが望ましい。

とりあえず、誠実で結婚相手としては申し分ない人だと断言したら、両親をはじめ近所に住む親戚たちは大喜びで、今にも家族総出で上京してきそうな勢いだった。

幸三も大いに喜んでくれたし、ニューヨーク支社と健一郎の件が落ち着いたら、さっそく結婚の準備に取り掛かろうと言ってくれている。

「愛菜、どうしたの？　さっきからぼーっとして」

智花に言われて、自分がパスタを絡めたフォークを持ったまま固まっている事に気づいた。

「もしかして、副社長の事が個人的に気になってるんじゃないの？　そういえば、前にここでランチしてる時、副社長とアイコンタクト取ってたよね」

「アイコンタクトって……。あの時は、たまたま目が合っただけよ」

「ふぅん？　なんだかやけにムキになってない？」

目をじっと見つめられたまま軽く詰め寄られて、愛菜はタジタジとなって頬を引きつらせた。

「そ、そんな事ないわよ」

智花は同僚であり、大切な親友だ。彼女にだけは真実を話してしまいたいが、今はまだ打ち明けるわけにはいかなかった。

黙り込む愛菜を見て、智花が小首を傾げながらふっと笑う。そして、愛菜の肩をポンと叩いて、グラグラと揺すってくる。

「じゃあ、そういう事にしておいてあげるか。あ～あ、それにしても彼氏ほしい～。どっかから降ってこないかな、イケメンの恋人候補」

智花が悲痛な声を上げ、天に向かってお願いのポーズを取る。

神頼みで願いが叶い、問題が解決するなら、いくらでもそうしたい気分だ。

(社長からなんの音沙汰《おとさた》もないけど、何かしらの進展はあったのかな……)

雄大同様、健一郎ともレセプションパーティ以降、顔を合わせていない。彼もまたニューヨーク支社設立の件もあって忙しくしている様子だ。

どうであれ、このまま健一郎がなんのアクションも起こさないとは到底思えない。

そんなふうに思いながらランチを食べ終え、智花とともに会社に戻り、自席に着く。すると、それを待っていたかのようなタイミングで健一郎から内線がかかってきた。

『急な話で悪いが、今日の夜七時にかぐらホテルの十八階にあるプレミアムラウンジに来てくれないかな。約束どおり、申し分のない相手を紹介させてもらうよ』

いきなりそんな事を言われ、愛菜は驚きつつ彼の申し出を即座に辞退した。しかし、健一郎は愛菜の都合など意に介さず、時刻と場所を繰り返すばかりだ。

『いいね、必ず来るように。雄大とまではいかないが、ちゃんと君が満足するような人物を用意したから、とりあえず会ってみてくれ。じゃあ、そういう事でよろしく』

「社長、待ってください――」

愛菜は食い下がろうとしたが、健一郎は言いたい事を言い終えるなり内線を切ってしまった。

すぐに折り返し内線をかけたけれど、内線を受けた社長秘書から、たった今直帰予定で外出したと言われてしまう。

健一郎から依頼を受けたのは、真面目に婚活をして、まったく成果が上がらなかった時の事だ。

突拍子もない話だとは思ったけれど、これも出会いのひとつだと前向きに受け止め、それが思いがけず運命の人との出会いになった。

もはや婚活をする必要などないし、お見合いをする気もない。それに、健一郎がどんな人間か知ってしまった今、彼が紹介する人になど会いたくなかった。

「今夜　かぐらホテル　18Fプレミアムラウンジ　PM7」

メモに書いた字を目で追い、愛菜は小さくため息をつく。すると、たまたま愛菜の背後のキャビネットの近くにいた様子の馬場が、心配顔で近づいてきた。

「賀上さん、どうかした？」

訊《たず》ねられたが、詳細を明かすわけにはいかない。しかし、馬場は常日頃から上司として愛菜を正しく導いてくれているし、健一郎と結託するような人ではないのだけは確かだ。

「実は、社長から面倒な案件を個人的に指示されてしまって……。指定された時間に、ここへ来るように言われたんですけど」

愛菜が馬場にメモ書きを見せると、彼は即座に難しい顔をして、うーんと唸《うな》った。

「社長とはいえ、業務以外の仕事を強要する事はできないと思うよ。こういう時は自分一人でどうにかするべきじゃない。他にその案件に関係している上役はいる？　その人に相談してみたらどうだろう？」

そう言われて、真っ先に雄大の顔が思い浮かぶ。

確かに、健一郎相手に安易な行動を取るのは得策ではないし、馬場の言うとおりまずは相談して雄大の考えを聞く事にする。

愛菜は、それからすぐに仕事で外出中の雄大に、詳細を書いたメッセージを送信した。

すると、間もなく彼からぜったいに行ってはいけないと書かれた返信がきた。

きっと、忙しい仕事の合間に取り急ぎ送信してくれたのだと思う。それを申し訳なく思うと同時に、改めて健一郎の誘いに乗るべきではないと判断する。

(今回の件を引き受けた時の交換条件みたいなものだったけど、私にはもう雄大がいるんだもの)

愛菜は健一郎の個人的な番号に連絡を入れ、流れてきた留守番電話のメッセージに従って、彼に断りの伝言を残した。

健一郎がこの伝言をいつ聞くかわからないが、こちらの意思は変わらない。

その後は今日中にやるべき仕事に没頭し、終業時刻を迎えた。あのあと、健一郎からは何も言ってきていないが、今日は早々に退社してしまおう――

そう思って帰り支度をしていると、受付から愛菜に来客があると連絡が入った。

預かったという名刺によると、訪ねてきたのは山内《やまうち》という弁護士であるらしい。

(弁護士の山内さん？　まるで覚えがないけど……？)

仕事の関係で、何度か会社の顧問弁護士と話した事はある。けれど、山内という弁護士は外部の人のようだし、記憶を辿《たど》ってもまったく思い当たる節がない。

首を傾げながら急いで帰り支度を済ませ、受付に向かう。連絡をくれた受付の女性に声を掛けると、山内はフロアの向こうに置かれたベンチ型のソファに腰掛けていると教えられた。

「一番入り口に近いソファにお掛けの方が、そうです」

示されたほうを見ると、ダークグレーのスーツを着た細身の男性が座っている。

預かったという名刺を受け取り、教えられたソファに歩み寄ると、男性が愛菜に視線を向けてにこやかに立ち上がった。顔立ちは整っているが、どことなく冷たい感じがする。

「賀上愛菜さんですね？　はじめまして。山内です」

「はじめまして、賀上です」

挨拶《あいさつ》を交わし彼に名刺を渡したあと、彼に勧められてソファに腰を下ろす。

「あの、御用件は――」

「あれ？　御社の社長から、今日の待ち合わせの件は聞いていらっしゃいますよね？」

「え……待ち合わせ……というと、もしかして山内さんが、今夜かぐらホテルでお会いする事になっていた方ですか？」

「ええ、そうです。昼間、社長から連絡をいただきまして、急遽《きゅうきょ》時間と場所が変更になったと伺ったので、こうしてここでお待ちしていたんです」

健一郎から、そんな話は聞いていない。それに、もう男性を紹介してもらう必要はない旨をはっきりと伝えていた。

それなのに、どうして時間と場所を変更してまで自分と山内を会わせようとしたのか。

しかも、こんなふうに顔を合わせざるを得ない方法を使ってまで。

漠然とした不安を感じて、愛菜は表情を強張《こわば》らせた。

「すみません、社長からどんなふうにお話をお聞きになっているかわかりかねますが――」

どうにか不本意な顔合わせを終わらせようとした矢先、ふいに山内がソファから立ち上がった。

「新田社長」

山内が愛菜の背後に向かって呼びかけ、にこやかに会釈《えしゃく》する。

まさかと思いながらうしろを振り返ると、健一郎が二人のいるほうに近づいてくるところだった。

「社長……」

「やあ、山内くん。賀上くんも。さあ、ここでは話しづらいだろうから、場所を変えようか。エントランスの前にタクシーを待機させているから、とりあえず移動しよう」

健一郎にせっつかれ、愛菜はソファから立ち上がった。

「あの、社長。留守番電話の伝言は聞いていただけたでしょうか？」

歩き出した健一郎が、愛菜を振り返ってにこやかに笑った。

「ああ、聞いたよ。君も遠慮深い人だね。大丈夫、山内くんはとても優秀な弁護士だ。君もきっと気に入るだろうし、まずは話だけでもしてみるといい。それに、今日彼と顔を合わせたのは、仕事の一環でもあるんだ」

「仕事の一環というのは？」

「あれだよ。ほら、岩原一馬との契約に関する細かな取り決めについてだ」

岩原一馬との契約はすでに締結済みだし、コマーシャル撮影も終わっている。

それに、契約に関する事は新田証券の顧問弁護士がすべてを取り仕切っており、部外者の山内が出る幕などないはずだ。

愛菜がそう指摘すると、健一郎が彼と並んで歩いている山内に視線を向けた。

「確かにそうですが、岩原一馬氏の所属事務所から僕宛に直接連絡が入りまして、契約を短期から長期に切り替えてほしいとの申し出があって――」

岩原一馬が出演する「新田証券」のコマーシャルは、現在はまだテレビ放映されておらず、同社の公式サイトでのみショートバージョンが公開されている。

それが思いのほか好評で、すでに感想や問い合わせが来ていると聞いている。

山内曰《いわ》く、所属事務所も当然それを把握しており、本人の希望もあって長期契約の話が持ち上がっているのだという。

「岩原一馬の事務所とは、何度か仕事をさせてもらっているんですよ。聞いていませんでしたか?」

「ええ、まったく」

「詳しい話はあとにして、とりあえず行こう。せっかくの顔合わせだから、食事の席を用意しているんだ」

愛菜が怪しんでいる事に気づいたのか、健一郎が背後から近づいてきて急《せ》き立てるようにビルの入り口に向かって歩を進めた。

「食事って……社長、どこに場所を変えるおつもりですか?」

「当初の待ち合わせの場所だった、かぐらホテルだよ。さあ賀上くん、先に乗りたまえ。私はとても空腹なんだ」

ものすごく気が進まないが、食事をするのなら周りに人がいるだろうし、いざとなったら逃げればいい。それに、疑わしくはあるけれど、コマーシャルの担当責任者としては、今の話の詳細を聞いておく必要がある。

渋々ながら待っていたタクシーの後部座席に乗り込み、できる限り窓際に腰を据える。山内が助手席に座り、愛菜の隣には健一郎が座った。

かぐらホテルは、タクシーなら会社から十分とかからない。道中は助手席に座った山内と健一郎が会話し、愛菜は聞き役に徹した。

ほどなくしてタクシーがホテルの前に到着し、愛菜は先に降りた健一郎に続いてエントランスを通り抜ける。すぐにやってきた案内係の男性に誘導され、遅れてやってきた山内とともに、食事が用意されているという部屋に向かう。

「今日は特別に、スイートルームを用意させてもらったよ。そこなら、食事をしながら、仕事やプライベートについてゆっくり話せるだろうからね」

「スイートルームですか？」

ホテルによっては、特別な会議プランとしてスイートルームを利用できるところがある。

愛菜も一度、馬場に頼まれてセッティングした事があった。しかし、この場合、どう考えてもおかしい。てっきりレストランに行くのかと思っていたのに、部屋に行くとなると逃げ場がない。

「あの、部屋に行く前に友人に連絡を入れさせてください。実は今日、一緒に買い物に行く予定になっていて――」

「ああ、そう。手短に頼むよ」

健一郎の許可を得て、愛菜は二人の前でスマートフォンを取り出して画面をタップした。

（雄大……お願い、出て！）

気取られないよう注意しながら、愛菜は雄大の番号に電話をかけた。忙しい彼に電話をするなんて、気が引ける。けれど、今は緊急を要するし、とにかく彼に連絡を取りたかった。

しかし、コールはするが応答はなく、愛菜は通話を諦めて雄大宛にメッセージを送る事にする。

「まだかね」

「はい、もう終わります」

急《せ》かされて、手短に今の状況と場所を書いたメッセージを送信する。

スマートフォンをしまうと、追い立てられるようにしてホテル上階に向かわされ、用意されたスイートルームに入る。

健一郎たちと部屋の中央に置かれたソファに腰掛けると、すぐにやってきた給仕係が窓際のテーブルにディナーを運んできた。窓は広く、見えている風景は煌《きら》びやかだ。

かつて雄大とスイートルームで夜を過ごした時の事を思い出しそうになり、あわてて浮かんできた記憶を押し留める。

雄大との大切な記憶を、こんなところで呼び覚ましたくない。

給仕係の声掛けをきっかけに、愛菜は健一郎たちとともにディナーが用意されているテーブルに移った。

料理は一度にすべて並べられる形式のようで、テーブルには所狭しと皿が並べられている。

「とりあえず、いただこうか。さあ、遠慮なく食べて、大いに飲んでくれ」

健一郎に促《うなが》され、気が進まないながらも食前酒のワインに口をつける。

仕事の話が目的だからアルコールを摂取するのは好ましくないし、そもそも今のメンバーで飲酒などごめんだった。

ワインで唇を濡らす程度の愛菜に対して、健一郎は一杯目のワインをすぐに飲み干し、黒毛和牛を使ったメイン料理に舌鼓《したつづみ》を打っている。山内も健一郎と同様に、やけに機嫌がよさそうだ。

一方の愛菜は、食べてはいるが味わう気分にはならず、二人の会話に最低限の返事をしながら、黙々と皿を空《あ》けていった。

食べ終えてからにするつもりなのか、愛菜が水を向けても健一郎は一向に仕事の話をしようとしない。質問してもかわされるし、ますますおかしいと感じる。

「ちょっと、お手洗いに――」

愛菜がそう言って席を立つと、健一郎が眉根を寄せて不機嫌そうな表情を浮かべた。

相手は男性だし、二対一では、どう考えても愛菜が不利だ。

今すぐに駆け出したい気持ちを抑え、愛菜はバッグから化粧ポーチを取り出し、にっこりと笑みを浮かべた。

「すぐに戻りますから」

微笑みが功を奏したのか、健一郎が表情を緩めながら頷く。

愛菜は急ぎバスルームに向かい、ジャケットの内ポケットに入れておいたスマートフォンをチェックした。

画面を見ると、雄大から返信が届いている。彼は愛菜のメッセージに対して、『すぐに向かう』と返事をしてくれていた。ただ、彼が到着するまで、あと二十分程度かかりそうだ。

それまで、どうにか無難に過ごそうと決めると、愛菜は何食わぬ顔で部屋に戻り、再びディナーの席に着いた。

ほどなくしてディナーが終わり、健一郎に促《うなが》されて部屋の真ん中に置かれたラウンド型のソファに腰掛ける。わざと距離を置いて座ったのに、健一郎がわざわざ一度腰を下ろした場所を離れ、愛菜の右隣にどっかりと腰を据えた。

彼に命じられた山内が部屋の隅にあるバーカウンターに向かい、ワインボトルと三人分のグラスを持って帰ってくる。

愛菜はあえて腰を上げ、山内からグラスを受け取ってテーブルに並べた。

健一郎から離れる事はできたが、背中に彼の視線を感じる。

激しい嫌悪感を抱きながらも、愛菜は山内から栓《せん》を開けたワインボトルを受け取って、それぞれのグラスに注《つ》ぎ始めた。

「じゃあ、改めて乾杯しようか。おや、賀上くんのグラスには、ワインが少ししか入っていないね」

「ええ……私は、さほどお酒に強くないので。あまり飲むと、社長にご迷惑をかける事になってしまいます」

「そうか。賀上くんは、そういうところはきちんとしているんだね。実に好ましいし、ますます君が気に入ったよ」

「恐れ入ります」

雄大が来るまで、あと少し。

愛菜は警戒心がマックスになるのを隠しつつ、顔に笑顔を張り付けて形だけグラスに口をつけた。

「今日はとても気分がいい。仕事の話は明日にして、今夜は三人でゆっくり楽しもうじゃないか」

健一郎がニヤつきながらネクタイを緩め、愛菜の顔をじっとりと見つめてくる。

彼の言葉を聞くやいなや、愛菜は表情を硬くした。

今いる場所から部屋の入り口までの距離を測り、いつでも逃げ出せるように身構える。

「それは、どういう意味でしょうか？」

「そのままの意味だよ。この部屋は宿泊で予約してあるし、時間なんか気にする必要はない。君もそうとわかってここに来たんだろう？」

ソファに腰掛けた山内が、かしこまっていた姿勢を崩し、健一郎と顔を見合わせた。二人はともに下卑《げび》た笑みを浮かべると、揃っていやらしい視線を愛菜に投げかけてくる。

「ここからは、ビッチな賀上くんの得意分野だろう？」

健一郎が言い、喉を鳴らしてワインを飲む。

彼の目つきは、もはやただのエロ親父だ。

やはり、ここに来た目的は仕事の話なんかじゃなかった。

愛菜は即座にグラスをテーブルに置くと、危機感もあらわに一歩後ずさった。

「私はそんなつもりでここへ来たのではありません！　失礼な事を言わないでください！」

愛菜は、踵《きびす》を返して部屋の入り口に向かおうとした。すると、山内が思いのほかすばやく腰を上げ、愛菜の腕を強く掴んでくる。

「賀上さん、あなたについては社長からいろいろと聞いていますよ。僕もあなたと同じで、不特定多数の人と関係を持つのをライフワークにしているんです。今日は思う存分、楽しみましょうよ。社長と僕と賀上さんで……」

愛菜は愕然《がくぜん》となって山内の手を振り払おうとした。けれど、思っていた以上に山内の力が強く、身を捩《よじ》るだけに終わる。

それを見た健一郎が、おもむろに立ち上がって愛菜のすぐ近くまでやってきた。

「副社長を落としたと聞いた時から、賀上くんとは一戦交えたいと思っていたんだ。ビッチな君の事だから、さぞかし淫乱で濃厚なセックスを楽しませてくれる事だろうね」

猫なで声で囁《ささや》かれて、途端に気持ち悪さで全身が総毛立つ。

「放してください！」

愛菜は精一杯身を捩《よじ》り、大声を上げた。しかし、山内は力を緩めないばかりか、掴んだ愛菜の腕を引き寄せて掌《てのひら》を自分の太ももに誘導してくる。

「山内くん、私は先にシャワーを浴びてくるよ。その間に、準備を整えておいてくれるかな？」

健一郎が言い、いやらしい手つきをしながら愛菜を見る。彼がバスルームに消えると、山内が鼻息も荒く愛菜に顔を擦り寄せてきた。

「賀上さん、安心してください。僕は、とても優しい男です。社長が一緒なのが嫌なら、上手く言って二人きりになりましょうか？　僕もそのほうがいいし、賀上さんも思う存分乱れられますよね？」

山内が囁《ささや》き、掴んだ愛菜の掌《てのひら》を自分の股間に移動させようとする。

愛菜は渾身《こんしん》の力を出して山内の手を振り払い、どうにか彼の拘束から逃れた。

「馬鹿言わないで！」

愛菜は叫び、前のめりになりながら数歩先にある部屋の出入り口に向かった。ドアノブに手をかけ、体当たりする勢いでドアの外に出ようとする。けれど、近づいてきていた山内にうしろから抱きつかれ、またしても身動きが取れなくなった。

「どうした？」

騒ぎを聞きつけた健一郎が、腰にバスタオルを巻いた格好で部屋に戻ってきた。彼に両足首を掴まれ、持ち上げられる格好で部屋に連れ戻される。

そのままベッドルームまで連れていかれそうになり、愛菜はがむしゃらに手足を動かして暴れた。

その拍子に二人の手が離れ、尻からドスンと床に落ちる。

なりふり構わず逃げようと床から立ち上がるも、山内に上から押さえつけられてしまった。

「やめて！　何をするの！」

「何をって、セックスに決まってるでしょ。賀上さん、もしかして本気で逃げようとしてます？　だって、男を紹介しろと願ったのはそっちでしょ？　僕はそう遠くない未来、新田グループ株式会社の顧問弁護士になる予定だし、あなたとはいろいろな意味でいい夫婦になれると思いますよ」

山内が、そう言いながらスーツの内ポケットから何かしらを取り出す。パチパチと音を立てるそれを愛菜の目の前に掲げながら、彼がクスクスと忍び笑いをする。

「これは、小型のスタンガンです。小さいですが、結構な威力があるんですよ。僕も手荒な事はしたくありませんし、どうせなら楽しく乱れまくりましょう——うわぁっ！」

ふいに山内が愛菜の上から消え、どこかに激しくぶつかる音が聞こえてきた。それに続き、健一郎のものと思しき声が何かしら叫び、バタバタという足音が床に響く。複数の言い争う声がするが、恐怖のせいかまったく聞き取れない。

スタンガンを当てられたわけではないが、全身が痺《しび》れたように震えていた。

とにかく、ここから逃げなければ。

愛菜は床を這《は》いつくばるようにして、部屋の出入り口に行こうとした。すると、いきなり上体を抱き起こされる。

「愛菜！　大丈夫か？」

名前を呼ぶ声にハッとして、目の前にある顔に焦点を合わせた。

「……ゆ、雄大……」

「ああ、僕だ。遅くなってごめん。もう大丈夫だ」

彼の到着にホッとして、愛菜はようやく強張《こわば》っていた表情を緩めた。

しかし、その途端、雄大が「うっ」と呻《うめ》き、愛菜を抱き寄せたまま身体を硬直させた。

「雄大⁉」

僅《わず》かに痙攣《けいれん》している彼の様子は、明らかに尋常ではない。

青くなって雄大に呼びかけるも、彼は苦しそうに顔を歪《ゆが》めたままだ。

その直後、バタバタと足音が聞こえ、部屋に複数の人が入ってきた。

顔を上げると、ホテルの従業員らしき人の中に馬場が混じっているのが見えた。

「救急車！　早く！　それと、こいつを逃がさないように縛り上げて！」

馬場が叫び、倒れている山内の身体を押さえつける。

そんな喧騒《けんそう》の中、愛菜は引き続き雄大を支え、彼に向かって必死に呼びかけた。

「雄大！　雄大っ……！」

視界の隅に部屋から逃げ出す健一郎の姿が映ったが、今はそれどころではない。

繰り返し呼びかけるうちに、ぐったりとして意識を失っているように見えた雄大が、微かに唇を動かして何か言おうとする。けれど、声にならないまま力尽き、そのまま動かなくなった。

呼吸はしているが、呼びかけに反応がない。

万が一にも、雄大を失うわけにはいかない。

愛菜は声を限りに叫びながら、雄大の名前を呼び続けた。

あのあとすぐ、愛菜は彼に付き添って救急車に乗り込み収容先の病院に向かった。

（お願いだから、目を開けて）

搬送中、愛菜は心の中で雄大に呼びかけ続け、溢れそうになる涙を懸命に堪《こら》えた。

雄大が無事なら何もいらない——

愛菜の必死の祈りが届いたのか、雄大は病院に運び込まれて間もなくして意識を取り戻した。

その後、翌日にかけていくつかの検査を経て下された診断は、電気ショックによる意識障害。

愛菜の証言と首筋に残る火傷《やけど》から推測されたのは、おそらくスタンガンを首に押し付けられたのが原因であるらしい。

幸いにも、検査の結果雄大の身体には特別な異常はなく、後遺症の心配もないそうだ。しかし、大事をとって退院は日曜日の午前中になり、既往歴があるため、今後半年は経過観察を続けるよう言われた。

退院は予定どおり行われ、愛菜はすべての手続きを終えて彼とともにタクシーに乗って雄大の自宅に向かった。

「寒かったよね、疲れてない？　とりあえず、横になったほうがいいんじゃないの？」

到着後はすぐに家の中に入り、リビングルームのソファに座ってもらう。

愛菜は雄大の隣に腰掛け、顔を覗き込んで彼の様子を窺った。

「あ、その前に何か飲む？　飲むなら、あったかい飲み物のほうがいいよね」

急ぎキッチンに向かおうとすると、雄大が愛菜の手を掴んで引き留めてきた。

「飲み物はあとでいいから、愛菜も座って」

雄大に言われて、愛菜は彼の隣に腰を下ろした。

愛菜の肩に手を置くと、雄大が目の高さを合わせて顔をまじまじと見つめてくる。

「……何？　そんなにじっと見つめて……」

無言のまま瞬《まばた》きもせずにじっと見られて、さすがにもじもじとした気分になる。

愛菜が困った顔をすると、雄大がふっと声を漏らして笑い声を上げた。

「ホテルでは、びっくりさせてしまったね。だけど、もうピンピンしてるし、何も心配はいらない。それと、病院にいる間、ずっとそばにいてくれてありがとう」

背中を優しく抱き寄せられ、そっと唇を重ねられる。

きっと、意識しないいままずっと気を張り続けていたのだろう。雄大の腕に包み込まれるなり心の緊張が解け、意図せずして涙が溢れ出した。

「お礼なんて……。雄大は私のせいで、こんな目に遭ったのよ。私が軽率な行動を取ったばっかりに……本当に、ごめんなさい。私、雄大に何かあったらどうしようって……」

言いながら、いろいろな感情が溢れ出し、涙が止まらなくなる。

愛菜は彼の腰に手を回すと、わんわんと声を上げて泣いてしまった。

背中を擦ってくれる雄大の掌《てのひら》が、とても温かい。

彼が生きてここにいてくれるだけで、嬉しさが込み上げてくる。ひとしきり涙で頬を濡らしたあと、ようやく雄大のTシャツの胸元がぐしょぐしょに濡れている事に気づいた。

「ごめん……シャツ、濡らしちゃった」

「ぜんぜん構わないよ」

ティッシュペーパーを箱ごと渡され、涙を拭いて洟《はな》をかむ。

落ち着いたところでキッチンに向かい、雄大のリクエストに応えてコーヒーを淹《い》れた。リビングに戻り、ソファ前のテーブルに二人分のマグカップを置いて再び彼の隣に腰を下ろす。

「熱いから気をつけて」

「うん、ありがとう」

ふうふうと息を吹きかけながら、二人してコーヒーを飲む。

それだけで心がホッとして、愛菜は雄大にそっと寄り添いながら小さく深呼吸をする。

「いいかい、愛菜。今回の事は決して愛菜のせいじゃないし、悪いのは社長と山内だ。それに、謝るのは僕のほうだ。あの日、愛菜から連絡をもらってすぐに対策を講じるべきだったし、もっと早く駆けつけるべきだった」

雄大が愛菜を見て、心底申し訳なさそうな顔をする。

「私、雄大が来てくれたから、こうして無事でいられるのよ。だから、謝ったりしないで」

雄大が頷き、どちらともなく唇を寄せ合ってキスをする。

あの日、馬場の要請を受けてホテルの客室係がすぐに救急車を呼んでくれた。

その混乱に紛れて姿を消していた健一郎だが、当然の事ながら逃げおおせるはずがない。

事件後、すぐに駆けつけた幸三は、事のあらましを聞いて激怒し、行方《ゆくえ》をくらました健一郎を見つけるべく即座に猛追を仕掛けた。

結局、次の日には捕らえられ、あの場で拘束された山内とともに警察で事情聴取を受けている。

取り調べの結果、雄大を襲った時に使われたのは改造された小型スタンガンであり、使い方によっては人の命を奪いかねない強力なものだった事がわかった。

「本当に危なかった……。馬場部長には、今度きちんとお礼を言わないといけないな」

「そうね。馬場部長には感謝しかないわ」

危機一髪、愛菜をピンチから救い出してくれた雄大だったが、それを可能にしたのは馬場からの連絡のおかげでもあった。

彼は愛菜が健一郎からの依頼に頭を悩ませているのを見て助言してくれたが、その後も動向を気にしてくれていたらしい。

仕事で外出したのちはそのまま帰宅予定だったものの、部署に連絡を入れた際に終業後の愛菜に来客があった事を知り、急遽《きゅうきょ》帰社。その後、部署に残っていた雑賀と、来客を取り次いだ受付の女性から話を聞き、愛菜に危険が及ぶ可能性が高いと判断して雄大に連絡を入れてくれたらしい。

そのため、雄大は愛菜からのメッセージをもらう前には、いち早く都内に戻るべく仕事先をあとにしていたようだ。

今回、雄大に聞いてはじめて知ったのだが、馬場は昔、幸三直属の部下だった事もあり、秘密裏にではあるが、当時から今に至るまで事あるごとに会長の手足になって動いていたのだという。

「そうなんだ……。馬場部長って、すごい人だったのね」

「飄々《ひょうひょう》として見えるけど、それが持ち味であり、武器だからね」

愛菜は深く納得して、馬場に対して新たに感謝の念を抱《いだ》いた。

「社長の解任の件は、どうなったの？　もうあちこちで噂になっているみたいだけど」

「週明けに正式な発表をする予定だ。解任後は、もう二度と新田グループと関わる事はないだろうな。そうでなければ社員に対して示しがつかないし、親族だからといって、温情はかけられない」

健一郎の処遇は未定だが、今後の話し合い如何《いかん》では、かなり厳しい決定が下される可能性が高いらしい。

「山内は実刑を受ける事になるだろうし、社長も会社からいなくなる。もう決して愛菜を危険な目に遭わせたりしないし、僕が一生をかけて愛菜を守るよ」

雄大が言い、ゆっくりとソファから下りて愛菜の前に片膝を立てて腰を下ろす。そして、愛菜に手を差し伸べ、左手を出すよう促《うなが》してくる。

「雄大……？」

愛菜が小首を傾げながら彼の掌《てのひら》の上に左手を載せると、雄大がその指先に恭《うやうや》しく唇を寄せた。

「頼んでいた婚約指輪が、事件のあった日に出来上がってきたんだ」

どこに隠し持っていたのか、雄大がリングケースを取り出して、ゆっくりと蓋《ふた》を開ける。

中に入っていたのは、愛菜が最初のプロポーズを受けてからすぐに依頼したオーダーメイドの婚約指輪だ。

制作してくれたのは、イギリス在住のジュエリーデザイナーで、雄大が留学してすぐにできた親しい友人の一人でもあるらしい。世界各国にコネがあるという彼は、事前に愛菜と話し合った雄大の要望により、二人のために最高の石を用意して素晴らしい指輪を作ってくれた。

「もうプロポーズは済ませたけど、改めて言わせてくれ。愛菜、僕と結婚してくれるかい？」

「もちろんよ、雄大。――私からも言わせて。雄大、私と結婚してくれる？」

「当然だろう？」

指輪が愛菜の指にはめられ、それからすぐに唇を寄せ合ってキスをする。

一度目のプロポーズは、ただただ感動して喜びに打ち震えた。

そして、二度目のプロポーズでは、改めて互いの心がひとつになったような、強固な愛情を再確認した。

雄大が愛菜の頬を両手で包み込み、上目遣いで見つめてくる。

愛菜は喜びで顔をくしゃくしゃにして、彼の顔を見つめ返した。

「今の愛菜の顔を、僕は一生忘れない。この世の中で一番愛おしい顔だよ」

背伸びをした雄大が、愛菜の額から頬にかけてキスを落としていく。

「その言葉、ずっと忘れないで覚えておくからね――」

雄大のキスが唇に下りてくる。

愛菜は幸せで胸をいっぱいにしながら、心を込めて雄大にキスを返すのだった。

それからのひと月。二人とも公私にわたり大忙しの毎日だった。

健一郎は「新田証券」の社長を解任され、グループ会社とはまったく関係のない地方企業の嘱託《しょくたく》社員となる事が決まったようだ。

「これでも、かなり温情をかけた処分だよ。だけど、有期契約だから、そこで力を発揮できなければ、あっさり切られて終わりだろうな」

解任と言えば幾分聞こえはいいが、要はクビになったという事だ。

健一郎の腰巾着《こしぎんちゃく》たちは色を失くし、田代は不正行為の実行犯である事が明らかになって懲戒解雇された。

山内は数々の悪行が問題となり、弁護士資格を剥奪《はくだつ》される事が決まったと聞いている。

それぞれに、今後は厳しい人生を歩む事になるだろう。

そんな中、雄大は「新田証券」の新社長に就任した。

突然の健一郎の解任は、一時経済界で話題になったものの、人々の関心はすぐに将来有望な雄大へと移っていった。

社内もしばらくは落ち着かなかったが、新社長の統制のもと、徐々に落ち着きを取り戻している。

若年ではあるが、雄大は幸三のあとを継いで将来的にグループ会社のトップに立つ男だ。

それを印象付けるように、彼は自らマスコミの対応にあたり、一連の騒動を最小限の被害で収めた。

社長になった雄大は、これまで以上に忙しそうだ。

そんな中でも、彼は愛菜への連絡を絶やさず、気遣いある愛情を常に示してくれている。

今の雄大は、かつて女性に不慣れだったのが信じられないくらいスマートで恋愛上手な紳士だ。

まさに完全無欠だし、ますます魅力に磨きがかかっている。そんな彼のパートナーである以上、自分ももっと成長して多忙な彼を支えられるようにならねばならない。

そのために、どんな努力をすればいいか――

愛菜は彼との未来を思い描く傍《かたわ》ら、自分自身の行くべき道を模索し始めるのだった。


春になり、新年度になると同時に、新田証券のホームページがリニューアルされた。

全国区で流れるコマーシャルも新作に変わり、予想以上の好評を博している。

『激動の時代に、信じられるのは自分自身だ』

今期から新田証券の顔になった俳優の岩原一馬は、大人気の舞台の主演をこなす中、快《こころよ》く撮影に応じてくれた。彼の人気ぶりは相変わらずで、主演する春ドラマも始まったところだ。

「岩原一馬の起用は、大正解だったね。さすが、賀上主任。目の付けどころが違うねぇ」

「ふふっ、ありがとうございます。それもこれも、部長が導いてくださったおかげです」

四月一日付で、愛菜は主任に昇格した。

雄大から二度目のプロポーズを受けてから早三カ月経つが、表向きは特別変わった事はない。

二人の結婚についてもまだ公《おおやけ》の発表はしていないし、社内で知っているのは、一部の役員をはじめとするほんの一握りの人たちのみだ。

そんな中、一番驚きをあらわにしたのは智花だった。

彼女は愛菜と同時期に人事部の主任に昇進し、それを機に、愛菜は智花に雄大との事を打ち明けた。

「やっぱり〜！　ぜったい何かあると思ってたのよ。愛菜の事だから、時がくればちゃんと話してくれるだろうと思って、ずっと待ってたんだから。よかったね、愛菜〜！」

二人を心から祝福してくれた智花にも、新しい出会いがあったようだ。相手は仕事がきっかけで親しくなったという経理部の男性課長で、順調に仲を深めているらしい。

愛菜自身はといえば、雄大との結婚式に向けて準備中だ。

しかしながら、社長になって一段と忙しくなった彼と顔を合わせる時間は、前よりもかなり減っていて、準備はなかなか進んでいないのが現状だった。

むろん、雄大はこまめに連絡をくれているし、二人の関係はすこぶる良好だ。

そんな四月中旬の週末、愛菜は雄大と電話で話しながら部屋の掃除をしていた。

社長就任以来、経済界のニューフェイスとして注目を浴びている彼だが、この頃ではそのイケメンぶりに目をつけた業界外の人たちからも興味を持たれ、取材の申し込みが引きも切らないらしい。

これを「新田証券」をさらに世に広めるためのチャンスと捉《とら》えた雄大は、今日も休日返上でとある男性向けのライフスタイル雑誌のインタビューを受けるために都内を移動中だ。

「雄大って、すごいわ。あっという間に大勢の人たちの注目の的になって、今じゃ経済誌以外のインタビューも受けてカラーページを飾るんだもの」

少し前、彼はとあるファッション誌からの取材を受けた。そこには記事のほかに雄大の写真も掲載されていた。

『これも会社のためだからね。……だけど、そろそろ控えようかな。体力的には問題ないけど、愛菜に会う時間が減ったせいで、精神的なダメージが地味に堪《こた》えてる』

珍しく弱音を吐いた雄大が、電話の向こうで小さくため息をつくのが聞こえてきた。

確かに、前回のデートから二週間以上経っているし、今度会えるのは来週の土曜日だ。

できる事なら今すぐにでも会いたいが、今日も彼のスケジュールは詰まっており、会う事は叶わない。

『——愛菜、相談なんだけど、そこを引き払って一緒に住まないか？　というか、もう片付けるべき問題は解決したし、結婚の時期もできるだけ前倒しにするっていうのはどうかな？』

「えっ……いいの？」

実のところ、愛菜も雄大に会えないせいでかなりの精神的ダメージを負っていた。

社内的にも社長交代劇などでバタついていたし、今はちょうど年度が変わるタイミングでもある。

本当は無理をしてでも会いたかったのに、それぞれの忙しさを思いやるあまり、いつの間にか我慢の限界を迎えていた感じだ。

『もちろんだ。そうと決まれば、さっそく準備に取り掛かろう』

今思えば、どうしてもっと早くそうしなかったのか不思議だが、雄大のひと言をきっかけに、二人は一日でも早く同居する事を目指し、それぞれに動き始めた。

愛菜は引っ越しの準備を始め、連日帰宅すると荷物をまとめて、ついでに断捨離《だんしゃり》を決行した。

雄大の家には生活に必要なものはすべて揃っているし、なんなら身ひとつで引っ越してもまったく困らないくらいだ。しかし、細々《こまごま》とした私物や洋服などは持っていかねばならないし、それが結構な量だった。

そして、五月中旬の土曜日、愛菜はようやく雄大の家に引っ越した。

あいにく、雄大のニューヨーク出張と重なってしまったが、代わりに智花が手伝いに来てくれた。お礼を兼ねて彼女に夕食をおごり、駅前で智花を見送ったあと、散歩がてら少し遠回りをして家に帰り着く。

夜も遅い時間になり、愛菜はだいたいの片付けを終えて、キッチンでコーヒーを淹《い》れた。

それを飲みながら一息ついていると、雄大から電話がかかってきた。

『今日はお疲れさまだったね。引っ越しに立ち会えなくて、ごめん。大変だったろう？』

「雄大こそ、お仕事お疲れさま。引っ越しは、雄大が業者を頼んでくれたから、無事に終わったわ。それに、昼間智花が来て手伝ってくれたし、ある程度のものは、もう片付いたのよ」

引っ越し業者の仕事は丁寧かつ迅速で、愛菜はほとんど指示を出すだけでよかった。

雄大は愛菜のために二階の日当たりのいい部屋を用意してくれていたし、そこは住んでいたマンションよりも格段に広く、窓も大きい。隣は二人のベッドルームで、その向こうは雄大の書斎だ。

結婚を決めて以来、出張が多い雄大に頼まれて、留守番をしたり、ちょっとした頼まれ事を請け負ったりしている。そのため、この家のどこに何があるかはある程度把握していたし、どの部屋に入っても差し支えないと言われていた。

『そうか。明日には帰るから、あと少しだけ待っててくれ』

「首を長くして待ってるわ」

雄大は、明日の夜に帰国予定だ。連絡は取り合っているとはいえ、まともに顔を合わせてから、もう三週間近く経っている。

「そういえばうちの両親、ゴールデンウィークに帰省した時に雄大の事を話したら、前にも増して大騒ぎなのよ。毎日電話をかけてきて、もう大変。それに、二人とも海外旅行なんてはじめてだから、ものすごくバタついてるみたい」

いろいろと話し合った結果、結婚式は海外でこぢんまりとやる事に決めた。

場所はイタリアの田舎《いなか》町にある歴史ある古城で、周りには広大なブドウ畑が広がっている。

式を挙げる古城の所有者は、雄大がイギリスにいた頃に親しく交流していた人で、彼の亡くなった母親とも親しかったらしい。

雄大が結婚報告とともに式場選びをしていると聞き、ぜひにと呼んでくれて決まったのだ。

新田一族のお歴々《れきれき》からは海外挙式に難色を示されたが、花婿の立場上、国内で式を挙げるとなれば大勢の人を呼ばなければならなくなる。それでは、準備に時間がかかってしまう。

雄大は、国内での披露宴《ひろうえん》を別に考えるという条件で、一族の了承を得たそうだ。

雄大との通話を終えたあと、愛菜はバスタブにお湯を張り、ゆっくりと風呂に入った。

引っ越し自体は楽ちんではあったけれど、やはり気は張っていたようだ。

お湯に肩まで浸《つ》かり、バスタブの縁に頭を預けて手足を伸ばす。

大きく息を吸い込むと、身体がぷかりと浮いた。

これまでマンションで使ってた一人用のバスタブとは、比べようもないくらい広い。なんせ、洗面所とバスルームを合わせた広さが、かつて住んでいた部屋と同じくらいなのだ。

「ほんとに、立派な家だなぁ。なんだかまだ、ここに住むって実感が湧かないけど、今日からはここが私の家になったんだよね」

これからは雄大と同じ家に帰り、同じベッドで眠り、一緒に朝を迎えるのだ。

彼との将来が、いよいよ具体的なものになり、喜びが胸いっぱいに広がる。

その日は引っ越しの疲れもあって、入浴後ベッドに入るなりすぐ寝てしまった。

朝になり、すっきりと目覚めた愛菜は、ベッドで大きく背伸びをする。

「ん――っ、あ、そうだ」

ふと思い立ち、愛菜はベッドを出て雄大の書斎に向かった。

壁の二面を占領する本棚には様々な書籍が整然と並べられており、その一角に一カ所だけ本のないスペースがある。

縦横四十センチのそこには、雄大の大切にしているテディベアが置かれていた。出張中の雄大に聞いていたとおり、いつもは真ん中に置かれているはずのテディベアが、今日は左に寄せられている。

愛菜はそこに、持参したピョン左衛門を置き、並んだ二体をスマートフォンのカメラに収めた。

すでに仕事中の雄大に送るのはあとにして、二体をまじまじと見つめる。

まったく似ていないし、大きさもかなり違う。

けれど、本棚のスペースに収まった二体は、まるで最初からそうであったかのように寄り添い合っている。

「ふふっ。すごくいい感じだな」

二体同様、愛菜と雄大はまったく別の人生を歩んできた。

そんな二人が、ひょんな事から生き方を変える出会いを果たし、結婚前の同居に至ったのだ。

『ベタだけど、これは運命であり奇跡だ。この愛は、ぜったいに手放しちゃいけないし、愛菜と僕は、この先もずっと一緒だよ』

以前、雄大が言ってくれた言葉が、愛菜の頭の中に蘇《よみがえ》る。

テディベアとピョン左衛門を寄り添わせると、愛菜は心を躍らせながらキッチンに向かった。

雄大は今日の便で帰国し、夜七時には帰宅すると聞いている。

昨日のうちに買っておいたベーグルサンドイッチとコーヒーで朝食を済ませ、引っ越しの片付けの続きをする。午後は、何度か行った駅前のスーパーマーケットに向かい、夕食の買い物をした。

帰宅後は、買ってきた鮭と明太子のおにぎりを食べながら、晩御飯の用意に取り掛かる。

キッチンに立つには少し早い時間だが、なんだかソワソワと落ち着かなくなってしまったのだ。

料理をしていると、不思議と気が紛れた。

仕事やプライベートでストレスが溜まった時なども、キッチンに立って何かしら作り始めると、気持ちが落ち着いてくる。

今日のメニューは、雄大にリクエストされたカレーライスだ。

出会ってから起きたいろいろな出来事を思い出しながら、野菜を切り鍋でぐつぐつと煮込む。その合間にコールスローサラダとタコとズッキーニのマリネを作る。

（これからは、自分だけのためではなく、二人のためにキッチンに立って料理を作る事になるんだなぁ）

今後、これが日常になるのだと思うと、嬉しくて自然と顔がにやけてくる。

（私って、世界一……ううん、宇宙一の幸せ者なんじゃないかな？）

自分に問いかけ、一人頷いて、またニヤニヤする。我ながらおかしいが、こうしているだけで嬉しさが込み上げてくるのだから仕方がない。

「一人でもこうなのに、二人だとどうなっちゃうんだろう」

そんな独り言を言いながら、調理を進め、準備万端整えたあとで、また自室の片付けに取り掛かる。

夕方になり、雄大から無事飛行機が成田空港に到着したとメッセージが入った。

それを見るなり、またソワソワとした気分になり、キッチンに向かう。

休ませていたカレーをちょうどいい具合に煮込んで、完成させる。

午後七時を少し過ぎた時、玄関のチャイムが鳴り、雄大が帰ってきた。

愛菜は文字どおり立っていた床から飛び上がり、大急ぎで彼を出迎えに玄関に走った。

「雄大、おかえり！」

「愛菜、ただいま！」

駆け寄ってくる恋人を抱き留めるために、雄大は持っていた荷物を放り出し、両手を大きく広げて待ち構えてくれた。

走った勢いのままに雄大に抱きつき、何度も「おかえり」を繰り返す。

抱き上げられ、まるで映画のワンシーンのようにくるくると回転したあと、見つめ合ってキスをする。およそ三週間ぶりの再会だったけれど、心情的には一カ月以上離れていたような気がした。

「出張、お疲れさまでした。無事、帰ってこられてよかったわ」

「愛菜が家で待ってくれていると思うと、どんなに忙しくても頑張れたよ。早く帰りたくて仕方がなかったし、やっと愛菜に触れられて、今すごく安心してる」

互いの体温を確かめるように抱き合い、玄関に立ったまま長いキスをする。うっかり身体に火が灯《とも》りそうになったが、とにかく彼を労《ねぎら》ってあげたかった。

「さあ、お風呂に入って着替えを済ませてきて。もう、ご飯の用意はできてるわよ」

「ありがとう。引っ越しで疲れているだろうに、悪かったね」

「ううん、ちっとも」

それぞれに荷物を持ちながらリビングルームに入り、雄大をバスルームに追いやる。

彼がお風呂に入っている間に、愛菜はキッチンに戻って料理をテーブルにセットした。

「いい匂いだな。さっきからお腹が鳴りっぱなしだよ」

白いTシャツに黒いスウェットパンツ姿の雄大が、真っ白なバスタオルで頭を拭きながらキッチンに入ってきた。目が合うなりキスを求められ、おたまを持ちながら軽く唇を合わせる。

「飛行機の中で、何か食べてこなかったの？」

「愛菜のカレーライスを食べるつもりだったから、軽食だけにしたんだ。もうお風呂は入った？　晩御飯のあとは、デザートとして愛菜を食べてもいいかな？」

「えっ……いきなり何言って——ん、んっ……ちょっと……雄大ったら……」

腰を抱き寄せられ、首筋を緩く食《は》まれた。あやうくおたまのカレーがバスタオルにつきそうになる。

愛菜は仰《の》け反《ぞ》るようにして雄大の手から逃れ、眉を寄せながら「こら！」と言った。

「ごめん。愛菜を見てると、ついつい触りたくなるんだ。さあ、愛菜お手製のカレーライスをいただこうか。何かする事はある？」

笑顔で訊《たず》ねられ、愛菜はにっこりする。

「じゃあ、お茶を持っていってもらってもいい？」

「ＯＫ」

雄大が麦茶を載せたトレイを持ってキッチンを出ていき、愛菜は再び鍋に向き直った。

二人分のカレーライスをダイニングテーブルに並べ、席に着く。白い天板の丸テーブルは、忙しい合間を縫《ぬ》って二人で選び、つい先日運び入れた新品だ。

向かい合わせにセットしていたものを、彼はあえて並んで座るように変更し、少しでも愛菜の近くにいようとしてくれる。それをくすぐったく思った。

冷えた麦茶を入れたコップを持ち、改めて互いの顔を見つめ合う。

「いただきます」

同時にそう言ったあと、雄大はさっそくカレーライスを口にした。彼がもぐもぐと口を動かしながら、目を三日月にして笑みを浮かべる。

「美味《うま》い！　これは絶品だ……。ああ、五臓六腑《ごぞうろっぷ》に染みわたるよ……。日本に帰ってきたって気がするし、愛菜にカレーライスをリクエストして正解だった」

旺盛《おうせい》な食欲を見せてカレーライスを食べ進める雄大は、出張で疲れているはずなのに、生き生きとした活力に溢れている。

「このコールスローも、絶品だな。今度レシピを教えてくれるかな？　こっちのマリネはタコとズッキーニだね？　ちょうどいい甘酸っぱさで最高だよ」

「もう、褒《ほ》めすぎると調子に乗っちゃうわよ。でも、美味しくできててよかった。雄大、改めて出張お疲れさま。いろいろと大変だったでしょう？」

愛菜は心から彼を労《ねぎら》い、しみじみと彼が無事に帰国した事を喜んだ。

「確かに大変だったけど、現地のスタッフが頑張ってくれたし、予定していた事は無事やり終えたよ」

ニューヨーク支社の開設が決まったあと、雄大や役員たちはそこに所属する人材選びに、かなり時間をかけたようだ。その甲斐《かい》あって、支社はすでに準備万端整っており、あとはオープニングの日を待つのみになっているらしい。

「愛菜こそ、お疲れさま。業者や智花さんがいたとはいえ、引っ越しは大変だっただろう？」

「ぜーんぜん。昨日は、ゆっくりとお風呂に入ったから疲れなんか吹き飛んじゃった。あ、そうだ。雄大の書斎のテディベアの隣に、ピョン左衛門を置かせてもらったわよ。写真、見てくれた？」

二体の写真を撮ったあと、愛菜は雄大の仕事が終わる時刻にそれをメッセージとともに送信していた。

「もちろん見たよ。愛菜が二体を見てニヤニヤしているのを想像して、笑わせてもらった」

「なっ……ニヤニヤって……。確かに笑ったけど、ニヤニヤじゃなくてニコニコだから！」

冗談まじりのやり取りで笑い合い、時折見つめ合っては、同時にぷっと噴き出す。

こうしているだけで楽しくて仕方がないし、雄大がそばにいるだけで心が満たされる。

晩御飯を食べ終え、二人揃って後片付けをしたあと、寝る準備に取り掛かった。書斎経由でベッドルームに向かい、二人で選んだフロアランプの光度を低くする。

飴《あめ》色に染まる部屋の中で、立ったまま抱き合って互いを見つめ合った。

「雄大、これからよろしくね」

「僕のほうこそ、よろしく。まだ一日しか経ってないけど、何か不自由な事はない？」

「大丈夫よ」

「一応、愛菜の部屋は整えていったけど、好きにアレンジしていいし、ほかも変えてくれていいから。生活で何か足りないものがあれば、今度の休みに一緒に買いに行こう」

気遣いある言葉を矢継《やつ》ぎ早《ばや》に掛けられ、愛菜は微笑みながら爪先立ち、雄大の頬にチュッとキスをする。

「ありがとう、雄大。アレンジしたくなったり、足りないものが出てきたりしたら、雄大と一緒に考えて一緒に買いに行く事にするわ」

「そうだね。これからは、いろいろな事を二人で一緒にやっていこう。わからない事は二人で解決して、ずっと寄り添って――」

雄大が、ゆっくりと腰を落とし、愛菜を両腕で抱え上げる。

互いに唇を寄せ合ってキスをし、また見つめ合った。彼に抱かれたままベッドに腰を下ろし、仰向けになった雄大の胸に頬を寄せる。

「愛菜と出会って、まだ一年にも満たないんだな。だけど、生まれた時から一緒にいたみたいに、愛菜といると安心するよ」

「私も。……雄大、私、あなたのそばに、ずっといられるよう、もっと頑張るわね。雄大といると、自然とそう思えるの。これからの自分や、二人の将来が楽しみで仕方ないわ」

「僕もだよ。愛菜といると、二人の未来のためにもっと頑張ろうと思うし、愛菜がそばにいてくれるおかげで、自分だけじゃ届かないような高みにも上《のぼ》れる気がするんだ。もちろん、その時は愛菜も一緒だし、ぜったいに離さないから」

二人は、それからも自分たちの将来を語り、愛を誓い合った。

ベッドから見える窓の外に、ぽっかりと上弦《じょうげん》の月が浮かんでいる。

これから先、二人はこうして一緒に、いくつもの月を眺めるのだろう。

雄大がいてくれるなら、どんな道のりも、きっと幸せなものになるに違いない。
愛菜は心からそう信じて、彼の唇にそっとキスをするのだった。

この作品に対する皆様のご意見・ご感想をお待ちしております。

おハガキ・お手紙は以下の宛先にお送りください。

【宛先】

〒 150-6019 東京都渋谷区恵比寿 4-20-3 恵比寿ｶﾞｰﾃﾞﾝﾌﾟﾚｲｽﾀﾜｰ 19F
（株）アルファポリス　書籍感想係

メールフォームでのご意見・ご感想は右のＱＲコードから、
あるいは以下のワードで検索をかけてください。

アルファポリス　書籍の感想　検索

ご感想はこちらから

年下《としした》御曹司《おんぞうし》に求愛《きゅうあい》されて絶体絶命《ぜったいぜつめい》です

有允ひろみ（ゆういん ひろみ）

2025年 3月 25日初版発行

編集－本山由美・大木 瞳
編集長－倉持真理
発行者－梶本雄介
発行所－株式会社アルファポリス
〒150-6019 東京都渋谷区恵比寿4-20-3 恵比寿ｶﾞｰﾃﾞﾝﾌﾟﾚｲｽﾀﾜｰ19F
TEL 03-6277-1601（営業） 03-6277-1602（編集）
URL https://www.alphapolis.co.jp/
発売元－株式会社星雲社（共同出版社・流通責任出版社）
〒112-0005 東京都文京区水道1-3-30
TEL 03-3868-3275
装丁イラスト－西いちこ
装丁デザイン－AFTERGLOW
（レーベルフォーマットデザイン－hive&co.,ltd.）
印刷－中央精版印刷株式会社

価格はカバーに表示されてあります。

落丁乱丁の場合はアルファポリスまでご連絡ください。

送料は小社負担でお取り替えします。


ISBN978-4-434-35465-6 C0093